文春文庫

十一番目の志士

上

司馬遼太郎

文藝春秋

十一番目の志士　上●目次

十一番目の志士　上

本作品には、現代からすると、差別的表現ないしは差別的表現ととられかねない箇所がありますが、それは作品に描かれた時代の社会的・文化的雰囲気が多分に反映された表現であり、その時代を描く表現として、ある程度許容せざるをえないものと考えます。
作者はすでに故人であり、みだりに改訂することは許されません。そこで熟慮の上、このような表現については、原文のままにしました。読者諸賢が本作品を注意深い態度でお読み下さるよう、お願いする次第です。

文春文庫部

雲雀峠

花が散って、海が碧《あお》くなった。この季節から長州萩《はぎ》の指月城《しづきじょう》のむこうの海は、群青《ぐんじょう》をとかしたような、ほとんど信じられぬほどの碧さを湛《たた》える。

晋助《しんすけ》はその萩へゆく。

「いい季節になった」

と、城下へくる途中、長登峠《ながのぼりとうげ》で道づれになった若い韮山笠《にらやまがさ》の武士が、晋助にいった。

萩の城下まであと十里である。峠を越えて絵堂《えどう》村という盆地の宿場《しゅくば》にさしかかったとき、日が暮れた。

「この絵堂で泊まらぬかね」

と、若い武士は親切にいってくれた。笠の蔭になって貌《かお》はわかりにくいが、声にまるみがあって惹《ひ》き入れられるような魅力がある。

（御家中のお歴々の御曹司《おんぞうし》のようにみられるが、何様の若さまなのであろう）

と、晋助はおもった。

「いえ」

と、赤土のみちをくだりながら晋助があわててかぶりをふったのは、じつは泊まれるだけの金がなかったのである。

晋助。

じつは、毛利《もうり》家領内の周防《すおう》に属する鋳銭司《すぜんじ》村の出である。鋳銭司は土地ではシュセンジと訛《なま》ってよんでいる。姓は天堂《てんどう》というが、身分が百姓だから公式には姓を名乗れない。いや、晋助は百姓でさえなかった。田地がなかった。父の代から他家の家僕をしたり、傭耕《ようこう》をしたりして暮らしていた「村厄介《むらやっかい》」という最下級の身である。

ただ晋助の亡父の義助は気位だけはたかく、「いまは下賤《げせん》におちぶれているものの、わが家は四代まえまでは、歴としたご本藩の御先筒頭《おさきづつがしら》である」と言い暮らしてきた。故あって改易《かいえき》になり、鋳銭司村に浪人し、そのうち三代目あたりから大小も捨て、農家にやとわれて使役《しえき》され、それでやっと米塩《べいえん》を得るところまで堕《お》ちてしまった。

家になんの誇るべきものももたなかったが、ただひとつ、家に伝世してきている剣法があった。宮本武蔵の養子伊織《いおり》から直伝《じきでん》といわれる二天一流《にてんいちりゅう》の兵法《ひょうほう》である。代々相伝し、晋助にいたっている。

「伝世十一代でついに麒麟児《きりんじ》を得た」

と亡父の義助は晋助の神技といっていい腕をみてそういったが、かといって他流試合をしたことがなく、稽古中《けいこちゅう》は人にさえ見せぬしきたりであったから晋助自身、自分の腕がどれほどのものか、自覚できるよすがもない。

その父が死に、晋助がひとり残った。村の庄屋があわれみ、萩城下の菊屋横丁に屋敷をもつ粟屋《あわや》庸蔵《ようぞう》という上士の家に若党奉公の口をみつけてくれた。

晋助は家をたたみ、村を出た。菅笠《すげがさ》に古びた縞木綿《しまもめん》の着物に股引《ももひき》さえはかぬ粗末な道中姿である。

煙草《たばこ》入れも脇差《わきざし》ももっていない。ただこの男のもちものといえば、「犬追《いぬおい》」と彫りきざんだ杖《つえ》とも木刀ともつかぬ四尺ばかりの飴色《あめいろ》の棒を一本、かるがるともっているだけであった。

「その棒はなにかね」

と、さっき、峠のうえでこの韮山笠の武士がきいたとき、晋助は、

「野宿のとき、犬を追います」

とこたえた。

そのときの晋助の「野宿」ということばが、若い武士のあたまに残っていたらしい。

「わしには多少の金がある。どうせ他人からもらった金だ。一緒に絵堂でとまろう」

といってくれた。普通なら晋助は遠慮するところだが、この若い韮山笠には、

「いえ」といわせぬ吸引力がある。

絵堂に入った。

綾木川《あやきがわ》に面したささやかな宿場で、家並に、淡い紅《くれない》を帯びた夕靄《ゆうもや》が棚引《たなび》いている。韮

山笠は、ひどく旅なれた足どりで長府屋という京格子《きょうごうし》の旅籠《はたご》に入った。

旅籠では、韮山笠は、控えの間のついたとくべつな部屋に案内された。

(よほどのご身分の方にちがいない)

村から一歩も出たことがない世間知らずの晋助には見当もつかない。

晋助は、三畳の控えの間をあたえられ、そこで夕餉《ゆうげ》の膳《ぜん》にむかった。

若い武士は、本座敷で床柱にもたれ、ちょっとだらしなく立て膝をして酒をのんでいる。そのだらしなさが、ふしぎと似合って一風かわった風姿《ふうし》となっている。そばで酌をしているのは、この旅籠のかかえ妓《おんな》である。

(いい男だ)

いかにも貴公子の風ぼうで、唇が赤い。色が白く、あごの長い一種の異相だった。ただ珍無類といっていい髪のかたちをしている。まげがないのである。

晋助は、まげのない人間など、坊主以外にみたことがない。

この頭髪は、維新後ザンギリ頭などといわれて普通の風俗になったが、晋助が絵堂に泊まっているこの文久三年春の段階では、日本国中でこんな髪形をもっている男はいなかった。

(よほどの人物にちがいない)

晋助は、単純にそうおもった。のちに満天下に喧伝《けんでん》され、史上にながく残ったこの異風の頭髪の若侍の名前を晋助はまだきかされていなかった。

「女、飲め」

と、若い武士は杯をさした。

女はかぶりをふって不調法《ぶちょうほう》でございます、とことわったが、若い武士は、耳も藉《か》さず、じっと杯を女の胸もとに持《じ》したままでいる。

無言である。

女は、受けざるをえなかった。諸事、そういうところのある男らしかった。

無駄口は叩《たた》かないが、ときどき、女も晋助もどきっとするほどの高声で、きゃっ、と笑う。なにがおかしいのかわからない。

酔ってくると、女に三味線《しゃみせん》をひかせた。控えの間の晋助は、黙殺されたままである。

「歌う」

というなり、武士はぞんがいいい声で、うたいはじめた。端唄《はうた》でも小唄でもないため、女の三味線には乗りにくかった。

思ひきや　かかる姿となりはてて
古里さして　帰り来ぬとは

若い武士の自作らしい。歌っている男の頰に、うすく自嘲《じちよう》の翳《かげ》がある。

（江戸か京大坂で放蕩《ほうとう》で身をもちくずしたか）

と晋助はおもったが、しかし武士のほそいよく光る両眼は、生気と活気に満ちて単なる遊冶郎《ゆうやろう》ともみえない。

とにかく変わっている。

たとえば、女のことでもそうだ。

武士はカチリと杯を膳に伏せると、

「媾《まぐわ》るべし」

と、女をひきよせた。女はあわてて、「それは臥床《ふしど》に入りましてから」と小声であらそったが、武士は、

「臥床で女と添い寝ができるか。いつ馬鹿者に襲われて殺されるかもしれぬ」

といった。

「そこに寝ろ」

「しかし、お控えの間に、お供がいらっしゃいますのに」

晋助のことである。事実、ふすまが開《あ》けっぱなしだから、晋助の座からシキイをへだててまる見えである。

「あの者が、あれにひかえていたほうが、用心のためによい」

「なぜでございます」

「あれは百姓のかっこうをしているが、まれにみる使い手だ」

（あっ）

と、晋助のほうが仰天《ぎょうてん》した。自分が剣を使えるということを、この若い武士はどうして見ぬいたのだろう。

「寝ろ」

武士は、例の否《いな》みがたい調子でいった。

女はうそのようにおとなしくなった。膳部の横に、ながながと仰臥《ぎょうが》したのである。

「脚を」

ひらけ、と、武士は、さわさわと風の渡るようなすがすがしい声でいった。ふしぎなことに女はいわれるがままに、湯文字《ゆもじ》を割って白い脛《はぎ》を出した。

（艶冶《えんや》な）

晋助がおもわず見とれたとき、武士は目をあげ、晋助を見、すかさず一喝《いっかつ》した。

「目をつぶっておれ。すぐ済む」

武士はゆっくりと女のあしもとにうずくまり、やがてゆたかな表情で女を抱きしめた。

（おかしい）

晋助は、目を疑ったほどであった。ふつうなら目もあてられぬほどに卑猥《ひわい》なはずのこの風景が、むしろこの武士のばあい、気韻《きいん》にみちた一幅の名画をみるようであった。

（こんな男が地上にいるのだろうか）

おもわず叫びたくなるほどに、晋助はこのふしぎな精神の響きをもった武士に感動し、はげしい畏敬《いけい》をおぼえた。

（名を知りたい）

晋助は、何度目かのその衝動に駆《か》られた。晋助は両眼を見ひらいて、本座敷の若者のうごきを見つめつづけた。

やがて若者はそのことを済ませ、済ませると女をまるで無視して酒を飲みはじめた。その間、女は屏風《びょうぶ》のかげにかくれて身じまいをしていたが、やがて手洗いに立った。女がもどってくると、

「おれはもういいんだ」

若い武士は糸切歯をみせ、ひどく好意のある微笑《わらい》をひらいた。

「なにが、いいのでございますか」

「済ませた」

「え？」

「ということだ。だから、あのシキイむこうにいる若い百姓のそばに行ってひと晩寝てやれ」

これには聞いている晋助がおどろいたが、女も晋助も、ついにはこの若い武士の言いつけに従わざるをえなかった。

やがて、二つの間《ま》に夜具が敷かれた。女は唐紙障子《からかみしょうじ》を閉め、晋助とともに寝た。晋助

が女を抱いたとき、隣りの座敷ではひどく健康な高いびきがきこえていた。

翌朝、ふたりは絵堂を発《た》った。若い侍は終始無口である。

雲雀峠《ひばりとうげ》の茶店で餅《もち》を食ったとき、この若侍ははじめて、

「鋳銭司村の百姓。名をいえ」

ときいた。晋助はただそう訊《き》かれただけで胸がおどる思いがした。妙な相手だった。

「晋助と申します」

「どんな文字だ」

「春秋時代の晋の晋」

と答えると、ほう学問があるな、と若侍は笑顔をむけてくれた。

「しかもおれの名と同じ文字だ」

「おそれながら、あなた様はなんとおおせられます」

「高杉晋作」

若い侍は、早口でいった。高杉家といえば家中で「大組」と称せられる高い階級の家である。その家のひとりっ子にうまれた晋作は吉田松陰の松下村塾《しょうかそんじゅく》にかよって激烈な尊《そん》王攘夷主義者《のうじょうい》になり、諸国を遍歴し、ついには上海《シャンハイ》まで行って欧米の侵略下にあるシナの情勢を見、長崎、江戸、京、国許《くにもと》と転々し、去年の暮には品川御殿山《ごてんやま》の英国公使館を焼打したこともある。諸藩の志士仲間では早くから長州の高杉といえば知られた名前だ

が、藩内の百姓にまでは名はひびいていない。

「稼業《かぎよう》は坊主さ」

と、高杉はいった。京都の佐幕的情勢に憤慨し、ついには尊王攘夷の前途に絶望してにわかに髪を切り、

「坊主になった」

として東行《とうぎよう》と号し、藩の職を辞して、風雲の渦中《かちゆう》を去り、いま萩の生家にもどろうとしている。

晋助は、そんな高杉の前歴や心境を知るよしがない。領内の百姓の子女まで高杉晋作の名を知るにいたるのは、かれが慶応元年、諸隊をひきいて藩内クーデターに成功して事実上の長州藩の指揮者になってからのことである。

(この百姓、見込みがある)

と高杉はきのう、長登峠で晋助と道連れになったときから、そう思っていた。事実、鋳銭司村の晋助はおよそ百姓らしくない。

挙措《きよそ》、堂々としている。歩きざまに腰がすわり、一歩の無駄がなく、目のくばりの機敏さ、面構《つらがま》えの不逞《ふてい》な匂い、尋常《じんじよう》でない。

(江戸や京でずいぶんと漢《おとこ》をみたが、これほどの男はみたことがない)

と、高杉はおもった。だからこそ、絵堂でおなじ旅籠にひきずりこみ、一夜をともにした。人物は十分見た。

「晋助」

と、高杉は雲雀峠の茶店の床几《しょうぎ》に腰をかけながら、いった。

往還のむこうの草むらに黒い猫がいる。草の新芽を食べているらしい。

「あの猫を、一撃でうてるか」

高杉は、晋助のどこをどう感じとっているのか、よほどの剣客とみているらしかった。

「猫を、一撃に？」

と、晋助は小声でいった。言ったときにはすでに晋助は猫に対してしずかな感作《かんさ》をあたえはじめている。猫はこちらを見た。

晋助を見た。陽光のなかで、猫の瞳孔《どうこう》は糸のように細くちぢまっている。おどろいたことに猫は立ち、のそりと一歩、晋助のほうに足をふみ出した。

晋助は、その猫を見つめつつ、わが魂を抜いた。晋助の魂が抜け虚空《こくう》に飛び去ったとき、猫は安堵《あんど》したのか、すでに空洞《くうどう》になりはてている晋助にむかって吸い寄せられるように歩いてきた。尾は垂れ、毛は寝ている。そのまま往還を横切り、晋助の右足のそばに寄った。

その足もとの猫を、晋助は手にもった箸《はし》をあげ、
丁
と打った。触れた程度のやわらかい接触である。が、その瞬間には、晋助の虚《きょ》になっていた体に、魂がとび戻っている。箸に、濃厚な意思があった。

「ぎゃっ」

と、猫は血へどでも吐くような声を残して跳びすさった。

「かように。――」

と、晋助はしずかに高杉を顧《かえり》みた。さすがの高杉の顔が、血の気をうしなって蒼白《そうはく》になっていた。

「精妙じゃな」

と高杉がつぶやいたのは、それからよほどときが経《た》ってからであった。高杉の膝の上の皿から餅がころがって地面に落ちている。それすらも、この長州藩の過激分子の若い指導者は気づかぬ様子であった。

「世に、人は居るものだ」

なで肩をふるわせるようにいった。

「おれはことし二十五になる。京、江戸、長崎、上海など人間のるつぼのなかでさまざまの人間をみてきた。みな愚物であった。自然、人をみれば愚物とみた。しかし、いま、多少の人物を見た」

と、晋助の顔をゆるりと正視した。高杉の目から見て、この鋳銭司村の晋助がどのような型の人間に映《うつ》ったか、よくわからない。たったいまの衝撃が大きすぎて、まだ考えがまとまらぬ様子である。

「とまれ、めずらしい人物だな」

とつぶやいたのは、雲雀峠をくだる坂のなかばのころであった。

「萩の御城下へは、なにをしにゆく」

「粟屋様に」

若党奉公をする、と晋助はいった。

「粟屋というと、御城下の武家地には何軒もある。どこの粟屋だ」

「菊屋横丁の」

「すると、粟屋庸蔵か」

高杉の屋敷に近い。中国《シナ》から渡来したという白木蓮《はくもくれん》が土塀の上に枝を張っている屋敷である。

「粟屋庸蔵なら、おれの敵だ」

と、高杉はいった。この藩の中でも佐幕派の勢力が根づよく、粟屋庸蔵はその巨魁《きょかい》のひとりである。高杉が敵、といったのはその意味であろう。

「粟屋に、娘がいる」

高杉は不意にいった。

「天人のようだといわれている。ゆめ、邪心をおこすな」

「お許婚《いいなずけ》でございますか」

「なら、いい」

ぶすっと答えた。

「おれには女房がいる」

(おもしろい人だ)

と思ったとき、高杉の会話は飛躍した。

「そちゃ、すらりと命を捨てられるか」

晋助は、返答にこまった。が、高杉はその返答を待たず、「日本非常の秋《とき》である」といった。

「捨てられる覚悟がついたら、このおれが捨て場をさがしてやる。男として、これほどの親切はなかろう、ではないか」

高杉はさっさと歩いてゆく。

ふたりが萩の城下に入ったのは日が暮れ落ちてからであった。

変　転

萩の城下の菊屋横丁に粟屋庸蔵のお屋敷がある。

――粟屋庸蔵なら、おれの敵だ。

と、あの高杉晋作という若侍がいったその庸蔵という旦那さまは、つねに絹服をつけ、ぜいたくな拵《こしら》えの細身《ほそみ》の大小を帯び、江戸でわざわざあつらえさせたという銀煙管《ぎんぎせる》でたばこをのむ、いかにも大藩の上士らしい中年の武士である。

「敵」

と高杉がいった意味は晋助にも次第にわかってきた。高杉は藩内での少数党である故吉田松陰系の過激勤王派である。

粟屋庸蔵は、その逆であった。

「高杉ら一派は、おのれが恣意《しい》でお家を時勢の火のなかにたたきこみ、ついには三十七万石を潰《つぶ》そうとする害虫。奸賊《かんぞく》ともいうべき連中だ」

とみている。

栗屋は藩内佐幕派の要人たちと毎日のようにゆききしている。そのつど、晋助は腰に木刀をさし、供としてついて行った。若党である。厳密にはこの長州藩ではこういう家僕のことを小若党という。中間《ちゅうげん》、小者《こもの》の役目もかねているからである。

奉公して十日目、庭を掃いていると、不意に廊下に彩《いろ》づいた翳《かげ》がさした。見あげると、若い娘が立っている。唇にやや癖のある、色白で目の大きな娘だった。

「晋助とはそなたのことか」

ひくい、聞きとれぬほどの声で、しかし食い入るように晋助をみながらいった。

「へい」

晋助はちょっと小腰をかがめただけで、箒《ほうき》をとめて娘を見た。見るのは、礼儀ではない。しかし晋助という男には天性、行儀作法の血肉に溶けにくい体質がある。傲岸《ごうがん》というか、ふてぶてしいというか、とにかく、栗屋家の娘菊絵は、うまれてこれほどのすさまじい目で異性からみつめられたことはかつてない。もともと気丈な娘のくせに、その無礼をとがめるよりも、そのまえに膝から力がぬけ、一瞬眩暈《めまい》をおぼえた。

（この下郎）

とおもうが、からだがなんともならない。が、渾身《こんしん》の力をふりしぼって、

「無礼であろう。わたくしは当家のむすめ菊絵です。膝をつき、下座《げざ》をせよ。せぬか」

と、一気にしゃべった。

晋助は、からりと竹箒をすて、草履《ぞうり》をぬぎ、右膝をついて会釈《えしやく》をした。

(この娘。いつかは寝てやる)

とおもった。天性、気位高くうまれついてしまっている晋助には、娘の癇高《かんだか》い罵声《ばせい》をあびてこの姿勢をとってしまっている屈辱に堪《た》えられない。

(寝てやる)

そう思うことによって、わずかに血の泡立つのをおさえることができた。この晋助の異常さは鋳銭司村の百姓の精神ではない。ひとつには性格にもよる。ひとつには五代前まではこの長州侯毛利家の上士の家であったという誇りが、意識のどの部分かをつねに支配しているからにちがいない。

(いい足をもっている)

晋助の顔は、もうあがっていた。菊絵の足袋《たび》がみえる。甲高《こうだか》の小さい足で、右足の親指が心もちあがって、ひどく情念を感じさせる足の表情だった。

(この足も、いつかわが股《もも》に絡《から》ませてやる)

男の屈辱は、それをおもうことによって癒《いや》すほかはない。

「なんとか、おっしゃい」

菊絵も、妙にしつこかった。なぜさっさと行かぬかと菊絵自身も、そういう自分を不愉快におもいつつ、なんともならない。

晋助はあやまろうとおもった。が、ことばもみつからぬまま、

「菊絵様」

と言い、絶句した。菊絵も、あきれてしまった。家来や傭《やと》い奉公人からかつて名前をいまでよばれるような無礼をうけたことがない。

「なぜ、お姫《ひい》さまとよばないのです」

足袋の親指がいそがしく上下した。よほど感情が激しはじめているのであろう。

やがて菊絵はその場を去った。そのあと、自室にもどって独《ひと》りすわったが、いつも味わったことのない頭痛が、彼女を落ちつかせなかった。

（いやなやつ）

とおもうが、ただごとでない胸さわぎもした。むろん、色恋などというようなあえかな感情ではない。なにか、自分の生涯を狂わせてしまうような運命的な予感が、このときにした。


萩城下での晋助の日常は、けっして日常的なものではない。変事《こと》が多かった。この男の人相骨柄《こつがら》、体臭というものが、変事を誘い入れるのかもしれなかった。

その夏の、ある雨の昼のことである。粟屋家のつかいでお城の外堀のそばにある某家をたずねた帰路、堀ばたで若い上士に出会った。

粟屋家の親族の椋梨《むくなし》一蔵という晋助も顔を見知っている若者である。

（わるい男に出あった）

と、晋助もおもった。椋梨は菊絵のいいなずけになるという縁談《はなし》のおこっている若者で、例の菊絵に対する無礼の一件もきいている。

——ちかごろ、城下の下郎どもは増長している。

と、椋梨がそのことをきいてひどく昂奮した、ということも、栗屋家の老いた小者からきいている。事実、藩内の下士層から勤王思想が勃興《ぼっこう》していらい、それまでの厳然たる藩内の階級思想がくずれはじめ、

「われらは、天朝さまのもとでは平等ではないか」

という危険きわまりない思想が、勤王かぶれのした足軽以下のあいだでささやかれはじめていた。

「晋助は、その一味だ」

と、椋梨はきめつけ、「いずれ機をみて手いたい目にあわせてやる」と揚言していたという。

「晋助っ」

椋梨一蔵は、傘をひるがえして一喝した。蓑笠《みのかさ》の晋助が、かるく会釈をして通りすぎようとした一瞬のことである。

「われらは栗屋家とは親族である。親族といえば主筋も同然、なぜ履物《はきもの》をぬぎ、これへ土下座せぬ」

本来ならそうすべきであった。武家奉公人は主家に縁ある武家にむかってそういう礼をとることが、この時代の藩の秩序をささえている。その秩序尊重派が、思想的には佐幕派であるといっていいだろう。

晋助はやむなく笠をとり、蓑のままの姿で泥濘《でいねい》のうえに片膝をついた。が、頭《ず》が高かった。椋梨一蔵は扇子をあげるなり、

ぴしっ

と晋助の月代《さかやき》を撃った。この場合晋助にしては大出来なことにかわしもせずに打たれ、無言で頭を垂れた。垂れつづけてついに泥のなかに顔をうずめた。涙が、泥にまじって、両肩がかすかにふるえている。

(おのれ)

という思いが、過剰な礼をとらせた。顔を泥にうずめるほか反抗のしようがない。

(いずれは)

という思いに、この屈辱を託さざるをえない。おそらく晋助の学問はこの椋梨一蔵程度の若侍以上であったろう。侍の表芸である剣技にいたっては椋梨どころか、晋助自身はさほど気づいていなかったが、日本有数の腕をもっているはずであった。

この感情が、つぎにおこった明倫館事件で爆発している。

長州藩は、萩に明倫館という藩校をもっている。藩校とはいえ、一種の貴族学校で、士分以上の者でなければ入れず、足軽以下にはその入校資格はなかった。

学問だけでなく、付属の道場有備館で剣術の修業もやらせる。有備館の荒稽古というのは有名なもので、終日竹刀《しない》の音がたえない。

(どのような稽古をしているのか)

と、晋助はつい通りがかりに、道場の武者窓からなかをのぞいた。

道場ののぞき見というのは、こういう藩立道場だけでなく町道場でも忌《い》まれているものだ。塾生がみつけた。

「成敗《せいばい》してくれる」

と、なかへひきずりこまれ、土間にすわらされた。晋助は、無言ですわった。

が、眼前で、十数組の修業生が、竹刀を撃ちあっている。

(ちかごろの剣術とはこういうものか)

晋助には、面籠手《めんこて》をつけての撃ち合い稽古というのがひどく珍奇だった。こういう修業法がはじまって五十年以上の歴史があるが、鋳銭司村を出たことのない晋助にとっては、中西忠兵衛、千葉周作以来のこの種の新剣法というのに接したのははじめてだった。

(どれほどのものか)

ふらりと立ちあがって、竹刀架《かけ》から竹刀をとり、道場の中央に進み出た。晋助を折檻《せっかん》しようとしていた数人は、この晋助の唐突《とうとつ》な挙動におどろき、竹刀をもって制止しようとしたが、晋助はふりむきもせず、すらりと身をかわし、前面の面籠手をつけた者に、

「参られよ」

と、竹刀でしゃくった。下郎姿ながら、その挙動に異常なほどの威厳がある。

「うぬは何者か」

「天堂晋助という者です。いささか二天一流を学んでいる」

そこで大騒ぎがおこった。激怒して打ちかかってくる者は、ことごとく一撃で倒された。目もとまらぬ太刀業《たちわざ》である。

晋助は、相手の道具のすきまを狙《ねら》った。一合も竹刀をまじえなかった。竹刀の絡み音さえたてず、びしっ、びしっ、と相手を撃ち、悶絶《もんぜつ》するほどのするどい打撃をあたえた。

そのまま、さっさと有備館を辞し、粟屋屋敷にもどった。

当然明倫館の塾長が、藩の下級警吏をつれて粟屋家に来、

「晋助なる下郎をおひき渡しねがいたい。しからずば御当家においてご成敗ありたい」

といってきた。

この強談《ごうだん》を、粟屋庸蔵はしかるべくいいなして二人をひきとらせ、あとで晋助を庭さきまでよび寄せた。粟屋庸蔵は、薄手の皮膚をもった目の大きすぎるほどの男で、気の毒なほどその心情が顔に出やすい男である。

「晋助」

と、気味わるいけものでもみるように晋助をみつめていたが、やがて、

「召し放つ」

と、悲鳴のように叫んだ。が、その臆《おく》した声がわれながら見ぐるしいと思ったのであ

ろう、すぐ尊大な表情にかわって、

「菊絵からも、椋梨一蔵からもそのほうのことはきいていた。いままた明倫館のさわぎがおこっている。上《かみ》を愚弄《ぐろう》するか」

と言い、言いはじめると感情が激してきて極端な表現になった。

「そちゃ、天性、謀叛《むほん》の性根のもち主であるとみた。そこまで上をいたぶるとすれば、いっそわしを斬ってみい。斬れるか」

晋助は、首をかしげた。真剣に自分の胸に問うている。主《しゅ》を斬れるか、ということを正気で考えているのである。

(三日でも飼われれば、主の恩がある。が、当人に斬れるかといわれれば斬らざるをえない)

無言で立ちあがった。地面から陽炎《かげろう》が立ちのぼるような、そんな立ちあがりかたである。それだけでも異様な男であった。

粟屋は一瞬、すくんだ。やがて、とびすさった。「出会えっ」とわめいた。

「いや」

晋助は立ったまま息を抜き、苦笑した。

「無礼は働きませぬ。旦那さまを斬れるものか斬れぬものか、思い量《はか》っていたまででございます」

「き、斬る気であったか」

「すでに斬り了《おお》せております。おそれながら脳天から肛門まで真っぷたつに」

粟屋はおもわず額をおさえた。汗が血のように掌をぬらした。汗は流れつづけている。奇妙なことがおこった。粟屋庸蔵の掌がそのまま額から離れず、その姿勢のまま凝然《ぎょうぜん》とすわりつづけている。

二天一流を創始した宮本武蔵の兵法にはそういう機微がある。一瞬相手に対し固有の気魄《きはく》を用い、蛇が蛙にむかうがごとく催眠状態にさせ、その状態を撃つ。この晋助にはそういうところがあるらしい。

が、晋助自身は気づかぬようであった。一礼して去った。

玄関をまわって勝手口に出ようとしたとき草のなかに菊絵が立っていた。横に、萩の屋敷に多い楊梅《やまもも》の老樹が天にむかって枝をひろげている。

「暇《ひま》を出されました」

と、晋助は菊絵のほうを見ずにいった。さらに小さな声で「ご縁があれば」といった。

その後、しばらく、晋助はどこにも姿をあらわさなかった。

この異常人の行方を、ひとり心配している男がいた。高杉晋作である。

高杉は菊屋横丁の自邸には帰らず、城下を北へゆき、城北の松本川をさらに北へ越えた松本村に隠れ住んでいた。北西に小畑富士が見え、北にかれの故師がかつてそこで彼を教えた松下村塾がある。

「世を捨てた」

と高杉は称し、みずからも半ばその気になって、ことさらに京や下関海峡の風雲に背をむけていた。下関海峡の長州藩領沿岸には、累々《るいるい》たる攘夷用の砲台群があり、外国艦船うちはらいの朝命がくだり次第、いっせいに火を噴《ふ》く手はずになっている。が、高杉はそういう藩内外のうごきに、いまやや拗《す》ねた姿勢でいる。その事情は複雑だが、この物語の主題とは縁がうすいからことさらに説かない。

その高杉の隠宅へ、京の風雲のなかから帰ってきた山県狂介《やまがたきょうすけ》（有朋《ありとも》）が訪ねてきて、京の情勢を告げた。山県は足軽あがりながら、松下村塾党の末輩に属し、高杉の同志として早くから藩内で活躍している。

「妙な漢をみた」

と、高杉は、天堂晋助のことをいった。高杉は、晋助が粟屋家を召し放たれたいきさつも噂できき知っている。

「その沈着、その風手《ふうぼう》、その剣をあやつることの絶妙さ、古《いにしえ》の荊軻《けいか》（古代中国の高名な刺客）の再来かとおもわれる男だ」

「荊軻か」

ただ一藩の独力をもってしても革命をおこそうとしているこの長州藩に、もっとも不足しているのは、一撃でもって敵を斃《たお》し、神出鬼没のはたらきのできる剣士であった。ふしぎとこの長州藩は、論客や周旋の雄はいても、剣客といえるほどの者はいない。

「人物はすでにわしが見ている。われわれの同志に加えようと思うが、狂介に異存はあるまいな」

「僕には」

と、狂介は頭をさげた。僕、という言葉をことさらに山県狂介がつかったのは、それがちかごろ京の勤王志士のあいだではやりはじめた無階級語だからである。本来ならば足軽あがりの山県などは、藩の大組の御曹司である高杉に拝跪《はいき》してものをいわねばならぬ立場である。それが勤王の同志ということで、ほぼ対等に高杉と対話できるのだ。

「粟屋家を去って、どこにいます」

「わからぬ」

高杉は、くすっと笑った。

「しかしきっとわしを訪ねてくる。あの質《たち》の人間が天地に身を置けるのは、われらが同志の党の中しかない。いずれ、身を投ずべくやってくるだろう」

高杉の目に、狂いはなかった。天堂晋助が忍ぶようにして高杉の隠宅をたずねてきたのは、その翌日である。

高杉は、ほぼ一カ月、この晋助を隠宅にかくまい、しかも潜匿《せんとく》中、同志として遇した。その間、高杉は晋助を観察し、最初の印象以上に奇妙な魅力をもった男であることがだんだんわかってきた。

晋助も、高杉の日常をみるにつれて、

(この人物こそ)

と、師に対するような気持で接するようになった。尊王攘夷という、結局はあたらしい日本の統一をめざした新思想の洗礼をも、同時にうけた。

馬関

天堂晋助年譜では、
文久三年六月、高杉とともに馬関《ばかん》（下関）へ。

同月、桂《かつら》小五郎（のち木戸孝允《たかよし》）「育《はぐくみ》」という名目で武士になる。

同月、高杉晋作の奇兵隊創設にともない、入隊。

と、ある。

萩城下の北郊でにわか坊主になって隠棲《いんせい》していた高杉晋作は、にわかに山口の藩庁によびだされた。長州藩の沿岸砲台がフランスの東洋艦隊に砲撃され、しかも陸戦隊の上陸までうけて惨澹《さんたん》たる敗北を喫したのである。その直後、萩城外の松本村の隠宅に藩庁から急使がきて、

「いそぎ、山口の藩庁までのぼってくれ。殿が、おぬしを必要とされている」

高杉は、晋助をつれて萩を出発した。晋助はこのときを機会に、高杉から命ぜられて武士の風体《ふうてい》をしている。

いや、正式に武士になった。浪人ではなく正規の藩士である。

（こんなに簡単に武士になれるものか）

と、晋助自身が意外だった。

高杉の奔走によるものだった。

「育」

という制度が、この藩にある。素姓がなんであろうと上級藩士の家の育（養育者）という名目にしてもらえば、無禄ながら簡単に武士になれる。「育」というのは、むろん養子というような重い関係ではなかった。「被保護者」というほどの意味で、藩庁までとどけ捨てにしておけばいい。

「おれの家の育にしてもいいのだが、高杉家のおやじ殿はひどくうるさくて、一人息子のおれをさえ無頼漢あつかいにしている。だから、桂という男の名前で藩庁へとどけておいた」

「桂さまと申しますと？」

「ああ小五郎という名前の男さ、いま、京にいる」

高杉ほど、乱暴な男はいない。藩外にいる友人の名前をつかって勝手に晋助を桂家の「育」ということにしてしまったのである。

「私は、桂様を存じあげませぬが」

「むこうも知らん。お互いだ」

「よろしいのでございますか」

「君は、おれたちの同志だぜ」

と、高杉はいった。

「同志を士として遇する。遇することが眼目であって、手続きなどはどうでもよい」

これがつねに高杉の発想法である。乱世でなければ生きようのない天才といっていい。

「桂には、事後承諾を得べく手紙を出しておいた。だから君は藩内での名乗りは、桂小五郎育・天堂晋助ということになる。むろん藩外での名乗りは」

と、高杉はいった。

「長州藩士だけでいい」

高杉はこの藩名を、ひどく誇りにしているようであった。日本国内にあっては幕府をふるえあがらせ、国外にあっては、英京ロンドンで発行されているタイムズ紙にまで、そのままの音《おん》で報道されている藩名である。

とにかく、高杉はこの天堂晋助をつれて山口の藩庁へ行った。

藩主毛利敬親《たかちか》に拝謁《はいえつ》した。わずか二十五歳の高杉が、とくに奥殿で拝謁をゆるされるという破格の待遇をうけた。

「そちに、救国（藩）の策をききたい」

と、敬親はいった。この長州の殿様は牛のように大きな初老の人物で、頭のはたらきも牛のようににぶいが、ただ高杉を少年のころから愛し、高杉の尋常でない資質をはやくからみとめていた。

その点、高杉も単なる主従の関係でなく、人のいい伯父《おじ》にでも甘ったれるような気持でいる。

「秘策がございますが、それを即座に用いる、と御確約くださらねば申しあげませぬ」

といったから、陪席《ばいせき》の者がこの若者の無礼な言辞におどろいた。

「殿様は、下関の砲台守備の藩士たちの臆病ぶりをおききになりましたか」

敬親のうなずくのを待たず、

「砲戦に負けたのはやむをえませぬ。壇《だん》ノ浦《うら》の陸上戦で負けたのは言語道断ではございませぬか。敵が上陸してくるや、砲台守備の藩士はことごとく遁走《とんそう》し、一人として踏みとどまって斬り死する者はござりませなんだ。敵は悠々と壇ノ浦、前田、杉谷の砲台を占領し、砲門をはずし、武備を破壊し、戦利品として数門の大砲を軍艦に運んで去った。日本の恥辱、これほどのことはありますまい」

「されば策を聞いている」

「非常の時には非常の士が必要でござりまする。もともと禄高、門地の高き者はかならず死を惜しみます。死を惜しむ者をいかに配置したところで戦場で役に立つものではございませぬ。されば」

と、高杉は、他の藩士がきけば息がとまるようなことを平然といった。

「百姓、町人のうちで勇気と実力をもつ者をあつめ、武士となされますように」

四民平等の兵制である。士農工商から真に勇気のある者を徴募し、その実力優秀の者を上位に置き、厳格な軍規のもとに統制してゆけば日本最強の軍隊が得られるだろうというのである。

が、もしこれが実現すれば、封建社会はたちどころに崩れ去ってしまう危険がある。

が、敬親は、

「非常の秋、やむをえぬ」

と、高杉の非常案を採用した。敬親や高杉の意思とは別に、明治の平等主義はここに誕生したといっていい。

隊名は、奇兵隊と名づけられた。

——奇兵とは正兵でない。

という意味である。長藩では、八隊にわけた藩士の隊をもっている。それとは別の特別隊というべきものであった。

高杉はその奇兵隊総督を命ぜられ、兵を募集すべく下関にむかった。

「そういうわけだ」

と、途中、晋助にいった。

「君は、その奇兵隊入隊第一号ということになる」

「私が」

晋助は、自分の運命が、高杉の手でどんどんつくられていることを感ぜざるを得ない。

「不足はなかろう。君は私に命をあずけたはずだ」

「いつ」

「雲雀峠の上で。忘れたか」

と、高杉は、きゃっと笑った。

（数カ月前までは、夢にもおもわなかったことだ）

天堂晋助は、韮山笠を傾けながら、深沈とした気持で歩いている。

「天堂君、いますこし喋ってもいいか」

と、高杉は、もう、同志として自分と同格の待遇を晋助にあたえていた。

「どうぞ」

「君は下関で奇兵隊士になるが、しかしその任務に服しなくてもよい。君にはふさわしい仕事がある」

高杉は、また奇怪なことを言いはじめた。

奇兵隊の任務は、外国に対して戦うことにある。が、高杉は、自分が発見したこの天才を、集団の一員に埋め去るにしのびないようであった。天堂晋助を奇兵隊に入れたのは、藩内における資格をとらせることがおもな目的のようである。

「君はむしろ藩外に出よ。京や江戸にゆけ」

と、この晋助の運命の創造者は、笠の下で目を細めながらいった。

「日本の敵はむしろ、日本国内にいる。その者どもがその地位にいるというだけで、日本は亡びの原因《もと》になる」

「たとえば？」

「将軍」

と、高杉はいった。

「わしは上海で考えた。いまのまま幕府が日本を統治するかぎり、日本はシナのようになる、と。シナは、惨たるものだ。上海港には列国の軍艦が密集し、上海府には異人が主人のごとくおさまりかえっている。その惨状をみて、シナを売り渡して亡ぼす者はむしろ当の清《しん》帝国の帝室とその大官であることがわかった。日本の将軍、幕府の大官がそうである」

高杉のいうところは、要するに、国際環境が急変してしまった日本を、もはや幕府は担当してゆく能力がない。統治機構として根本的に無理である。その無理を承知で平然としてその地位におさまりつづけている将軍、幕府要人こそ、日本への第一の反逆者である、ということである。

「それだけでも賊だ」

と、高杉はいった。高杉の実現しようとする統一国家の夢からいえば、これは飛躍でもなく当然なことであった。

「将軍を、どうするのです」

「斬るのさ」

高杉はいよいよ目を細めた。この男の言葉が空言《そらごと》でない証拠に、ことしの春、かれは京にあって将軍の暗殺計画を企てたことがある。

「いますぐに？」

と、晋助は、高杉を見た。

「その覚悟でいればよい。君が斬らねばならぬ相手は、天下に無数にいる。それらをことごとく斬るためには、まず将軍から斃すほどの気概が必要だ」

「暴論ですな」

「いかにも暴論。しかしいま天下を救うのはこの暴しかない。おれは防長二州を火中に投じて潰す覚悟でいる。暴か」

「いや」

晋助は、ゆるやかにかぶりを振った。高杉の言葉は、天才のみが吐くことをゆるされる言辞かもしれない。

「おれは、この三十七万石を潰す。藩公父子だけがお気の毒ゆえ、いざ滅亡のときにはおれ一人が藩公父子を奉じ、軍艦をあやつって朝鮮へ亡命してしまう。そこまでの覚悟をきめてから、おれはつねに日常の行動をしている」

「なるほど」

「君が、君一身を捨てるぐらい、それからみれば簡単なことさ」

「左様」

晋助は、苦笑した。そのとおりにちがいない。「ところで」と晋助は顔をあげた。

「私は、ずっとあなたの命令に服しつづけるわけですな」

「冗談ではない」

きゃっ、と高杉は笑った。

「人に服するような男か、君は。そうでなさそうだから、おれはここまで肩入れした。絵堂村の旅籠で、おれは女と媾ったな」

高杉の話柄《わへい》は、よく飛ぶ。

「そのとき、鋳銭司村の百姓である君に、おれは目をつぶっておれといった。ところが君は、それを無視し、炬《きょ》のごとき両眼を見ひらいたまま最後まで見つづけおった。そのときに、この男の運命を創《つく》ってみたいとおれは思った」

事実、高杉は、神のようなところがある。天堂晋助という男をこの地上にあらためて誕生させたがごとくに創造した。

「形は創った。いま、おれの覚悟を披瀝《ひれき》してその形に魂を入れた。仏師が仁王像をつくって入魂《にゅうこん》せしめるようなものだ。あとは、君が判断し、君が行動し、君の一剣で天下を斬りなびかせばよい」

「なるほど」

晋助は、重くうなずいた。

高杉は、多弁になっている。

「おれ自身、いつ死ぬかわからない。いつ朝鮮に亡命するかもわからない。そんなおれを、頼りにされてはこまる」


六月六日、高杉は下関に入ると、すぐ辻に高札《こうさつ》を立て、隊士を募集した。

「勇ある者は来よ」

乱世である。戦国の風景に似ている。

この高札を見て、たちどころに応募者が殺到した。資格は陪臣といわず軽輩といわず、農といわず商といわず、ただ、

「敢死の士にして武勇優秀なる者」

ということのみが資格であったから、魚屋の次男坊が庖丁《ほうちょう》をすてて駈けつけたり、中間が主人の挟箱《はさみばこ》をすてて馳《は》せ参じたりした。どの男も、不敵なつらがまえをもち、必要とあれば地の果てまでも敵を追いそうな連中ばかりであった。

本部は、阿弥陀寺《あみだじ》にきめられた。ここにぞくぞくと連中があつまってきた。

(野盗、山賊のようなものだ)

と、天堂晋助は、そういう連中を庫裡《くり》のわきの松の木に腰をおろしながらみている。

正規の藩兵でないため、服装もまちまちだった。

野袴《のばかま》をつけて高下駄を踏み鳴らしている者もあり、旅商人《たびあきんど》のような股引、草鞋《わらじ》といっ

た姿の者もあり、その支給された武器も、洋銃あり和銃あり、槍や弓をもっている者さえある。かれらが洋服、洋式銃に統一されて日本最強の軍隊になるのは、第二次長州征伐以後のことである。

みな、

「武士」

として処遇された。そのかわり軍律は峻烈《しゅんれつ》をきわめ、士道に反した者はことごとく死に処せられることになった。

最初、幹部は、「光明寺党《こうみょうじとう》」といわれる者から選ばれた。光明寺党というのは、早くから攘夷活動をしていた軽輩出身の団体で、その中核的存在は、高杉がかつて学んでいた吉田松陰の塾の出身者たちである。

「これは、天堂晋助君」

と、高杉は晋助をかれら幹部に紹介した。

(なるほど、山賊の幹部になるだけに、一癖も二癖もありげな面構えの男どもだ)

晋助は、その二十人ばかりの顔をゆっくりと見まわした。

「私は、山県狂介という」

最初に名乗った若者は、顴骨《かんこつ》の思いきって飛び出た無愛想な男である。足軽のせがれのあがりで槍は宝蔵院流をつかい、皆伝の腕に達していた。この男は後に維新の元勲になり、元帥山県有朋ということで世間に記憶されることになる。

「私は天堂晋助」

ふわりとした声で、晋助はかるく受けてやった。山県は不快に思ったらしく、

「おぬしゃ、あれか、百姓のあがりかね」

と、あくのつよい声でいった。晋助は苦笑してだまったが、この一座のなかで唯一の藩貴族の出身である高杉は、

「狂介、素姓をあげつらうな」

と、大喝した。狂介は、そっぽをむいた。

つぎは、

「赤根武人《たけと》」

と名乗る男である。油断ならぬ目つきをしているくせに、妙に愛想がよかった。

「私も、百姓あがりです」

藩領の柱島《はしらじま》という島の出身である。父は百姓医だったが、少年のころ島をとび出して長州第一の詩僧といわれた月性《げっしょう》の学僕となり、のち、藩内の郷士赤根雅平の養子という名目で赤根姓をもらい、江戸に出て斎藤弥九郎道場に剣を学び、さらに長州にもどって吉田松陰の塾に入り、その後、諸国をとびまわって国事に奔走している。この男はのちに新選組にとらわれ、間諜《かんちょう》になるという約束で釈放され、長州に帰ったが、その挙動をあやしまれて斬首《ざんしゅ》された。

あと、三好《みよし》軍太郎、時山直八など十数人が晋助に会釈をした。

晋助は、

「小隊司令補」

という役名をもらったが、実務があるわけでなくぶらぶらしていた。

この間、おなじく下関に駐屯している上士の隊の選鋒隊《せんぽうたい》がしきりと奇兵隊を軽侮し、ついに奇兵隊幹部宮城彦助という者の宿舎に上士の者十人が乱入する騒ぎがあった。高杉はこの月十六日の夜、これを抗議するために選鋒隊本部である教法寺に単身乗り込んだが、夜に入っても帰らない。

「高杉が、選鋒隊に監禁された」

という報が、奇兵隊に入った。みな剣をとって町にとびだしたが、晋助は制し、

「私がやる」

と、おさえ、教法寺の塀を信じられぬほどの業《わざ》で一瞬にとびこえ、境内に入り、本堂に進み、扉をあけ、なかに入った。

「何者だ」

と、選鋒隊士七、八人が剣をとって立ちあがったが、そのとき晋助は大剣をぬいて踏みこみざま、藤田幾之進という大組出身の男の胸を真二つに斬って捨てた。

同時に身を移して、阿曾沼《あそぬま》牛兵衛、児玉光之進、佐伯《さえき》作之丞、児玉鹿之助の四人をまたたくうちに斬って、高杉の手をとり、

「長居は無用の場所」

と、悠々と去った。

教法寺騒動といわれる事件である。

この事件の後始末は才覚者の赤根武人がつけたが、とにかくこの騒動で、

「天堂晋助とは鬼神か。――」

という評判が立った。なにしろ教法寺本堂の中央で高杉が三度まばたきするあいだに、晋助はすでに五人を斬り去り、高杉がやっと制止しようとしたときにはこの男は血刀を拭《ぬぐ》っていたという。

怪物といっていい。

(この男が天下を横行しはじめたとき、世はどうなるか)

高杉でさえ、戦慄《せんりつ》する思いで晋助という男をおもった。

――奇兵隊。

というのは、その存在そのものが、革命的なものだった。百姓でも武士になれるという特例の設置は、封建制という長大な堤防に蟻《あり》の一穴があけられたといっていい。どんどん穴が拡《ひろ》がり、ついには万里の堤防も崩れ去るであろう。

教法寺事件がそうである。

「痛快だ」

と燥《はしや》ぎまわったのは、奇兵隊のなかでもとくに卑賤《ひせん》の出身者が多かった。教法寺本堂でまたたくまに上士五人を斬り捨てた天堂晋助は、英雄のように祭りあげられた。

「天堂は、宮本武蔵直伝の二天一流の兵法をつかう。その剣の精妙さは、遠祖武蔵をほうふつさせる」

と、かれらはうわさした。

かれら百姓、町人あがりの者にとってこれほど鮮烈な印象の事件はなかったであろう。

なにしろ、百姓町人は斬りすて御免、という権能をゆるされている家中《かちゅう》の上士を、百姓どころか村厄介あがりの男が、逆に斬りすててしまったのである。

（それでこそ奇兵隊）

という自信が、結成早々の奇兵隊の隊中で期せずしてうまれた。無言の革命教育だったといっていい。

この事件は、藩の重役のあいだで大さわぎになったが、なにぶん外国艦隊が再度長州を襲うという噂でもちきりの情勢下だったため、後始末もうやむやのうちに立ち消えそうになっている。

が、上士の選鋒隊のほうが、おさまらない。

「実力で復讐《ふくしゅう》する」

という議論が沸騰した。

事実、それしかないであろう。いま長州非常時下の藩政は、周布《すふ》政之助という高杉ら一派の過激派の首領がにぎっている。周布が奇兵隊に不利な裁きをするはずがない。

「天堂晋助を斬るべし」

ということで、萩城下に本拠をおく選鋒隊のあいだで、三人の腕ききが選ばれた。

「萩では」

と、高杉は天堂晋助にいった。

「そんなふうにさわいでいるらしい。どうあってもお前さんを斬るという」

下関の阿弥陀寺は海に近い。この夜、風浪がはげしく海鳴りが庫裡《くり》の障子を圧してきこえてきている。

「おとなしく斬られるかね」

「どっちでも」

晋助は、行燈《あんどん》に油をさしながらいった。

「それとも、こちらから萩へ踏みこんでいって叩《たた》っ斬るか」

「高杉さんのお好み次第です」

「好みからいえば」

高杉は意地わるく笑った。

「上士に勝たせたいさ。私は上士の出身だし萩に肩をもつ。これは明瞭な感情だ」

そうにちがいない。藩貴族の子弟である高杉は同類を擁護したいのが当然だろう。百姓なんぞに武士が侮《あなど》られてたまるか、という底《てい》の感情はある。

「これでもおれは単純ではない」

「そうでしょうな」

「おれのお祖父《じい》は、おれにどうか大それたことを仕出かしてくれるなといって死んだ。おれの父は、おれが足軽以下のせがれどもをあつめて馬鹿騒ぎしているのを苦の種にしている。高杉家は家中の名家だぜ」

「いかにも」

「自然、おれにも上士意識はあるさ。しかしそれでは長州も日本もつぶれると思ってこんな馬鹿騒ぎをやっている。上士なんぞはいざ国難のときには何の役にも立たない」

フランス艦隊が上陸してきたときがいい例である。

砲台をすてて一目散に逃げてしまった。

「高杉さん」

と、晋助はいった。

「あなたは、長州藩を潰す覚悟でやっているとおっしゃいましたな」

「ああ、いざというときには藩主父子をひっかついで朝鮮へ亡命してしまう。その最後の覚悟がすわらねば、いかにおれでも神算鬼謀《しんさんきぼう》が湧かねえよ。それがどうした」

「となれば、いっそ役にも立たぬ上士を」

「斬って一掃するのか」

高杉はまた、例の「きゃっ」という奇妙な笑い声をあげた。

「いっそ、邪魔な上士を斬り払って、長州藩を悉皆《しっかい》武士にするか。おれの親父《おやじ》は目をむいて怒るぜ」

「道楽息子ですな」

晋助は、無表情のままでいった。もともと晋助は表情にとぼしい。だから高杉も、この天堂晋助がなにを考えているのか、ときに戸まどうことがあり、まれに不愉快になることがある。

「まあ、そいつは冗談だ。上士を悉皆追っぱらって百姓の藩にするというのは」

「なるほど、むりでしょうかな」

「おや」

高杉はおどろいて、晋助の顔をのぞきこんだ。

「お前さんは本気でそれを考えているのかね」

「いや」

晋助は苦笑し、かぶりを振った。

「考えてはいませんよ」

「ふん」

(百姓のあがりは、どうも何を考えているかわからぬところがある)

高杉は、気味わるくおもった。出身階級がちがうというのは、ときに相手に対してえたいの知れぬ猜疑感《さいぎかん》をもちがちなものだ。

が、すぐ高杉は忘れた。それよりももっと大きな興味を、この天堂晋助という男に対して高杉はもっている。

晋助は、高杉にとってとほうもなく魅力のある素材なのだ。この素材に意外な運命をあたえてゆく作業ほど大きな刺戟は、ちょっと見あたるまい。

「博奕《ばくち》うちにならないか」

と、高杉はだしぬけにいった。

「はあ？」

「これさ」

高杉はかたわらの湯呑をとりあげ、がばっと畳に伏せた。湯が、畳一面にこぼれた。丁半だ、という意味である。

「三日のちに、三田尻《みたじり》（長州藩の商港）から讃岐《さぬき》（香川県）の多度津湊《たどつみなと》へゆく船が出る。それに乗りな」

「乗って？」

「讃岐の金比羅《こんぴら》さんの町の榎井村《えない》（琴平町）にゆく。そこに日柳燕石《くさなぎえんせき》という大博徒《ばくと》がいる。土地の大旦那で学者で詩人で、しかも西国《さいごく》、四国きっての大親分という奇妙なおじさんだ、そこでわらじを脱ぐ」

「脱ぐと？」

晋助は、くすくす笑いだした。高杉が、まるで芝居の戯作者《げさくしゃ》のように天堂晋助の運命をこしらえることに夢中になっている様子がおかしかったのである。

「なにがおかしい」

「いえ、べつに。お話のさきをどうぞ」

「わらじを脱ぐのさ」

と、高杉も笑っている。

高杉のいうところでは、日柳燕石は、著名な勤王詩人でもある。高杉の紹介状をもってゆけば、粗略にすまい。全力をあげて便宜をはからってくれるだろう。

「仁俠道《にんきょうどう》の者がよく刃傷沙汰《にんじょうざた》をおこす、ところが容易に上《かみ》につかまらないのは、あの連中には津々浦々に袁彦道《えんげんどう》の法類があるからだ」

袁彦道（ばくち）の法類、と高杉が武士らしい表現でいうのは、ひらたくいえば博徒社会の兄弟分組織という意味らしい。かれら親分衆は強烈な相互扶助の連絡をもち、他国に住む兄弟分の親分から凶状持《きょうじょうもち》をあずかった場合、命にかけても保護をする。

「燕石は、天下のいたるところに兄弟分をもっている」

その燕石の博徒組織をつかえば、京にいようが江戸にいようが、神出鬼没のはたらきができる、と高杉はいった。

「ぜひとも、そうせい」

「要するに、三日後には三田尻湊を出て、長州から姿を消せ、ということですな」

「図星」

高杉は笑った。

これ以上長く天堂晋助に居られては、上士の選鋒隊と奇兵隊との間にみぞが深くなり、ついに藩軍が真二つに割れることを高杉はおそれたのである。

「讃岐から京へ出よ。京の長州藩邸には桂小五郎らがいる。おれの手紙も先着しているはずだ。君の天地は、京・江戸でひらける」

高杉は、どさっと鬱金木綿《うこんもめん》の袋をおいた。なかに金銀が入っている。

「路用だ」

と、言い、さらに一口《ひとふり》の大剣をとりだして晋助に贈った。

「切れる」

と、高杉はいった。

無銘の相州物で、鞘《さや》は黒蠟《くろろ》色《いろ》、掟《おきて》どおりの打ち刀拵《がたなごしら》えである。晋助がすらりと抜くと刃文《はもん》がしずかに刀身に展開し、魂が吸いとられるばかりにうつくしい。

「みごとなものですな」

「そのはずさ」

高杉は、笑いだした。

この刀には因縁ばなしがある。

ことしの三月、京にいた高杉が将軍を暗殺しようと決意したが、斬りこみにはなんといっても業物《わざもの》である。

(周布なら持っているだろう)

と思い、河原町の藩邸の一室に周布政之助を訪ねた。周布は藩の高級官吏としての履歴が長いから、相当な刀をもっていると高杉は見こんだのである。

「ほう、将軍を斬る。そりゃ、ちかごろの快事だ」

周布はべつに驚きもせず、「刀なら手ごろなのがある」といって押入れから一口とり出してきた。

「どうだ。気に入ったか」

「ふむ……、結構だが」

高杉は刀を見てじつは閉口した。刀の柄頭《つかがしら》に金象嵌《きんぞうがん》で、一文字三星《みつぼし》の毛利家の御定紋《ごじょうもん》がはめこまれてある。

こんな拝領刀を使って闘死したりすればそれが最後、主家にどんな迷惑がかかるかわからない。

「拝領刀では憚《はばか》りがある」

「なんだ、そんなことか」

周布は無造作にうなずき、押入れからヤスリをとりだしてきて、その御定紋をごしごし削りとってしまった。

この周布の豪略さには、さすがの高杉も肝《きも》をうばわれてしまった。余談ながらその周布がいま長州藩の首相格で山口の政庁にいるのである。この藩がいま、どんな政情にあるかほぼ想像がつくであろう。

「そのときの刀さ。おれはついに将軍を斬れなんだが、お前さんがその刀でやってくれれば、その刀も成仏《じょうぶつ》できる」

天堂晋助はその翌朝、下関の俠商白石正一郎方へゆき、旅装をととのえてもらった。

博徒に変装し、陽《ひ》がまださほど高くないころ、下関の街衢《まち》を抜けて西へむかった。三田尻へゆく。

（しかし、すぐには行かぬ）

というのが、天堂晋助の肚《はら》であった。じつは今朝、白石方で選鋒隊の動きについて聞きずてならぬことを聞いた。

選鋒隊の刺客三人はすでに萩を発ち、どういうつもりか吉敷《よしき》郡小鯖《おさば》村に立ち寄り、その足で下関にあらわれるはずだというのである。

（なんのために小鯖村に？）

と、晋助は考え、やがて息がとまるような衝動におそわれた。

妹がいる。

お冴《さえ》といった。妹といっても死んだ継母の連れ子で血はつながっていなかったが、お冴がまだ嬰児《えいじ》のころ少年の晋助が襁褓《むつき》の世話までしてやった娘で、実の妹という実感以上のものをこの娘に対して、もっている。

そのお冴は、故郷の鋳銭司村から十キロばかり北東の小鯖村の庄屋屋敷に奉公にあがっていた。

（小鯖村とあれば）

彼等はお冴を斬るつもりか、それともかどわかすつもりか、いずれにしても脂《やに》っこい上士らしい智恵だと思い、晋助はさすがに前後の思慮を失った。

晋助は、飛ぶように道をいそいだ。御領内ながら小鯖村までは二日以上はかかる。二日目に三田尻の手前の宮市に出、郷内の天満宮の縁をかりて仮眠したあと、山道を北上した。

長州藩士はゆらい、芸のこまかい策謀家が多い。戦国以来の毛利家の家風というべきだろう。下関発足いらいの天堂晋助の挙動、足どりについては、ことごとく選鋒隊上士団が偵知しつづけていた。

選鋒隊刺客団は、

吉井仙蔵

長野選十郎

椋梨一蔵

の三人である。いずれも晋助には怨恨《えんこん》が深い。下関教法寺で天堂晋助に斬られた上士の血縁者から選ばれた者で、この三人に二十人ばかりの選鋒隊士が、偵察、連絡、見張りのために加勢している。

——奇兵隊隊舎から天堂ひとりを誘《おび》き出して討つ。

という方針で策がめぐらされた。幸い小鯖村に晋助の妹が奉公に出ていることを知り、

「萩を出て小鯖村へ立ち寄る」

という流説《るせつ》を、下関に流した。晋助がどんな反応を示すかは、かれらにとって歴然たるものである。

晋助は、無邪気に乗せられた。この男がやがて無邪気でなくなるのは、こういう経験を経てからのことであろう。

やがて鯖山峠を越え、観音原《かんのんばら》、中門前といった山中の部落をすぎて小鯖村の庄屋源左衛門屋敷についたときは、月も落ちている。

門前に、懇意の小作人の家がある。そこへ寄ってお冴をよび出してくれるように頼んだ。

お冴の草履《ぞうり》の音がきこえた。油紙障子があくよりも早く晋助は立ちあがり、

「無事だったか」

と、お冴を抱きあげた。腰のあたりに幼いころには無かったなまぐさい血の温《ぬく》みがある。お冴は十七である。

「どうしたんです」

と、お冴は抱きあげられながら、首をかしげ晋助の耳もとで囁《ささや》いた。

「ぬしゃ、殺されるぞ」

「どうして？」

お冴は、そっとおろされた。「話がある」と晋助は言い、そとへ連れ出した。そとは、闇である。木立が、峠へつづいている。

晋助は歩きながら器用に提灯《ちょうちん》をつけ、樹下の道を照らした。光の輪が、お冴の小さな足を浮かびあがらせた。

その輪を前へ前へ動かしつつ、晋助は事情のいっさいを、話した。

「おれの剣技が、わざわいしているらしい。運命が、にわかに狂いはじめている」

「それで？」

「お前の運命も、巻き添えになってゆくらしい。多少の悔恨がないでもない」

悔恨、といったのは、天堂家につたわる家伝の二天一流は、たいていの古い兵法がそうであるように一人相伝《いちにんそうでん》の厳秘なもので、形稽古の様子をさえ他人《ひと》にみせるなといわれてきた。亡父の義助はそれをまもり、鋳銭司の山中で晋助に伝授した。最後の太刀を伝授しおわったとき、

「蔵して人に気づかれるな」

と念をおした。この剣技を身につけているとひとに知られたときにはかならず災患《わざわい》がある、と義助はいった。

——どういう災患か？

とそのとき晋助がきいたが、義助は戸惑い、「そう言い伝えられている」とのみ言った。義助もくわしくは知らなかったのであろう。おそらく初代天堂助右衛門という人物がなにか刃傷沙汰をおこしたのに相違ない、と晋助はおもっていた。

「どこまで行くの？」

お冴は、五、六丁きたあたりで、晋助の掌《て》をつよく握りかえして、目をあげた。

「京へ」

と、晋助はお冴を見おろした。

「一緒にゆく。馬関で手形も用意しておいた。お前は、奉公さきを脱け、国をも脱けるのだ。それしか危難をふせぐ手はない」

峠には、上士団がいる。

かれらは麓《ふもと》の観音原のあたりから動いてくる提灯のぬしが何者であるかを、十分に偵察しぬいていた。

「京へ？」

お冴は、存外、度胸のいい娘だった。あわてはしなかったが、ただ心細そうにきき返した。このとき、提灯の灯《ひ》が消えている。

晋助が消した。

（この峠道には、樹の翳だけではない。人がいる。――）

それも二人や三人ではない、と天堂晋助は直覚した。

「……なぜ提灯の灯を」

消したのか、と妹のお冴がささやいた。

「人が、樹翳《じゅえい》のあちこちにいる。おれたちを殺そうとしている」

晋助は口早にいった。

「灯《あか》りがかれらの目印になる」

「……だから？」

「うむ、消した。それだけのことだ」

と、お冴を抱きよせてやった。お冴のえりもとから生温かい体温が蒸《む》れのぼっている。

「お冴、わしはさきに峠の上へゆく。やがてここへ迎えにくる。おまえは、そのへんの崖っぷちで、しばらく身をひそめていてくれ」

「兄様は、どうするの」

「さあ」

晋助は言葉をにごし、やるべきことに取りかかった。右手に、細長い櫨《はぜ》の若木がはえている。それを伐《き》り、そのさきに提灯をつけ、灯を点《とも》した。

ぶらさげると、ちょうど長い釣り竿のさきに提灯をつけたような恰好《かっこう》になった。

(灯をめあてに斬られてはたまらぬ)

という用心である。

晋助は、歩きだした。さすがに、慄《ふる》えが膝からはいのぼってくるのを、どうしようもない。下関の教法寺斬り込みで人を斬ったとはいえ、あのときは襲う側だった。襲う側は、恐怖がすくない。

いま、逆の立場にある。襲われる。

(この位置を逆転せねば)

とても、たまらない。襲う立場に転換せぬかぎり、精神は萎《な》え、ついには気死してしまうであろう。兵法の真髄はつねに精神を優位へ優位へととってゆくところにある。言いかえれば、恐怖の量を、敵よりもより少ない位置へ位置へともってゆくところにあるといえるであろう。

(斬られる)

ということを、晋助はひたすらに考えまいとした。いちずに、

（斬る）

思念をのみ、全身に命じた。ただその全身はこまかく慄えつづけている。

その一面、晋助は、わが身の奇妙な運命を客観的にみようとする多少のゆとりを残してはいた。人を斬ることについてである。何事であるか、と思った。

（何事であろう。ここ旬日《じゅんじつ》のあいだ、おれは血を浴びて暮らしている。いまも斬る。自分はひょっとするとこのまま）

……伝奇的生涯に入るのではあるまいか、と晋助はおもうのだ。革命そのものが伝奇とすれば、その奔流のなかにすでに身を投じてしまっている。もはや人並な平穏さは訪れないのかもしれない。……

その平穏でない影が、果然、晋助の眼前の闇のなかに出現したようである。

提灯が、虚空にはねあがった。

数条の白刃がきらめき、提灯は切られ、天地は闇にもどった。

その刹那《せつな》、晋助の足は地を蹴り、虚空におどりあがった。おどろくほどのすばやさで殺人が行なわれた。

櫨の若木は、槍になっている。その先端に抜き身の脇差がしばりつけられていた。

ぶるっ
と、槍の柄に、肉の手ごたえがした。気味のいいものではない。

「私は天堂晋助だが」

晋助は、転々と身の位置をかえながら、声だけはわざと沈めていった。

「人ちがいではあるまいな」

「下郎」

切り裂くような声で、右手の影が叫んだ。

「奇兵隊などという下郎の集りができて以来、わが二州（長門・周防）の武家の法がくずれた。が、萩のお城下は馬関（奇兵隊本拠）とはちがうぞ」

（聞いた声だな）

と、晋助はおもった。

「萩の武家の法とは、闇討のことでありますのかな」

「下郎を成敗するのに、夜も昼もあるまい」

（あっ）

と、記憶がよみがえった。

椋梨一蔵である。

粟屋菊絵のいいなずけだときいているあの男に相違ない。

雨の日、晋助は萩城下の路上でこの男に打たれたことがある。

「あなた様は」

晋助は声を残して、すばやく移動した。声をたよりに斬られてはたまらない。

「椋梨一蔵殿でありまするな」

その声が、相手に思慮をうしなわせた。相手は沈黙し、足を摺《す》る音がきこえた。闇で、鍔《つば》が鳴った。

(来る。……)

晋助は、路の中央にいる。腰をふかく沈め、両眼をいっぱいに見ひらいているのだが、闇は漠々《ばくばく》として人影の動きもみえない。

相手の、地を摺る音がやんだ。

(椋梨は夜目がきくのか)

そのはずはあるまい、と晋助は思いかえした。椋梨も、手さぐりにちがいない。

晋助は、相手を誘導しようとした。なにか言わねばならなかった。

「上士は、亡びよ」

といった。かれ自身、自分でもおどろくほどの激越な言葉がつぎつぎと噴き出した。

「上士などが御家中におさまりかえっているだけでも、民百姓の費《つい》えであり、迷惑であり、翻《ひるがえ》っては天朝の御攘夷をはばむものであり、夷狄《いてき》の侵入をゆるすもとになる」

(高杉は、そこまでいわなかった)

晋助はおもった。高杉は平素似たことはいっているが、ここまで激越ではない。

(おれの正義は、いまの言葉にある)

晋助は、自分に言いきかせた。斬るに正義がなければ、人を斬れるものではない。椋梨にはある。

旧秩序の護持、ということである。おそらく晋助の体をなますに斬りきざんでもあきたらぬほどの感情があるだろう。

鍔が、鳴った。

(上段に構えを変えた)

と、晋助はみた。

そのあと、闇が熱くなった。白刃が、晋助の頭上を襲った。

晋助は、無用の身動きをしない。

ただ、左指でおさえている佩刀《はいとう》が、わずかにこじりをあげた。腰をひねった。あとは緩慢といえるほどの正確な動作で抜き打ちに斬りあげた。

跳びさがって、返り血を避けた。刀の物打《ものうち》からきっさきにかけて、手ごたえはあった。

(上胴を斬ったはずだ)

どさっ、と、物体が地を激打し、やがて動かなくなった。

なお闇のあちこちで人の気配はしたが、やがてそれも消えた。

他は、逃げたのだろう。


三田尻から、船に乗った。

例の遊俠の姿である。お冴の道中衣装は、三田尻でととのえた。

「まず、讃岐へゆく」

讃岐は、内海を横切った対岸である。晋助は胴《どう》ノ間《ま》に落ちつくなり、そういった。

「なんのために？」

お冴こそあわれというべきだろう。単に、晋助とは義理の妹になるというだけで、晋助の運命の激変のなかにまきこまれてゆかねばならない。

「すこし、ねむることだ」

晋助は、枡《ます》を一つ借りきっている。その枡に、綿の湿ったふとんがある。それをお冴に掛けてやった。

実のところ、お冴は昨夜からの不眠と疲労で、自分の身について考える能力をうしなっていた。

「ねむることだ」

と、晋助の掌がお冴の体をかるくたたいたとき、お冴は眠りに落ちた。

晋助は、胴ノ間から船上にのぼった。風が順調に帆を追っているようである。

（どうなるのか、おれにもわからない）

晋助は、目をほそめた。

陽光が、まぶしすぎた。陽が波に跳ね、かろうじて島々をみることによって、目を休めることができた。

（すべては、この海を渡ってからだ。成りゆきにまかせるしかほかはない）

そう思案をきめると、疲労が出た。胴ノ間へ降り、お冴のそばに身をよこたえた。

(これは)

と、晋助は体をちぢめた。右腕にそってお冴の体温がなまなましく息づいている。

晋助は、目をつぶった。つぶると、脳裏にお冴の体温が匂いをこめて満ちた。

晋助は瞼《まぶた》をひらいた。

(多度津につくと、女を買わねばならぬ)

その義務を、自分に課した。


……………


船は二日目に、多度津に入った。

多度津は讃岐きっての海港で、天霧山《あまぎりやま》下の入江にはおびただしい数の大小の船が帆をやすめている。

「あれは?」

お冴が、土をふむとすぐ指をあげた。めだつほどの大きな屋根がそびえている。

「城さ」

「あんな小さな」

と、この娘の生来の明るさに戻っていた。多度津には京極家《きょうごくけ》一万石の城館がある。

「まだ陽は高いが、宿をとろう」

「もう?」

お冴は、いま穿《は》いたばかりのわらじを、跳ねるようなしぐさで踏みしめてみた。足をたしかめているのだろう。

「三里か、五里ぐらいなら歩けるわ」

「船疲れがしている」

多度津の往還を歩き、「小猿屋」という妙な屋号の旅籠に入った。

風呂、夕食がおわったあと、

「お冴、さきに寝ろ」

と、晋助はいった。

「どこへゆくんです」

「男の用がある」

と、晋助は帯を締めながらいった。他の宿に酌婦を買いにゆくつもりだった。

「この宿では、済まないの」

お冴は、おどろくべきことをいった。晋助はわが義妹ながら、この娘の性根がときどきわからなくなることがある。

「どういう意味《こと》だ」

狼狽《ろうばい》していった。なるほどこの小猿屋にも酌婦はいるのである。

「知りませんよ」

お冴は、無邪気に微笑《わら》った。

「兄さんが、その男の用という意味《こと》を、明かしていないじゃありませんか」

「おまえ、疲れがとれたな」

晋助は、話題をかえようとした。

「船のなかでぐっすりねむりましたから」

「きれいな貌《かお》をしている」

「その御用でしょう？」

と、お冴は意味ありげにいった。きれいな……のもとに行くのではないか、という意味らしい。

「まず、そうだ」

晋助は、わざと仏頂面《ぶっちょうづら》でいった。

「男は、そういうことがないと無用に気がそそけ立つ。薬を服《の》みにゆくと思え」

「厭《い》やです」

と、お冴は、いった。

「おまえが行くのではない」

「わかっています。でも、海に」

「海に……なんだ」

「漂ってしまったようなものでしょう？　お冴も兄さんも」

と、お冴は、まだ幼さの残った表現で、懸命に自分と晋助の運命を語ろうとした。藩国を離れあてどもなく漂泊してしまった以上、頼る相手としては晋助だけではないか。

「かたときも、離れてほしくない」

と、お冴はいうのである。うまれてはじめての旅の宿で、ほんのしばらくでも置きざりにされてしまうのは耐えがたい、とお冴はいうのである。

（それはそうかもしれぬ）

晋助は帯をむすぶ手をとめた。

「そんなに欲しい？」

「なにがだ」

「その、お薬が、です」

「必要だから、といっている」

「私にもお薬はあるわ」

と、お冴は、いきなりいった。

「えっ」

「お薬が、よ」

晋助は、火柱が目の前で立ったような衝撃をうけた。

「おぬしは、ばかか」

「妹だから、というのでしょう？　でも、世間には継母の連れ子と添う、というはなしはいくらでもあるわ」

「女だな」

晋助は、えたいの知れぬ生きものを見るような表情でお冴をみた。あれだけの運命の変転が、お冴を襲った。が、お冴はたったいまこの黄ばんだ畳の下からうまれ出たようにけろりとすわっているのである。

(どうやら)

と、晋助はおもった。

(おれは大変な生きものを連れだしてしまったらしい)

「やめた」

「じゃ、服む?」

お冴は、この会話を楽しんでいるらしい。

「本気でそんなことをいっているのか」

「ほんきよ」

「おまえは、どうかしている」

「ちがう」

と、お冴はいった。

「女の頭って、どんなときでもそんなぐあいにしかまわらないようにできているんです。小鯖村の鯖山峠で、兄さんは私を捨てた」

「捨てたのではない。一時かくれていろ、といったのだ。だからこそ、事が済んでからおまえをさがしにきた」

「一時は、捨てたわ」

捨てる、という極端な言葉をつかわねばならぬほど、あのときのお冴の心境は心細さを通りこしたものであったらしい。崖っぷちの樹の闇にかくれ、峠道の上で兄の晋助が格闘しているあいだ、気をうしないそうになるほどの気持でその時間に耐えた。

(たとえ兄の命が無事でも、このさきどうなるかわからない)

という心細さが、闇のなかで不意に飛躍し、兄といま以上の形で結ばれたいと思った。そう願いつづけることだけで、あの時間にやっと耐え得た。

「心細かった」

と、お冴はいった。

「そのとき、そのことだけを考えつづけていたんです。お薬を服ませることをよ」

「薬をか」

晋助は、自分と妹とが、世にも奇妙な会話に熱中していることを、うすうす気づいている。

「だから、いま急に言いだしたわけではありません。船のなかでも、ずっとそのことを考えつづけていた」

「おれは服みたくない」

「と兄さんがもしいったら、とっさに刺し殺して自分も死んでやろうと思ったわ」

「おい」

晋助は、お冴をみた。

見た視線が、狼狽した。そこには、以前、妹としてみていたころのお冴とはまるでちがった女がすわっている。

「あすは」

と、晋助は別なことをいった。

「三里、あるく。南へだ。榎井村につく。日柳燕石という博徒の大親分がいる。そこで、数日とまることになる。その榎井村の近在に」

晋助は夢中でいった。

「海内《かいだい》第一の霊祠といわれる金比羅大権現が鎮座して座《い》ます」

「神仏が、こわいのですか」

「もう、寝ろ」

晋助は、ほとんど叫び声をあげていた。お冴はその叫び声の下で、

「寝ます」

と、にわかにかぼそい声で答えた。その様子が、たったいまとは人変りしたほどに儚《はかな》げに晋助にはみえた。

(こいつ。……)

晋助は目をそらした。この妹をここまで追いつめたものは何物だろうと思った。

（おれではない、時勢だ）

と、晋助はおもいたかった。事実、世が尋常であれば、すべては何事もなかったであろう。

大坂へ

その翌日、ふたりは三里を歩き、繁華な町に出た。

「榎井村だ」

と、晋助はいった。村とはいえ、京・大坂ほどのにぎわいがある。日本第一の繁昌神、金比羅権現の門前町であった。

天堂晋助は、すぐには日柳燕石宅にゆかず、思うところあって、旅籠に入った。

(相手の人物を見きわめねば)

という、剣客らしい用心のためであった。

夜、あんまをとって、

「日柳燕石とは、どんなひとだ」

ときいた。

「加島屋長次郎さんのことかね」

それが同一人物の博徒としての名である。燕石は詩人としての号であった。

「このあたりの将軍様《くぼう》さ」

と、あんまはいった。

金比羅権現の門前町一帯は大名の領地ではなく、幕府の直轄領である。だから付近の丸亀藩や高松藩の司法権がおよばない。そのうえ、この門前町の司政権をもつ幕府の代官所ははるかに瀬戸内海をへだてた備中倉敷《びっちゅうくらしき》にあるため、ほとんど町民の自治にまかされている。

町には妓楼がひしめき、参詣人がおとす金銀がうずをまいている。自然、日本有数の賭博都市ができあがったのもむりはなく、ヨーロッパでいえばモナコとやや似ているであろう。

この門前町の事実上の将軍が日柳燕石である、とあんまがいう。

「ある日のことだがね」

と、あんまがいった。東海方面で最大の縄張りをもつという大親分が、子分多数をひきつれて金比羅詣りにやってきた。

この大親分の名は、のちにこの金比羅の町につたわる伝説では、清水ノ次郎長である、ということになっている。

「ぜひ、高名な加島屋長次郎に会って骰子《さいころ》を試みたい」

と次郎長はおもい、参詣の帰路たまたま路傍で草を刈っている四十五、六の農夫に、燕石の住いをきいた。

「近くなら、案内してくれ」

「いや、私がその長次郎だが」

と、その農夫はいった。

まさか、と思われるほどの風体で、目鼻だちのしょぼしょぼした、薄あばたの小男である。

(南海道一の大親分だといっても、やはり田舎者《いなかもの》だな)

と次郎長はおもったが、態度だけははっと驚くふりをしてみせ、この道でいう「仁義」を切ったうえ、ぜひ貴家の盆を拝見したい、と申し入れた。

賭場に案内せよ、という意味でいったつもりだが、農夫は自分の締めていた荒縄の帯をとき、その縄をくるくると解いて二本のワラシベをさし出し、

「これでやろう」

という意味のことを鄭重《ていちょう》にいった。長短をいえ、というのである。

さらに、

「百両」

と、紙きれに筆をとって書いた。この町では燕石が百両と書いただけで「百両」として通用するがごとくであった。

次郎長もやむなく現金で百両出し、それを田のくろに積んだ。

「こっちを頂戴します」

と次郎長が会釈して一本のワラシベをひきぬくと、短かった。
次郎長の負けである。
このあと、燕石は次郎長をなじみの妓楼に案内して歓待し、出立のときには草鞋銭《わらじせん》として百両をもたせてやった。
（よほど、度胸のある人物らしい）
天堂晋助は、思った。
（その大侠が、天下にかくれもない詩文家であり、同時に討幕運動家であるという。……）
おなじ人間が、三つの面をもっている。詩人としての燕石の作品で天下に流布《るふ》しているものは多いが、とりわけ、
日本ニ聖人アリ
ソノ名ヲ楠公《ナンコウ》ト曰《イ》フ
誤ツテ干戈《カンカ》ノ世ニ生レ
剣ヲ提《ヒッサ》ゲテ英雄ト作《ナ》ル
という詩は、薩長土の慷慨《こうがい》家たちの愛唱おくあたわざるものであった。この節、南北朝時代の武将楠木正成《くすのきまさしげ》（楠公）は革命家たちの偶像のような存在にされているから、この詩は志士たちの歌謡のように流行している。
天堂晋助は、もう一泊した。

——金比羅の町に入ればすぐ燕石をたずねよ。

という高杉の指示に反しているようだが、この用心ぶかさは晋助の性格にまで食い入っている古兵法の論理によるものであろう。

（相手がただの人間ならいざ知らず、三つの顔をもっているという面妖《めんよう》さは、用心に値する）

と晋助はおもっていたのであろう。

が、晋助の斟酌《しんしゃく》は、むだであった。

（妙なやつが町に入りこんでいる）

という報《し》らせは、燕石の耳にすでに入っていた。

「長州なまり、渡世人風《とせいにんふう》、女づれ」

という報告である。あんまからも、旅籠の手代からも、そんなぐあいに入っている。

「その三点だけでは、善悪さだかならぬな」

燕石は、

「呑象楼《どんしょうろう》」

とかれ自身が名づけた、高松街道沿いの居宅で子分どもにいった。

「幕府の密偵なら、斬ってしまえ」

と、このとき言いふくめた。事実、燕石の挙動をさぐりにきた公儀密偵が、何度か、この町の闇のなかで命を消している。

その二日目の夜、燕石の子分の鞍五郎《くらごろう》というのが、呑象楼にやってきて、

「親分、ちょっと」

と、小声でいった。

あの男が、金山寺町の賭場にきているという。

「賭場に」

「しかも、張るわけじゃありません。むっつり賭場のはしにすわり、盆の上の動きをながめているだけなんで」

「ただそれだけか」

「いや、それが」

その様子がなんとも鬼気を帯び、自然賭場が沈み、壺《つぼ》をふる者も呼吸が整わず、なんともやりきれぬ空気だという。

「おれが出てみる。名をいうな」

と燕石は念を押し、着流しで外へ出た。

金比羅門前町の賭場は、七軒ある。みな燕石の傘下《さんか》だが、直接経営のものは、金山寺町の菊屋という料亭で常設している賭場だった。

燕石はそこへゆき、二階の賭場にはあがらず、階下の小部屋に入った。

「杯を二つ」

と、燕石は命じた。

やがて、ぬっと晋助が入ってきた。

「私は土地の百姓だがね」

燕石は名乗らずにいった。

「話の相手がほしかったのさ」

「どんな話かね」

と、晋助は目を細めていった。むろん、いま眼前にいる風采《ふうさい》のあがらぬ初老の男が、日柳燕石であるとは気づかない。

「ここに骰子がある」

燕石は、掌のうえでころがせてみせた。

「私はね、若いころからこいつを振る修業をしてきている」

血の出るような修業さ、と燕石はいった。

燕石はこの土地の大きな質屋のひとり息子で、早くから賭場に出入りしていたが、十八のとき琴平ノ大吉という親分に見こまれてその跡目をついだ。この土地では堅気の若旦那がばくちうちの名跡《みょうせき》をつぐというのはさほど奇妙なことではないとされている。

「三十年ちかく修業をしたおかげで、すこしは賽《さい》の目がわかるようになった。うそと思うなら、望みの目をいってごらん」

「目かね」

「三なら三、五なら五、と」

「六」

ころっと燕石が振ると、六が出た。

「四」

と晋助がいえば、畳の上の骰子はちゃんと四が出ている。

「さて、用件《はなし》だ」

燕石は骰子をしまいこみ、

「お前さんはここの賭場にきて一向に遊ぼうともせぬ。なにかこんたんがありげだと賭場の連中もいっている。御用筋の者ではないか、と疑う者もある」

「それで？」

「おれが、お前さんの始末を買って出たのさ。勝負をしてみる度胸はあるかね」

燕石は、あれだけの骰子の腕をみせた上で、こんなことをいっている。

「いやなら、即刻、この金比羅権現から三里四方のむこうへ消えてもらう」

「やる、といえば？」

「あいよ、私はやるまでさ。私は百両張るが、いいかね」

「そんな大金はない」

「命でいい」

と、燕石は事もなげにいった。

燕石のいうところでは、このむこうの吉野下という在所に土器《どき》川が流れている。そこへ子分に送らせるから投身自殺をしろ、というのである。

「おもしろい」

晋助は笑いだした。胸中、この初老の男こそ日柳燕石にちがいない、とみたのである。

(妙だな)

と、燕石も、天堂晋助の不意打ちのような笑顔をみて、疑念をもった。

(こいつはわしの鑑定《めがね》ちがいかな)

この場でからりと肉のはじけたような笑顔を見せられる男は、ざらな器量の男とはおもえない。

(密偵風情《ふぜい》ではないかもしれぬ)

と思ったことが、燕石の動揺になった。燕石はわざと顔をふせた。

晋助の目をみまいとしたのである。

が、つい見た。

(……………)

晋助の両眼が、暗い空洞のようにみえたのである。

と、燕石はあわてて目を伏せた。

「さあ、振ってもらおう」

晋助は言い、

「私は半、とゆく」

といった。半とは奇数であると知っている程度で、晋助はこの道に暗い。

が、ゆっくりと目を日柳燕石にそそいでいる。ただそれだけで、晋助はいる。

(斬れる)

と、晋助は相手をみた。いつか雲雀峠で猫を誘いよせたあの目である。

余談だが、宮本武蔵の遺《のこ》した流儀とされる二天一流や円明《えんみょう》流といわれる兵法の系譜から、武蔵以後どういう名人達人も出ていない。

出ていないのは、武蔵と同時代の兵法者伊東一刀斎のひらいた一刀流が合理的なのに反し、武蔵の兵法は、流祖武蔵がそうであったように、

「固有の精気」

がうまれつき備わっていなければ学んでもなにもならぬ兵法だからである。蛇が蛙を呑むとき、蛙を催眠させつつ襲うような動物的精気、と言いなおしてもいい。武蔵の剣は、相手の頭上を見舞うとき、すでに相手は一瞬の催眠状態におち入っているか、気死している。そこを撃つ。

晋助は、稀有《けう》の精気を体に蔵してうまれてきた男といえるであろう。

その異常な精気が、いま燕石を見つめている。見つめつづけているうちに、南海道随一といわれたこの大俠の貫禄がみるみるちぢんでゆき、ただの小柄な四十男になった。

顔が急に黒ずみ、皮膚まで萎えはじめているようである。

「どうした」

晋助が声をかけたとき、燕石は絶望し、力なく壺をふった。

ころりと骰子がころがった。

「半」

であった。晋助は勝った。

「足下《そっか》は、日柳燕石先生であるようだが」

と、晋助はすかさずいった。

燕石は、ぼうぜんとしている。

晋助は懐中から高杉晋作の紹介状をとりだし、燕石にみせた。

「ひとのわるい人だ」

と、燕石は読みおわって苦笑したが、それでもなお目をあげない。

……………………

そのまま菊屋を出た晋助は、

「呑象楼」

という燕石の居宅へ案内された。

玄関に、衝立《ついたて》がある。そこに頼山陽ばりの書体で、燕石の自作の詩句らしいものが大書されている。

日々千金を散じ
もって同心の友を求む
（この博徒も、かわっている）

要するに、同志を得るがために金は惜しみなく散ずる、という意味であろう。事実、この日柳燕石の呑象楼に、天下の高名の志士が何人訪ねてきたかわからない。燕石はかれらのために有力な資金源になっている。

「私は骰子を振ろうとした瞬間、どうやら真二つに斬られていたようだ」

と、呑象楼階上で酒をのみながら、燕石は正直に白状した。

「じつに怖るべき漢《おとこ》をみた。しかし果して君は天下に有用か無用か」

「わかりませんな」

晋助自身、賢者に会うことがあればそれを教えてもらいたいほどであった。

「このさきの目的は？」

「京へのぼる。それだけのことです。そこには目的が待っているらしい」

「それだけで結構だ」

燕石は、天堂晋助のいったどこに感動したのか、ほとんど叫ぶようにいった。

「私も、金を散ずるだけが目的で生きているようなものだ。あとは詩も博奕も、道楽にすぎない」

燕石はすぐそのあと、

「お内儀は、どうしたかね」

と、きいた。

「旅籠に」

「すぐ、よびにやらせよう」

「ただし、あれは私の妻女ではない。妹だが」

「おかしいな」

燕石は笑いだした。

「按摩《あんま》のはなしでは、たしかに出来ている様子だ、ということだが」

「いや」

晋助はだまった。正直、お冴に手をつけたわけではない。やがて燕石の子分がお冴を迎えにゆき、呑象楼へ連れてきた。

(出来ている)

と、燕石はお冴の物腰をみて思った。

その夜から、晋助とお冴は呑象楼の客人になり、十日ばかり逗留《とうりゅう》した。

その間、燕石から燕石のいう袁彦道のいろんなしきたりを聞いたり、上方《かみがた》における燕石の兄弟分組織をきいたりした。

「私は、子分を上方にやって、それぞれの親分衆に、あなたが頼ってゆくかもしれない、ということを触れ歩かせておこう」

と燕石はいった。

「ただ、その人体《にんてい》はかえって人に怪しまれる。私が怪しんだように、だ」

と燕石は晋助の風体をあらためさせ、侍装束《さむらいしょうぞく》をあたえた。理由は、どこかそぐわないというのである。

お冴にも、御徒士《おかち》の娘程度の武家装束にあらためさせた。

十一日目の朝、晋助は燕石方を辞し、丸亀へ出、そこから大坂への便船に乗った。

三日で、大坂の天保山《てんぽうざん》沖につき、そこから川船に乗りかえて市中に入り、常安橋《じょうあんばし》のそばの長州藩邸に入った。

その大坂藩邸に、藩の京都周旋方という人物がきていて、大坂の留守居役に、

「ちょうどいい。その天堂君を、私が京につれてゆく」

といった。

その男が、晋助の「育親《はぐくみおや》」になっている桂小五郎だった。

すべて事はこのようにして運んでゆく。晋助の意思とはかかわりなくかじを乗せて動く運命がさきへさきへと作りこまれているようであった。

(どうなるのか)

晋助自身も、多少不安でなくもない。もっともかれに舞い落ちた運命のすべての発動点が、かれのもつ剣の天才性にあるという重大なことを、晋助自身、まだ十分に気づいていないようであった。

淀　船

この当時、大坂中之島は蔵屋敷の島で、このほそながい中洲《なかす》にほぼ四十藩の建物がなまこ塀をならべている。

長州藩のそれはこの中之島にはない。

中之島から常安橋をわたった南詰めの東がわにある。

（盛大なものだ）

天堂晋助にも、それはわかった。他藩の蔵屋敷にくらべて長州藩のこの商業施設は、国産の大荷小荷がしきりと出入りしてきわだってにぎやかで、いかにも金銀がうなりながら入ってくるという印象をうける。

「どういうわけでしょう」

晋助が桂小五郎にきくと、桂はしばらくその返事を熟慮していた。なにごとも熟慮をかさねるのが、この家中きっての器量人のくせである。

「他藩とわが長州藩は、藩としての体質がちがうのだな」

他藩、とくに関東から奥州への藩は、多くはむかしながらの農業藩である。が、長州は、樟脳《しょうのう》、蠟《ろう》、紙などの物産を大いに生産してその利益で藩財政の基礎をつくろうとしている、いわば産業国家の性質を濃厚にもっていた。

「だから他藩より現金にはめぐまれている」

金があるのだ。毛利家は関ケ原の敗北で中国十カ国の大領をとりあげられ、わずかに防長二州三十六万九千石の天地におしこめられた。その後、他藩が泰平を謳歌《おうか》しているあいだにこの藩のみは営々と干拓、物産の開発につとめ、ついにいまでは百万石以上の経済力があるとまでいわれるに至っている。

「似た藩はある」

桂は、晋助を教育するようにいった。

似た藩、というのは物産開発と商業活動のさかんな藩、という意味である。

「薩摩と土佐さ」

「なるほど」

晋助は、了解《りようげ》した。薩長土三藩が幕府に対抗する勢力としてにわかにのしあがってきたのは、その産業による金のちからであろう。このうち土佐の産業力はやや弱い。

薩長が、天下ではずぬけて農業的段階から産業国家へ先行しつつある。

「その点、長州ほどよいお国はないのだ」

と、桂はいった。

桂は、自讃《じさん》しているわけではない。恵まれているというのである。この藩は瀬戸内海岸に多くの良港をもち、領内の物資を大坂へ運ぶのにずばぬけた機能をもっていた。

「お国におればお国の実力がわからない。大坂へきてはじめてわかる」

と、桂はいった。

翌朝、暗いうちにこの常安橋詰めの蔵屋敷を出、天満《てんま》の八軒家に行った。三十石船《さんじっこくぶね》で、淀川《よどがわ》を伏見へのぼる。

この天満八軒家が、その淀のぼりの三十石船の始発駅なのである。現今《いま》はこのあたりが京都ゆきの京阪電鉄の天満駅になっており、機能はいまもこの当時もかわらない。川岸《はま》に船宿がずらりとならんでいる。

「堺屋」

という船宿に桂は入った。

「船が出るまで、二階で休息する」

と、桂はいった。

無口だが懇切な男で、忠実な案内人のようにその場その場を説明してくれるのである。

「この船宿の町は、大坂と京を結んでいる」

事実、結んでいる。

この堺屋から、朝三艘《そう》、昼三艘、夜五艘の三十石船が出てゆく。のぼり終点は伏見の寺田屋である。伏見寺田屋と天満堺屋とは一番《ひとつがい》の組合をつくっていて、寺田屋からも同数の船がくだってきて堺屋の浜につくのだ。

他の船宿も、伏見の船宿と一番になっている。それぞれが船を出す。

「この堺屋・寺田屋というのは、薩長土の者がよくつかう」

「すると、幕府関係者がつかう船宿もきまっているのですか」

「天満京屋・伏見水屋、さ」

やがて川岸がさわがしくなった。

桂が二階北側の障子をあけて下を見おろすと、京屋の船が出ようとしている。

「おい、天堂君」

見おろしている桂の声音《こわね》がかわった。なにかただならぬ情景をみたのだろう。

「あれをみろ」

川岸から船へ渡し板が一枚、わたされている。いま、綿服の壮士風の男が五人、他の一人をかこみながら乗ろうとしていた。

「あの五人が、ちかごろ京で威をふるっている新選組の連中だ」

「なるほど」

「みろ、といったのはその新選組の連中ではない。連中が護衛している男だ」

「男？」

三十五、六の偉丈夫で、髪を諸大夫髷《しょだいぶまげ》に結《ゆ》いあげ、肩の肉が厚い。そのぶのあつい肩に絽《ろ》の羽織をはおり、仙台平《せんだいひら》の袴、蠟色鞘《ろいろざや》の大小といった姿で、どうみても大藩の家老かとおもわれる容儀である。

「あれがいま評判の山師だ」

桂はそういって、障子を閉めた。階下から、出船をしらせる手代や女中どもの黄色い声が湧きあがってきた。

「行くか」

桂は、刀をとって立ちあがった。


三十石船に乗った。

船には、とまの草ぶき屋根がついている。

船内は、芝居の枡のように一席ごとに縄で仕切られていた。一席が、天保銭一枚であった。

一席は、やっと正座できる程度の空間である。

「狭かろう」

と、桂はとくにお冴のために三人分の枡を買ってくれた。三人分借りきってやっと体を横にすることができた。

「よろしいんです」

と、お冴はことわったが、桂は船頭をよんでそのように運んでしまった。婦人にはと

くに親切な男らしい。その証拠に、

「船中、婦人は厠《かわや》に難渋する」

笑わずにいった。

「ところどころの川宿《かわじゅく》で船がとまる。そのとき堤の上の茶店へ行って用を足せばよい」

「ありがとうございます」

お冴は頭をさげざるをえない。

船は、ゆるゆるとのぼってゆく。

当然なことで、船に何本もの曳《ひ》き綱をつけ曳き子たちが堤防上にあがって曳いてゆくのである。

この堺屋の曳き子の足のはやさというのは評判のもので、守口《もりぐち》のあたりで例の京屋の先発船に追いついた。

「さっきのが、乗っている」

桂はそういうなり、お冴のために買いきった三人前の席にすばやく身を横たえた。

「冴殿、ご無礼」

お冴のひざの横に、桂のいかにも几帳面《きちょうめん》そうな顔がころがった。

「わたしの顔は、あの連中に知られている。しばらくこうしている」

(計算のこまかいお人だ)

晋助は内心おどろいた。最初、お冴のために枡を三人前買いきったのも、じつはお冴のためではなく、このときの用心のためであるようだった。

晋助はすわって、京屋の船を眺めている。

「天堂君、あやしまれる。あまり見つめるな。ただしあの男の顔はよく覚えておいてもらおう」

桂は、隠れながら小声でいった。

「いったい、何者です」

「えたいの知れぬやつさ」

桂にいわせると、京の風雲を稼ぎ場のように心得て国許《くにもと》をとびだしてくるやつが多い。そのなかでも、京屋船《きょうやぶね》のあの客は、大物だという。

「名は、大藤幽叟《おおふじゆうそう》」

前身までは、桂は知らない。

一説には、もとは備中国《びっちゅうのくに》の吉備津彦《きびつひこ》大社の神主で大藤下総守《しもうさのかみ》高雅と称した、といわれている。

どうもそうらしい。かれの保護者は、いま京坂に駐在している幕府の老中板倉周防守《すおうのかみ》であった。老中板倉は、備中松山五万石の領主である。同国の縁で大藤は板倉周防守に接近し、幕閣に対し、

「淡路島の由良《ゆら》と、紀伊半島の加太とは、大河五つばかりを合わせた程度のせまい海峡（紀淡海峡）をなしております。これをつなぎあわせて一大堤防をきずくのは如何」

と建白していた。

水深のふかい紀淡海峡をうずめて大堤防をつくるなどはこの当時の土木技術からみて荒唐無稽《こうとうむけい》の策だが、なにしろ乱世である。幕閣は乗り気になった。

この紀淡海峡埋め立て論の目的は、むろん国防である。とくに京・大坂の防衛が目的である。外国艦隊が大坂湾に侵入してくるばあい、紀淡海峡を通る。それをふさいでしまえば、外国艦隊は侵入できない。

「どうだ、気宇壮大だろう」

桂は、寝たまま、くすくす笑った。

「よく幕閣が乗ったものですな」

「幕府の高官というのはその程度の頭だ。この一事でも、幕府を倒さねば日本は滅びる」

桂の、志士教育である。

「しかし、それだけの金が幕府にあるのですか」

「そこさ」

桂はいった。

「金が一文でも要《い》る、というなら幕府はたちどころに却下したろう。そこは大藤の山師たるゆえんで、金は一文も要り申さぬ、と老中どもに説いた。山師はつねにその手をやる。老中どもは雀躍《こおど》りした」

「どうするのです」

「大藤は、公儀御用、という書きつけを一枚もらったのさ。老中板倉周防守、同水野和泉守《いずみのかみ》の二人の署名があるらしい。それを懐ろに入れてことしのはじめから大坂の富豪のあいだをとびまわり、義金と称するものを集めてまわっている」

むろん大坂の富商連中は大いに迷惑したが、公儀御用という権柄《けんぺい》ずくで来られては多少は出さざるをえない。

うわさでは、一万両あつまったというが、京の祇園《ぎおん》や大坂の新町での大藤の豪奢《ごうしゃ》なあそびぶりからみて、そのほとんどは飲み食いに使われているらしいという。

「それでも、老中板倉の信用はいよいよ厚いらしく、大坂へくだるときには護衛としてかならず新選組をつけている」

「桂さん」

と、晋助はいった。

「伏見に着けば、お冴をよろしく願います」

「どうする」

「別途で、私は京の藩邸へ」

晋助はそれだけいっただけである。この男に一つの情熱が点《とも》りはじめている。

(自分を表現する場を得たい)

ということであった。天堂晋助の場合、この天地で自己を表現する場は、剣しかない。

（一度、わが意思で斬ってみたい）

とおもった。下関の教法寺で選鋒隊士を五人斬ったのは高杉を救うためであり、鯖山峠で上士椋梨一蔵を斬ったのはわが身を救うためであった。

（世のために斬る、――この世で同じ絵をかくならそういう絵をかきたい。となればあの大藤幽叟が最初の絵絹《えぎぬ》になってくれるだろう）

京屋船が舷《ふなばた》を接してきている。手をのばせば大藤幽叟のびんに触れそうなくらいに近い。

大藤は、酒を飲んでいる。

「なに、船酔いなどは飲めばなおる」

と、壬生《みぶ》浪士にすすめていた。護衛の浪士の二人は船に弱いらしく顔が蒼白だった。

「もうし」

と、晋助はその船へ話しかけた。

（あっ）

という表情を、寝ころんでいる桂小五郎はした。なんと無謀な、と思ったのだろう。新選組にはできるだけ顔を見覚えられてはならぬというのが、京で暮らす心得である。

「いかが、船酔いに効《げん》がござる」

と、晋助は手をのばしていた。手に金蒔絵《きんまきえ》の華麗な印籠《いんろう》をぶらさげている。下関を出るとき、高杉晋作から贈られたものだ。

「……？」

大藤も新選組も、その印籠を見、さらに不審気《ふしんげ》に、堺屋船の武士を見た。

「小西屋の救命丹が入っている。船酔いにはとくに効《き》くはずです」

「……？」

不審顔のまま手をのばしたのは、新選組のなかでも最も腕が立つといわれた斎藤一《はじめ》という男だった。

指でその印籠をからめ取り、そのまま印籠を波の上にかざし、透かすようなしぐさでじっと眺めている。ひたすら無言だった。

（無礼な）

と思うだけ、晋助は、喧嘩には初心《うぶ》だった。相手は日本史上、喧嘩にかけては折り紙つきの玄人《くろうと》である。

「なにを訝《いぶか》しんでおられる。あやしい薬ではござらぬ」

「怪しいのはお前さんさ」

斎藤一は言い、意外な行動に出た。ぽいと印籠を指ではじき、川に捨てたのである。

晋助は沈黙した。

かわって斎藤が多弁になった。

「堺屋の船だね。お前さんは見馴《みな》れぬおひとだが、お前さんの連れのお人が、なかなかの魔法使いだ。だから捨てたのさ」

言いおわるとぷいと横をむいた。

(この連中は、ここに桂さんがいることを知っている)

晋助は、相手の気組に押されたといっていい。気まずく沈黙するうち、双方の船頭たちが気をきかせて船を離してしまった。

「晋さん」

桂はあとで笑いながらいった。

「あんたはまだ田舎者だ。都には場馴れのしたすごいのがいる。用心に越したことはない」

「すぐ私も」

晋助はにがい表情でいった。

「場馴れするでしょう」


…………


伏見につくと、夜である。

桂らの堺屋の船が寺田屋の川岸《はま》についたとき、いつ天堂晋助がいなくなったかは、船頭さえもわからなかった。

洋時計の分針《はり》で二十分ほど遅れて、大藤幽叟と新選組浪士五人の乗った京屋の船が、伏見水屋の川岸についた。

斎藤一が、一番に板を渡った。

つづいて浪士、浪士、浪士、と三人おいて大藤幽叟がわたった。

川岸には灯が三つある。

道路むこうの水屋の軒燈《けんとう》が一つ、近くの辻の辻行燈《つじあんどん》が一基、それに舟着場に立っている、

「水屋浜」

と書かれた杭《くい》行燈が一つ、それらの三つの灯が、同時に消えた。

細工のたねはなんでもない。晋助が伏見につくとすぐ、裏辻で河童《かっぱ》博奕《ばくち》という子供ばくちをしている小僧二人に金をあたえ、

「水屋のはまに船がつくと、数をゆっくり百よんでから水屋の軒燈と辻行燈を消せ」

と頼んだのである。

小僧は忠実に灯を消した。

その間、晋助ははまの柳のかげに立っていた。斎藤と三人の浪士が渡りおわったのを見さだめてツイと杭行燈に寄り、火袋の紙をやぶって灯を消し、消したと同時に跳躍した。

あたりが闇になっている。

大藤幽叟が、板をわたり、渡りおわって右足を道路につけたとき、その前を影のようなものが横切った。どちらかといえば緩慢に、しかも流れるような印象で、その影は去った。

「あっ」

と、斎藤の鍔が鳴り、剣が鞘走ったときには、すでに遅かった。

大藤幽叟は、死骸《しがい》になっている。頸骨《けいこつ》を一刀で斬られ、かろうじて皮一枚で首が胴と離れずにいた。

京までは三里。

天堂晋助が河原町通の長州藩邸に入ったのは、その日の夜半である。

捨て残し

冒頭駄言。

ということにして、ここで断りを述べたいが、とにかく筆者は天堂晋助の前歴についいて多くを語りすぎた。語らねば、なぜこういう男が幕末の京都に存在したか、ということがわかってもらえまいとおもったからである。

が、晋助の物語は、右の前歴にはない。

すべては元治元年夏、以後にある。

その「以後」のことを、筆者のはじめの構想《つもり》では、物語の最初からいきなり書こうとおもっていた。が、ついついその前歴の奇妙さとおもしろさにつられてここまできた。

さて。

物語をその本筋に進み入れたい。冒頭の年号は、元治元年である。晋助が京に入ってざっと一年になる。その夏——いや、夏というより、もはや炎暑の季節はすぎて朝夕がやや涼しくなりはじめているころだ。

その朝、晋助は、河原町通を東へ入った車道《くるまみち》の下宿で目がさめた。

「御屋敷からお使いどす」

という階下からの声で目がさめた。御屋敷とは、つい、そこの河原町の藩邸のことだ。飛び起きていそいで袴をはき、階段の中途までおりたとき、下宿の娘の千代というのが、御屋敷からの手紙というのをさしだした。

娘、といっても十二、三のまだ埒《らち》もない子供である。

「酢屋《すや》の千代」

と、のちにいわれた娘で、土佐の坂本竜馬《りようま》と淡い情話があったという噂が立った。もっとも元治元年のころは、まだ紙かんざしのすきな材木屋の小娘にすぎない。ちなみに酢屋という屋号ながら、商いは材木商である。土佐藩邸出入りの商家であった。

「たれだ、使いは」

「小者の次作さんどす。もうとっくにお帰りになりました」

(次作とは、桂の小者だな)

手紙は、桂小五郎からのものであった。来い、と書かれている。

場所は近い。

河原町三条の対馬《つしま》藩邸であった。この玄海灘《げんかいなだ》にうかぶ対馬島を領土とする藩は、地理的にも長州に近く、そのうえ、いろんないきさつから長州藩との交際が濃密で、桂などはこの藩邸を親戚の家のようにして使っている。余談だがつい先月、三条小橋西詰めの旅籠池田屋に新選組が斬りこんだとき、桂は間一髪でまぬがれた。同志の集会の前にこの対馬藩邸に立ち寄り、つい用談がながびいて時がうつり、池田屋へ駈けつけようとしたときはすでに新選組が乱入していた。桂は、このためあやうく虎口《ここう》を脱している。

（はて、なんの用か）

街路へ出た。

空が、青い。きょうも日中は灼《い》りつけることだろう。

（また天誅《てんちゅう》を頼む気か）

ここ一年、天堂晋助の仕事はことごとくそれであったといっていい。反革命分子を、路上で、屋内で、妓楼の戸口で、社寺の境内でどれほど斬ったことだろう。人を斬ることが晋助の日常であった。

祈りでもあったかもしれない。斬ることに、晋助は司祭者が祭壇に贄《にえ》をささげるような神聖な感動をおぼえていた。

それだけに、この男しかわからぬ誇りもあった。佐幕・勤王を問わず、多くの刺客団は徒党を組んで人を斬る。人斬り、という異様なあだなをもっていた土佐の岡田以蔵《いぞう》、薩摩の田中新兵衛、肥後の河上彦斎《げんさい》も、事をやるときには多くは仲間を組んでやった。が、「長《ちょう》ノ晋助ノミハ常ニ影ノゴトシ」といわれた。すべてひとりでやる。影のごとく去来して、形跡すらない。

それはいい。

天堂晋助は、桂小五郎という男が人を斬ることを依頼することに、めずらしさを感じた。おなじ長州の過激家でも久坂玄瑞《くさかげんずい》はふたことめには、

――きる。斬ろう。

と叫ぶのがくせだったが、かつて江戸で、神道無念流の塾頭までつとめた桂小五郎は、高名の使い手のくせに人を斬ろうとしたことはなかった。

晋助は、対馬藩邸に入った。

「私です、長の天堂です」

というと、奥へ通された。そこが小さな書院になっており、東庭の塀一重のむこうに高瀬川が流れている。

「きたな」

桂は入ってきて、晋助を東庭に面した縁に招いた。縁では上座下座の区別をせずともよい。桂はこの百姓あがりの晋助に対し、そこまでの心づかいをしてくれているのである。

「あすか今夜、長州は潰滅《かいめつ》する」

というおどろくべき言葉から、桂は話に入った。潰滅にまちがいない、と桂は血の気のうせた顔で、繰りかえした。

じつは、去年の文久三年八月の七卿落ち以来、長州藩は京都での政治的位置のすべてを失ってしまっていた。過去一年、その回復を朝廷と幕府に嘆願してきたが、そのつど

一蹴《いっしゅう》された。

ついにこの六月、たまりかねた一部藩士と浪士の面々が、烈風の夜をえらんで京を焼き、その混乱に乗じて天子をうばい、京都守護職松平容保《かたもり》を襲殺しようとくわだて、五日夕刻から前掲の池田屋に密会した。そこを新選組に襲撃され、志士二十余人が一挙に捕殺された。

国もとで京の情勢を遠望していた長州人はこれにふんがいし、

「京に乱入し、武力をもって松平容保と新選組を討滅する一方、御所に罷《まか》りのぼって長州藩の立場を陳情し、藩公の冤《えん》をそそぐ」

ということに決し、藩軍が三梯団《ていだん》にわかれて長州を出帆し、瀬戸内海を東走して京にのぼり、いま京の郊外に駐屯して夜毎《よごと》に篝火《かがりび》をたいて気勢をあげている。

京の郊外とは、
西は嵯峨《さが》天竜寺
南は伏見
さらに南は山崎の宝寺《たからでら》であった。かれらは上洛後、しきりと陳情活動をつづけてきたが、朝幕ともそれに対してひたすらに冷淡な態度をとった。だけでなく幕府は在京諸藩に命じ、それぞれ部署をわりあてて京都包囲中の長州軍に対して臨戦態勢をとっている。

「その事情は、知ってのとおりだ」

と、桂はいった。桂はこの非常事態のなかにあって、京都駐在の藩外交官乃美《のみ》織江《おりえ》とともに陳情に奔走してきた。

「一方、藩軍に対してはひとえに暴発を避けるように説きつづけてきた。暴発は長州の没落である。もし藩軍がいったん王城の地に乱入すれば、幕府はそれを奇貨として長州を朝敵にしてしまい、三百諸侯を動員して本国への遠征までやるだろう。もはや毛利家はほろびる。長州の正気もほろびる。尊王攘夷も、日本から地を払って消滅する。この暴発は、長州の潰滅になる」

桂は、憔悴《しょうすい》しきっていた。ここ数日京都郊外の長州藩の諸陣を駈けまわって自重と撤退を説きつづけてきた。

「しかし無駄だった」

あとでわかったことだが、暴発論の急先鋒というべき来島《きじま》又兵衛などは桂をつかまえて腰ぬけよばわりをし、

「これ以上、その利口ぶった説教をきかせつづけるとすれば君をも斬って進むぞ」

とまでいった。

「万策、つきた。もはや私の力では及ばない。今夜か、あすの未明、藩軍はいっせいに、京都へ乱入するだろう。各所で激戦がある。多勢に無勢、潰滅せざるをえまい。潰滅したあと、長州人は一人といえども京には居住できぬ。そうなる」

「そうなりますか」

「朝敵にされてしまう。長州人は戦国時代の毛利氏がそうであったように、その領国で

割拠《かっきょ》せざるをえない」

居れなくなるのは、京だけではない。江戸、大坂の藩邸も取りこぼたれ、この三都で一人の長州人でも見つかれば容赦なく幕吏に捕殺されるだろう。

「それが長州のあすからの運命であり、光景であり、悲劇だ」

「桂さんは、どうなります」

従来、京都駐劄《ちゅうさつ》公使ともいうべき留守居役の乃美織江と、京都周旋方の桂小五郎とは、いわば藩の外交官として対外的にも身分が保障されていた。その保障が皆無になり、桂も白刃のなかに身をさらさねばならぬ。

「身ひとつで京を脱出する。おそらくそうなる。あとは長州人の累々たる死骸のみで、生きた長州人は京にはいなくなる」

「大坂にも？」

「ああ、江戸にも。そして防長二州をのぞくほか満天下にいなくなる」

「私は、どうすればよろしい」

天堂晋助は、この藩外交官の指示のままで動きたいとおもった。

「私も逃げるわけですな」

「ちがう」

と、桂はいった。

「君が逃げれば満天下で長州人は一人もいなくなるだろう」

「京に残れ、とおっしゃるのか」

「左様、残っていただければ。——しかし無理には願いかねる。この町に残る以上、前途には死しかない。それでもよければ」

(高杉氏とはちがう)

と、天堂晋助はおもった。高杉ならばすっぱりと「晋助は残れ。死ね」というだけの表現で済ませてしまうだろう。晋助は、自分の育親《はぐくみおや》の桂小五郎という男の、いつもながらの粘っこい言い方はあまり好きではない。

「必要なのだ」

桂はいった。

それは必要にはちがいない。長州が中央から退潮してしまえば中央の情勢がわからなくなる。間諜として一人は京に捨て残しておくべきであった。

「長州へ京の情報を送ってほしい。場合によっては江戸へも飛んで貰う。ときに斬らねばならぬ者も出てくるだろう。いうなれば、たった一人の長州藩だ」

(たった一人の長州藩。——)

この言葉が、晋助の血にあたらしい火を点じた。男はつねに自分のなかの英雄性を昂奮させることを望んでいる。それさえ満足できればどのような匹夫《ひっぷ》でもよろこんで死地に身を投ずるものだ。

「ひきうけた」

と、天堂晋助はうなずいた。

桂も感動したらしい。みるみる頰を紅潮させて、

「ああひさしぶりで男子の磊磈《らいかい》のとどろきを聴いた。その然諾《ぜんだく》こそ、千鈞《せんきん》の重みだ」

と言い、にじり寄って晋助の両手をにぎった。その桂に握られている手に、小虫がとまった。晋助は桂の手を放し、爪を立てて小虫が飛び去った跡をいそいで掻いた。

「それで、どうすればよろしいか」

「いま、あすの事態もわからぬ。あとは自分で判断してほしい。君はこの京の闇のなかにおける秘密の留守居役だ。斬るべき者は斬り、知るべき情報は知る」

桂はさらに、

「問題は金だ。これだけはかぎりなく必要だろう。不自由はさせぬ」

黄金の長州といわれた藩である。京の花街《かがい》で、ここ二年、桂らが湯水のごとく金をつかい、このために京都人の長州びいきはいやがうえにも高まった。その長州藩邸には、いまなお一万両の機密費がある。

「その藩邸も、あすは燃え落ちる。潰走兵たちはあの重い金箱《かねばこ》を持って逃げることもなるまい。すべて、君にゆだねる」

（一万両。——）

という金の途方もなさは、天堂晋助の想像を絶するものだった。十両も出せば小庭のついた平家一軒が買えたころである。

「むろんその保管の責任まで持て、とはいわない。金箱はこの対馬藩の大島友之允《とものじょう》にあずける。すでに話はつけてある」

大島友之允は、対馬藩の京都留守居役である。一昨年の文久二年、対馬藩で藩内抗争がおこったとき、大島は守旧派の家老佐須《さす》伊織を斬り、藩内を勤王内閣とし、自身は京に出ておもに長州藩士とつきあってきた。

「大島君なら信用できる」

それに対馬藩は、あくまでも長州藩の同情者《シンパ》の域にとどまって実際活動をしていないから、あす長州軍が幕軍と激突しても、あとあと幕府からにらまれることはない。

桂が、

「あす」

といったが、その恐怖すべき事態は厳密にその夜半からおこった。七月十八日夜十一時すぎ、天竜寺に駐留していた長州藩軍が家老国司《くにし》信濃《しなの》の総指揮のもとに京都市街にむかって移動を開始したのである。

かれらは偶然にも幕軍諸陣地の間隙《かんげき》を縫いつつ駸々《しんしん》と進んだ。折りから十八日の明月が沖天《ちゅうてん》にある。

その月下に、長州軍は、

尊王攘夷 討薩賊会奸《とうさつぞくかいかん》の二旒《りゅう》の長旗をひるがえしつつ深夜の嵯峨街道を東進し、途中帷子《かたびら》ノ辻で二隊に分かれ、市中に入るや、一隊は御所中立売《なかだちうり》御門へ、一隊は蛤《はまぐり》御門へ、一隊は下《しも》立売御門へとめざした。

それよりややおくれて伏見駐屯の家老福原越後の軍が行動をおこし、さらに山崎の宝寺に布陣中の家老益田弾正《だんじょう》の軍が山崎街道をとって桂川ぞいに進出し、堺町御門を目標に戦闘行軍を開始した。

まず到着したのは国司軍である。刻《とき》は、すでに夜明けにちかかった。まっさきに御所にむかって吶喊《とっかん》したのは、家中で豪勇の名をとどろかせている来島又兵衛指揮の先鋒隊であった。かれらは蛤御門に肉薄し、銃発し、砲発し、鬨《とき》の声をあげ、たちまち京を叫《きょう》喚《かん》の戦場に一変させた。

町中の家屋という家屋が、初一発の砲声のとどろきでゆらいだ。

（素破《すわ》）

と、酢屋の二階でとびおきたのは、天堂晋助である。

寝巻のまま枕元の刀をつかんだ。

（戦場へ。——）

と、とっさに思ったが、しかし桂小五郎は天堂晋助の行動を固く規制していた。

「戦場には出るな」

ということであった。桂もこの事態のなかで戦場には出ず、あくまでも藩外交官として客観情勢の好転をはかるべく因州藩、対馬藩などの友藩のあいだを奔走しているはずであった。

「出てはならぬ。戦場で矢弾《やだま》のために命をおとしては走卒と同然だ。君の仕事は、この戦《いく》さが敗けたあとにある」

それを、思い出した。

晋助はすばやく着物を着たが袴はつけず、そのまま二階の裏へ出、軒のヒサシをつかみくるりと大屋根へあがった。

這いながら、御所の方角をみた。

その方角にあたって淡く火炎のあがるのがみえたが、なによりもすさまじいのは、間断なく炸《はじ》ける小銃、大砲の音だった。

その戦場音が、最初よりも十倍二十倍に大きくなってきたのは、御所警備の会津《あいづ》、薩摩その他の藩兵が戦列について応戦を開始したからだろう。

月が白くなり、夜が明けた。

火が、京都市街のあちこちであがりはじめた。市中が、騒然となった。道路は、荷車をひく避難民で満ちた。

南のほうにも遠雷のような砲声がきこえるのは、伏見駐屯の長州軍が市街に入りきれずに幕軍にはばまれているのであろう。

元治元年七月十九日の陽が昇るにつれて市中数カ所の火災はみるみる大きくなり、煙は天をおおって物凄いばかりの光景になった。

（勝つか、勝つか）

と大屋根の晋助はそのことをのみ思って北西の天をみつめていたが、やがて銃声も衰え、吶喊の声がやみ、火災のみがひとり町を奔《はし》りはじめた。

（敗けた。――）

晋助は飛びおりて、屋内に入った。

すぐ素っ裸になり、用意の町人衣装をとりだして旅人《たびにん》ふうに着こなし、主人の嘉兵衛をよんで暇《いとま》を告げた。

「長州は敗れた。これ以上わしがこの家《や》の棟《むね》の下にいては御手前に御迷惑がかかる。すまぬが、最後の無心がある。このまげを、町人まげに結いかえてくれまいか」

嘉兵衛は承知し、千代を手つだわせて水桶《みずおけ》を持って来させ、晋助の元結《もとゆい》を解き、きびきびと梳《す》きながら結いなおしてゆく。

すべては、整った。晋助は町人の道中装束の姿になった。

軒下を、そろりと出た。

戦場のあとへゆくつもりである。

先斗町露地

強い北風が吹いている。

天堂晋助は、河原町通を御所にむかって走ったが、走れない。

（こいつは、大変だ）

と、あらためて思った。避難民が、逆流してくるのだ。彼等は北の戦場をのがれて、南へ奔《はし》ろうとしていた。

（桂さんは、どこにいる）

その安否をたずねるのが、さしあたって天堂晋助の仕事だった。桂小五郎は、この男の「育親」なのである。

どっと三条のあたりから火があがった。長州藩邸が燃えはじめたのだ。幕軍が火をかけたのか、長州人が自焼したのか、そこはよくわからない。

町は、湧きあがっていた。人間という人間が、路上を走っていた。叫び、泣き、転び、ときには沈黙している。歯も舌も失った者のように眼だけで駈けてくる。

驚いたことに、その避難民のなかに長州人の潰走兵が何人もまじっていた。かれらも避難民のように駈けてくる。

筆者は、従軍記者ではない。百年前のこの大火災のすさまじさを、いま一度、古ぼけた新聞記事として報道しようとはおもわない。

ただ数字に、その惨状を物語らせたい。

焼失した京の町数は、八百十一町である。

京ではのちに、

「どんどん焼」

といわれた。どんどんとは、戦争のことである。銃声、砲声の擬音だろう。銃声とともに燃えはじめたのはこの日の朝で、長州人が去ったあとまる二日間燃え、三日目の二十一日になってようやく鎮火した。

その間、家数にすれば、二万七千五百十三軒が焼けた。そのうち公家《くげ》屋敷が十八軒、大小名関係の屋敷が、五十一軒。——焼死者はどれだけだか、わからない。

晋助は、火をくぐって走った。

御所の堺町御門のそばまできたとき、もうそこからむこうは行けない。

戦場なのである。

もはや主役の長州人は潰走し、戦場にいる者はことごとく幕軍であった。厳密には、薩摩、会津、桑名《くわな》、一橋《ひとつばし》の藩兵である。

（これは、ひどい）

と、晋助はおもった。

きのうまでは堺町御門のそばに樹木にかこまれながら聳《そび》えていた関白鷹司家《たかつかさけ》の屋根がない。

燃え落ちていた。

晋助はあとで知ったのだが、この屋敷がこの乱の最後の戦場だった。

長州人はこの屋敷にこもり、土塀を胸壁にして戦ったのだが、幕軍司令の一橋慶喜《よしのぶ》が、

「焼け」

と、命じ、幕兵が放火したのだという。

このとき、高杉と同門の三人の若者が邸内で死んだ。一人は久坂玄瑞である。久坂は同門の寺嶋忠三郎と刺し違え、互いに相手の胸をえぐって死んだ。

他に、入江九《く》一《いち》という若者がいる。

「おぬしは血路をひらいて落ちのびよ」

と、久坂は死の寸前に入江に要求した。戦いの結果を、本国に報らせるためであった。入江は抜刀のまま鷹司家の裏の穴門《あなもん》から走り出た。その背後から越前福井兵の槍が襲った。槍の穂は入江の後頭部にあたり、両眼の眼球が飛び出した。

それらの惨況は、晋助はすべてあとで知った。いまは、それどころではない。

（桂さんの死体はないか）

ということで夢中であった。

九条家の南塀のそばを駈けぬけ、閑院宮家《かんいんのみやけ》のそばにきたとき、背後からいきなり襟《えり》がみをつかまれた。

「何者だ」

言葉で、会津兵ということがわかった。つかまれながら晋助は猫のようにおとなしい。

「自分は備前の者である。長州の御家中で世話になった人がおり、その人がもし討死しておれば弔《とむら》いたいと思ってきた」

という意味のことを、ゆるゆると話した。会津人は槍の柄で、晋助をたたきのめした。

晋助はごく自然に塀ぎわにころがった。塀ぎわに蒲公英《たんぽぽ》がはえていた。

(蒲公英は、ぶじだったのか)

葉が、なまなましいほど青い。晋助は打擲《ちょうちゃく》されながら思った。

「ならぬ」

会津人は叫んだ。長州人は朝敵である。それを弔う者は同罪として斬る、といった。

晋助は去った。

その後、数日、市中を転々とした。その数日のうちに町は焼野ケ原になった。鴨川《かもがわ》の堤から遠く西本願寺の屋根がみえる、というすさまじい荒涼さだった。

避難民は、鴨川の河原や橋の下にあふれていた。野宿し、野天で炊事をし、ざっと二、三千人はいるであろう。

（まるで、乞食の国だ）

と、晋助は思った。晋助もこの群れにまじっていた。この群れにいるかぎり、幕府の長州人さがしにはひっかからない。

（おれが、この都での唯一人の長州人になったか）

桂の予言どおりになった。

唯一人の長州人、という異常な緊張感と寂寥感《せきりょうかん》が、どう屈折してそうなるか、晋助に自由を与えた。

自由とは、こうである。

晋助の隣りに、他家の娘が臥《ね》ている。その娘の脛《すね》を晋助は白々とめくった。

（おれは何をしようとしているのだ）

と、おどろいて自問したときには、自分の中に皮膜《ひまく》を破りちらして別の自分が誕生していることを知った。

（かまわぬ）

傲然《ごうぜん》と答える自分が、である。浮世の道徳法律《とりきめ》などはなんであろう。法律的には自分は朝敵であり、道徳的にはすでに殺人者であり、しかもその殺人は主義で正当化され、道徳的な罪悪感はない。さらに、

（この焼け跡の都で、おれ一人が人間の外だ。おれはただひとりで生きてゆかねばならぬ）

ということがある。正体が露顕すれば当然殺されるし、殺される前に当然、相手を斃《たお》さねばならぬ生活人である。もはやこの苛酷な生存条件のなかでは、道徳も法律もない。すべての人間を縛っているそれらが、晋助の心から解《と》け去っている。

「辛抱せい」

娘の耳もとで囁いた。娘の痛みをいたわるやさしさは、以前の晋助とかわらない。

「すぐ、済む」

三条の大橋の下であった。みな、河原の小石の上に莚《むしろ》を敷いて寝ている。晋助の横には、暗くてわからないが職人らしい老人夫婦が寝ていた。気づいているようである。

娘は、縞木綿の着物を着ていた。連《つ》れはいないらしい。

我慢づよい娘だ。

ひょっとすると、突如訪れたこの奇妙な運命に、茫然としていたのかもしれない。

半ばごろになってから、やっと、

「困ります」

と、晋助の耳もとで囁いた。可憐《かれん》な声だった。晋助は無言で体を動かしていた。

が、やがて、

「困る、といっても、すでに始まってしまったのだ。終わるまで辛抱してもらうよりほかはない」

と、しかめっ面《つら》でいった。

ところが娘は、意外なことをいった。

「いつ終わるのですか」

晋助はだまっていた。この娘が風変りなのではなく、娘の境遇の激変が、娘の感受性を鈍感にしているのだろう。

「脛が、寒いかね」

「寒くありません」

と、娘は素直にこたえた。当然なことだった。いくら夜陰の野天とはいえ、夏の盛り過ぎなのである。寒かろうはずがない。

「もう、すぐだ」

「どうぞ」

とまでは言わなかったが、言いかねまじい自然さで、娘は可愛くうなずいた。

やがて事が、おわった。晋助は授精の義務を果たした無邪気な魚のように横になった。魚が横になるかどうかは分明でないが、晋助は人間の道徳から解放されている点では、鮪《まぐろ》かさばに似ていた。

朝、目をさました。

まっすぐに起きて瀬のきわにゆき、顔を洗った。莚に戻ったとき、

(はて?)

と、昨夜のことを思いだした。隣りの莚にはたれもいない。たしかこの莚の上に、娘

が横たわっていたはずだった。

「無駄でございますな、おさがしあそばしても」

と、隣りの老職人がいった。

「あの娘は、夜明け前にどこかへ立ち去りました。朝になってお顔をあわせるのがはずかしかったのでございましょう」

別に皮肉をいっているわけではなく、むしろ細面《ほそおもて》の皺《しわ》にあふれるような好意をにじませている。挙措《きよそ》の上品さからみてただの職人ではなく、釜座《かまんざ》の釜師の楽隠居といった人物かもしれない。

「人間、ああありたいものでございますな。あなた様のことでございますよ。昨夜は、婆《ばば》もよい眼福《がんぷく》をさせて頂いた、と申しております」

(なにを言ってやがる)

と、晋助はたじろいだ。この楽隠居に威圧を感じたのである。

楽隠居は、はたして釜座の釜師だった。四代目千斎と言い、この大火で釜座の家は焼けたが、松原通の別宅は焼けてないという。そこへ行けばいいのにここで数日河原暮しをしているのは、

「酔狂《すいきよう》がゆえでございますよ」

といった。都の惨状を味わったり、ながめたりして話のたねにしたい、というのだ。

そんなことを言って、老夫婦は莚を巻き、煮炊《にた》きの道具を大風呂敷につつみ、やがて

堤をのぼって去ってしまった。

（やはり、千年の都だな）

——都の者は物事をみな遊戯化してしまえる心のはたらきを持っているらしい。

（そこへゆくと、長州人は田舎者だな。むきになってゆとりがない。そのあげく、こんな戦さをはじめてしまった）

よく似たことを、対岸で考えている男がいた。桂小五郎であった。

桂は、ここ数日、乞食に身をやつして鴨川東岸の、おなじ三条大橋の下にいる。まわりはびっしりと避難民の群れがいた。

（京をのがれたい）

と思いつつも、京を出る七つの街道の口には幕軍が隙間《すきま》もなく警戒し、京を脱け出そうとする長州人を捕え、捕えてはその場で首を刎《は》ねていた。

とくに、京都における長州藩の代表者桂小五郎に対する探索がきびしく、会津兵、桑名兵、新選組が、目の色をかえてさがしている。

「死んだ」

という噂もある。堺町御門付近の焼けあとから、「桂小五郎」と墨書した兜《かぶと》の鉢金《はちがね》が出てきたのである。

桂がわざと落しておいたものか、それとも別の長州人が桂の鉢金を借りて戦闘に参加したものか、このふしぎさについては、桂がのちに木戸孝允になってからも、ついに明かさなかった。

とにかく、桂の機敏さは天魔のようで、その変装擬装のうまさと逃げっぷりの巧妙さはかれの持っている才能のなかで最もすぐれたものであった。

（幕軍の警戒がゆるむまで市中に潜伏していなければならない）

ということで、この橋の下にいる。

むろん、町歩きもした。

町歩きの目的はある。桂には、愛妓がいた。鴨東《おうとう》の花街三本木の吉田屋の幾松《いくまつ》という者がそれで、桂はこの幾松に会って、脱出の手だてを講じたかった。このためにこの男は、夕暮になると町に出かけた。


晋助がそういう桂の姿を見たのは、それから数日経った灯ともし頃であった。

（あれは、あの人ではないか）

と思って立ちどまった場所は、すでに先斗町《ぽんとちょう》にさしかかっている。晋助は、この前日から千本の貸元の千足屋《せんぞくや》嘉兵衛という博徒の家にころがりこんでいた。この点、讃州《さんしゅう》の日柳燕石の顔が、京までおよんでいる。

晋助はこの夕、遊び人風にこしらえていたが、手拭を一本肩にかけたきりで長脇差は帯びていない。それがこの町の渡世人《とせいにん》の風なのである。

晋助はいい。桂のことだ。桂らしい男は、どこでどう変装したか、箱屋の風体でやってくるのである。

しかも、その前後左右を桑名藩の巡察隊の士五人がとりかこみ、連行中の様子だった。

晋助は、軒下に立った。

桂は晋助の前を通るとき、ちらりと晋助をみたが、顔色も動かさない。

ただ、立ちどまった。桑名藩士に、

「下痢をしている。どこかで厠《かわや》を借りたい」

という意味のことを、長州なまりのある京都弁でいった。

桑名藩士は我慢せい、と顔をしかめたが、桂は動かない。ついに相手が折れた。やがて桂は彼等に同行され、晋助が立っている軒下の向いの家に入って行った。

晋助は、思案するゆとりもない。それにつづいてその家に入った。

「なんだうぬは」

と、桑名藩士は土間で、晋助をとがめた。

桂は、すでに座敷にあがっていた。

（この家の）

と、晋助はおもった。

（裏は鴨川になっている。桂さんはそれをよく知ってのことだろう）

桂を、逃がさねばならない。

その桂は、ちらりと、晋助のほうへふりむいた。これが、晋助が桂を見た最後になった。

「おれかね」

晋助はいった。

言ったときには相手の刀を奪い、一刀で斬り伏せ、

「長州人さ」

と叫んで表へとび出した。

桂は、落ちついて座敷の奥へ進み、厠に入った。桑名藩士の一人があわてて厠の戸をあけたときには、桂は厠の中にいない。

汲み取り口から裏へ抜けていた。裏は鴨川土手である。土手を越えて流れへ飛びこんだ。桂はこのあと途中で雲助に身を変え、粟田口《あわたぐち》へ走り、夜陰にまぎれて大津へ逃げ、そこで乞食小屋に潜伏していたところを、たまたま大津までさがしにきた幾松と偶会するが、そのことはこの物語と関係がない。

晋助である。

この男は露地をつききって木屋町《きやまち》へ逃げ、途中、もう一度露地へ逆襲して一人を斬り、ふたたび木屋町に出たときには、まわり数カ所で呼笛《よぶこ》の音が湧きあがった。

付近を諸藩の隊が巡視している。それらがたがいに笛をこだまさせつつ、晋助をさが

しもとめた。

高瀬川にとびこみ、向う岸にあがり、河原町へと駈けながら、

(もはや、だめか)

と晋助は思った。

が、この男には奇妙な運がついている。河原町へ出る露地を往復し、ついに一軒の家の格子戸におもわずよろめいた。そのとき、戸口から袖《そで》をひかれた。

晋助は吸いこまれるように土間に入った。家のなかは暗い。

袖をひいてくれる者は、晋助を座敷にあげ、やがてそっと押入れをあけ、

「お入りやす」

と小さく言い、かるく手で押した。

その声に聞き覚えがある。信じられぬことだった。その者は、先夜、鴨河原で晋助の横にいた娘であるような気がした。

(まさか)

と思ったが、いまは確かめるすべはない。第一、晋助も相手の顔を知らない。

(もともと都には面妖《めんよう》なことが多い。おれはなにかに誑《たぶら》かされているのではないか)

積みあげた蒲団《ふとん》を背に、思った。

贋金作り

頭が、上の段につかえた。天堂晋助はその得体の知れぬ借家の押入れにいる。

そとの、大路小路のざわめきがやまない。

（しぶといことだ）

と、晋助は憂鬱になった。このぶんではそとは幕吏でみちみちている。すくなくとも先斗町、木屋町、河原町の界わいは、新選組、見廻組《みまわりぐみ》など幕府の殺戮《さつりく》専従者どもでひしめいていることだろう。

夜半九つ過ぎ、表の格子《こうし》をはげしくたたく者があり、晋助はびくっとした。同時に蝦《えび》のように体をまげつつ、そろそろと短刀を抜き、あらたな異変を待った。

娘は、立って行ったようである。

（あの娘、何者だろう）

と晋助が思ううち、娘の行動がはじまっていた。娘は戸をあけ、人数を土間に入れた。

「町内の御改めですよ」

と、家主らしい者の声が晋助の耳にきこえてきた。あとでわかったことだが、会所《かいしょ》の者と家主が、京都町奉行所の役人を先導してきているのである。

京都では、所司代や奉行所といった平和な時代の警察機関は、文久以来無力そのものの存在となり、いまは京都守護職を指揮官とする非常警察軍によって治安が担当されている。具体的には、新選組や会津桑名両藩の巡察隊である。

（町内改めは、奉行所の同心だけではあるまい）

晋助は想像したが、事実そのとおりであった。奉行所の同心は探偵をつとめるのみで、実際の捕殺者たちは、路上で柄《つか》を撫《ぶ》しながら待っている。

「怪しい者は、入らなかったかね」

と、同心がきいた。

——いいえ。

娘はかぶりをふったらしい。

声が、かぼそい。やがてその娘にとって代わって、家主が代弁しはじめた。家主の声は三味線の撥《ばち》の入ったようによく響く声で、晋助の耳にも十分に聞こえた。

「ここの家は、ごぞんじの絵師北野宗忠の寓居だったところでございまして、宗忠先生が昨年御病死なさいましてから、妹御のお咲《さき》殿が御遺稿の整理をしたり、また紅枝《こうし》という号でご自分で絵もかいたりなさっております」

という旨のことを、同心に話した。

「ほほう、娘の絵師か」

と、そのことが同心の関心を一挙に外《そ》らせた。娘の絵師、ということに同心はひどく興をもったらしく、もし後ろの路上に新選組の連中がいなかったなら、あがりこんで茶のいっぱいもふるまわれたい乗り出しかたを示した。

が、そうもしていられないのであろう。彼等は去った。

（なんと、娘の絵師か）

同心よりも、晋助のほうが驚いた。都には人間の妖怪が住むというが、まったく何が住んでいるか見当もつかない。

彼等が帰ったあと、娘はしばらく静まっていたが、やがて、

「もう、お出まし遊ばしてもおよろしかろうと存じます」

と、押入れの中の晋助へひそひそといった。

「ご親切かたじけない」

と晋助は言い、短刀をおさめたが、そのあとじっと動かず、出ようともしない。

「どうなされたのでございます」

娘は不審そうな声を出した。

「こまるのだ」

「なにが、でございましょう」

「他人の空似《そらに》ならば、このことお聴き捨てくだされよ。お咲殿は、先夜、火に遭《あ》って河

原に寝《やす》まれてはいなかったか」

娘は、だまった。

沈黙が、この場合なによりも雄弁な返答なのである。しかしなぜこのような曲りなりにも借家に住んでいる娘が、罹災民《りさいみん》とともに河原で寝ていたのか。

「そのことについて」

と、晋助はいった。そのこと、、、というのは娘が河原に寝ていたことについてではない。その河原に寝ていた娘を、晋助が犯したことについてである。

「当惑している」

と、晋助は意外なことを言ってしまった。当惑とはこの際妙な言葉だが、いまの自分の心境をそうとしか言いようがなかった。

「当惑」

娘もおどろいたらしい。こんどは語尾まではっきりと、

「当惑しておりますのは、わたくしのほうでございますのに」

といった。そのとおりであろう。犯した晋助に当惑してもらってはこまるのである。

「でございましょう？」

と、娘は笑いを含んでいるらしい。

「朝、目がさめると、そこもとはもはや私の横には居なかった」

「どの町のどの娘でも、そう致すに違いありませぬ」

聞くうちに、晋助は不審を覚えた。受け答えの落ちつきぶりからいえば、十六や七の娘ではあるまい。

「そこもとは、幾つになる」

この場合、能のない質問だった。晋助は所詮、長州の田舎者かもしれない。

が、娘は素直に答えてくれた。二十一だという。晋助はおどろいた。驚いたそのままの声で、

「あのときの月明りでは、十六か七だろうと思ったが」

「きっと化けていたのでございましょう」

娘は、大まじめにいった。すぐ居ずまいをなおしたような声で、

「あなた様のお名前をうかがわせていただきます」

晋助は沈黙した。いま幸いならず者の風体をしている。何町の何某と二ツ名前の偽名を使ってもいいのだが、これほどまでの危険を冒して自分を救ってくれたこの娘に、偽名を使う気がしない。

「天堂晋助という。――長州の侍だ」

と正直にいうと、娘は察しがついていたらしい。しかし晋助の意外な正直さに感動したらしくしばらくだまっていたが、やがて、

「おかくまい申しあげます」

いかにも決然とした口調でいった。

この紅枝、お咲、という名をもつ、得体の知れぬ娘との同棲《どうせい》がはじまった。

むろん娘は、北野宗忠とかいう町絵師の妹というほか、謎そのものの娘だが、娘柄《むすめがら》に一種の風韻《ふういん》があり、

(やはり都の娘だな)

と、晋助は、すでに娘の体を得てしまっているくせにいよいよ憧《あこが》れに似た気持がつのるほどの想いで娘を見ている。

晋助はむろん、この露地の秘密の住人である。家はあくまでも娘の独り住いという表むきだから、遊び人姿の晋助は毎日夜陰、あたりを見すましてから戸外へ出る。

未明に帰ってくる。

晋助の当分の仕事は、戦火のなかを逃げ切れずに京に残ってしまっている長州人をこの危険な都市から落すことであった。

それには方法がある。

このところ毎日、幕吏の手で長州人狩りがおこなわれている。その幕府の巡察隊を路上で見つけては晋助は見えかくれにつけてゆく。

彼等巡察隊が、目星をつけた寺や町家に乱入すると、晋助も同時に踏みこむ。

斬られるのは、幕吏である。

「よほどの奴が京に潜伏していて、逃げ遅れた長州人を援護している」

ということが、新選組でもやかましく取《と》り沙汰《ざた》され、市中の探索がきびしくなった。

晋助は出るときにはかならず、

「今日が最後かな」

とお咲にいった。無事に帰れぬかもしれぬという意味である。

ところがお咲は奇妙なところがあって、きょうはどの方面にゆく、ときく。

「北だ」

というと、それでは天神の西裏にこういう家があって、万一追われたとき逃げこめばいいと教えてくれた。晋助はしばしばそのお蔭ですくわれた。

（このお咲は、何者だろう）

晋助の知っているのは、相変らずお咲の体だけであった。あとはなにも知らない。

もっと驚くべきことには、ある日、

「樫原《かたぎはら》の札《ふだ》ノ辻《つじ》にお雪の茶屋というのがあります。その家に長州人が三人、隠れているそうですけど」

といったのである。晋助は目を瞠《みは》り、

「なぜそんなことを知っている」

ときくと、笑って答えない。

その夜、天堂晋助は例の旅姿に身をかためて出かけた。危険すぎる仕事だが、この男の場合、それを危険と感ずる神経が鈍磨《どんま》しはじめているらしい。

晋助は京を離れ、桂川の上野橋を渡り、松尾郷下山田を経て、老《おい》ノ坂《さか》にぬける山道にさしかかった。そこが、樫原である。

このあたりの山は良質の瓦土《かわらつち》を出し、京の瓦の何割かをこの村で焼いている。その瓦焼きの職人で源吉というのがある。

「樫原にゆけば、源吉の家を足場になさい」

と例によってお咲が教えてくれたので、その家をたずねた。お咲の名をいうと、源吉は急に鄭重になり、

「何ごとでもお言いつけくだされまし」

と、親代々の老僕のような態度になった。

(お咲とは、何者だろう)

と、ここでも思わざるをえない。

「お雪という娘の茶屋があるかね」

「このむこうの札ノ辻にございます。ただ、お雪は娘ではございませぬ」

六十の老婆だという。とにかくその茶屋に長州人の落ち武者が三人、潜伏していることはたしかだった。

あとでわかったことだが、三人の落ち武者は長州人楳本僊之助《うめもとせんのすけ》と、長州軍に参加した薩州浪士相良《さがら》鉱蔵、同新八郎の兄弟である。

彼等は市中で敗れたあと、京を南に落ち、途中ほうぼうで潜伏しつつ、ついにのがれ出る道がないとみて甲冑《かっちゅう》をぬいで桂川に捨て、丹波路《たんばじ》をさして落ちようとした。

ところが、この樫原札ノ辻まできたとき、このさきの老ノ坂に小浜《おばま》藩兵が駐屯して落ち武者を詮議している。やむなくお雪茶屋の女主人をおどして潜伏した。

「茶屋が迷惑がりましてな」

と、源吉はいった。

ところがそこは京気質《かたぎ》で、村中がこの事実を知っているのだが、表沙汰にはしない。

(あすにも、三人に連絡しよう)

と晋助が、気長に構えたのが、誤りだった。その夜の未明、小浜藩兵百人が大砲四門を曳《ひ》いて茶屋を包囲した。

(これは、手も足も出ぬ)

源吉の家の厠の窓から、その動きをみていた晋助は絶望した。

「彼等には気の毒だが、おれはこのまま京に帰る。ついては頼みがある」

と、晋助は源吉に十両の金を渡し、

「あの三人の供養料にしてくれ」といい、闇にまぎれて京の方角へ去った。

(死ね)

と彼等を思わざるをえない。医師とおなじで、救いうる情勢にある者しか救いえない。

晋助が樫原を離れた直後、彼等は襲われ、斬殺されている。もっとも三人もむなしく殺されたのではない。札ノ辻で死力を尽して闘ったため、小浜藩側はわずか三人のために二十余人という負傷者を出している。のちに村人はこの三人の屍《しかばね》を、樫原山の藪《やぶ》のなかに埋めた。維新後、新政府が官修墳墓としてその埋葬場所に墓碑をたてている。

晋助は日暮を待って隠れ家にもどった。お咲は絵絹を展《の》べて絵をかいていたが、

「どうでした」

とも問わない。

(妙な女だ)

晋助は樫原事件などよりも、この女がふしぎだった。

「寝ようか」

と、晋助はいった。それだけしかこの女を理解する方法がないのである。

お咲は頬を染め、小さな声で、

「今夜は、寝て差しあげられません」

といった。理由は、お咲のいうところでは今日の昼ごろから密偵がこの露地を嗅《か》いでまわっている。この家もあぶない。

「では、別れるか」

晋助は素早い。もう手をのばして笠をとりあげた。その様子をみてお咲ははじめて筆をとめた。顔を晋助のほうに曲げ、

「それは無理」

と、無邪気に笑った。

「別れるなどは、とても無理ですわ」

「なにが無理だ」

と言おうとしたとき、表戸が鳴った。

お咲は素早く立ちあがり、晋助を押入れへ入れた。

（またか）

と思ったが、他にどうしようもない。晋助が押入れへ入った直後、人数が入ってきた。

「ここへ旅の者が入らなかったか」

と、一隊の頭《かしら》だつ者がお咲にきいている。

お咲の返答よりも、土足で座敷にあがって来るほうが早かった。

（こんどこそ、やられるかな）

と思ったとき、右ひじが壁に触れた。壁が心持動いたようだった。

（妙だな）

と、力を入れた。押した。壁がひらき、晋助は隣家へころがりこんだ。

隣家は、闇である。闇のなかで人の声が湧きあがり、

「天堂様ですな」

とささやいた。

「壁をお早く。お閉めなさるように」

錆《さ》びた老人の声である。晋助はもはや不思議のなかで身をゆだねるしかなかった。手をあげて壁を閉めた。

「わたくしでございますよ」

と、闇が動き老人が近づき、晋助の耳もとで囁いた。声に記憶がある。

釜座の釜師
と称していたあの老人ではないか。先夜の河原で、晋助の横にこの老人は寝ていた。たしか、号を千斎といったようである。

「どうぞお気楽に。この家はわたくしの持ち家の一つでございますから」

ほどなく、捕吏が去った。

「御老は、釜座の」

「いや、あれはうそ。実のところはあなた様ご同然、世を憚らねばならぬ身でございましてな」

「とは？」

「世にいう、贋金《にせがね》作りさ」

晋助は意外さにぼう然とする思いである。

「世間の裏で棲《す》んでいる。裏は裏同士のよしみ、私も稼業がら、天堂様のような御人《おひと》がほしい。今後協《たす》けあおうと思ってお助けした。まして天堂晋助様と申せば」

老人はちょっと唾《つば》をのんで、

「この千斎の婿殿になる」

「私が婿殿？」

「左様、お咲は」

……贋金作りの千斎の末娘だというのである。

「だからあなた様は、すでに私の仲間になっている。今後いよいよその縁を深くして頂く。なに贋金作りだと申して、あなた様同様、勤王にはかわりはない。いずれ、その関《から》連《くり》がわかって頂ける」

いやさ、妙な次第になった。

(おれが贋金作りの娘婿か)

と天堂晋助はおもった。いや、いや、――か、ではない。

現実、婿殿になった。その証拠にお咲という娘が、世にこれほどの女房はないであろうと思われるほどのやさしさで天堂晋助に仕えてくれるのである。

(おれという男は、高杉晋作と出遭って以来、妙な運命《ほし》の神にとりつかれてしまっているらしい)

自分の運命を、当の晋作自身がひらくのではない。

見も知らぬ他人が、まるで運命《ほし》の神の使い者のようにつねに忽然と、まったく忽然とあらわれては晋助の運命を変えてゆくのである。

――晋助のゆくてにあらわれては晋助の運命を変えてゆくのである。

(気がつくと女房持ちになっている)

われながら妙だ、と晋助はいつもお咲を抱くたびに思うのである。

あの捕吏に踏みこまれた家からは、その夜のうちに晋助は逐電《ちくてん》した。むろん、千斎に道案内されてである。

道を北にとって御所に近い武者小路《むしやのこうじ》に入った。一条殿の屋敷のむかいの瀟洒《しょうしゃ》なかぶき門の屋敷に入った。公卿屋敷かとおもったが、諸大夫の屋敷らしい。このあたりは御所に仕える官人の町である。

「津島大和守《やまとのかみ》という方のお屋敷です」

と、お咲はそれだけを晋助におしえた。あとはなにも教えない。

その夜は晋助も疲れている。翌日の日が高くなるまでぐっすりねむった。

起きると、用もない。

夜になった。またお咲と寝る。

（なんのことだ）

と、晋助は苦笑せざるをえない。

「いったい、どういうことなのかね」

晋助がきくと、お咲は掛けぶとんのはしで唇を蔽《おお》ってくすくす忍び笑っている。

「冗談ではない。私は自分が何者かさえ、わからなくなっている」

「わたくしのお婿さまではありませぬか」

「そなたは嫁」

「そう」

「とすれば水臭いではないか。婿が自分の運命さえわからなくなっているのだ。この謎を解いてもらいたい。第一、ここは諸大夫の屋敷だ。それほどの身分の者の屋敷でそなたの父千斎はあるじ然と住まっている。ただの贋金作りではあるまい」

が、お咲は、なにも言わない。言うな、と父の千斎から命ぜられているにちがいない。

となると、晋助はこの無口な男にしてはひどく多弁になった。自分の事を語った。それを語ることによって、お咲から何事かを引き出そうとした。

「私はじつはもともとの武士ではない。村厄介の、百姓ですらない身分の者の倅《せがれ》だ。萩の城下へ屋敷奉公にゆこうとし、道中、高杉という若い武士に出遭った。それから以後、自分の運命が手鞠《てまり》のように転々としはじめた」

語っているうちに、自分の運命を変えている根元の一事がおぼろげにわかりはじめた。

(やはり、そうか)

と思うのは、晋助が持っている稀世《きせい》の剣技である。宮本武蔵から相伝という二天一流の腕が、つねに晋助の運命をあらぬ方へ変えつつある。

「この剣が、私の身に禍《わざわい》の神をよぶのか」

とつぶやくと、お咲は晋助の心事が手にとるようにわかるらしく、

「わたくしも禍の神でございますか」

と、小さな声でいった。晋助はそれに答えず、話を釜師千斎のことに近づけようとした。

「千斎殿についてききたい。千斎殿は、私という人間を、あの河原の一夜以前に見たことがあるようだな」

「……」

と、お咲はだまった。黙ったのはそうだ、という暗黙の返答であろう。

「千斎殿は私の剣技も知っている。私が長州人であることも、すでに知っていた。なにもかも知った上で、偶然のようにしてあの夜、河原で私の横にむしろを敷いた」

「……それは」

と、お咲の声はいよいよ小さくなっている。

「わたくしの口からは、お答えできませぬ」

(ほぼ、推量があたったようだな)

いまはそれだけでいい。それ以上深くききただすと、お咲との、この脆《もろ》い束《つか》の間《ま》の幸福がこわれそうに思えた。

(どうせ、束の間だ。つぎには違う運命が自分を襲うにちがいない。その束の間だけでも、この世にも得難い女をつかみ切りたい)

晋助は女の数はさほどに知らないが、これほど体のすぐれた女は、そうはめぐりあえぬのにちがいない、と思った。

思いつつふと、義妹のお冴を想った。お冴とはあれきりで別れた。いずれは会う。――お冴のその後については、――筆者の筆はまだ及ばない。筆者は晋助のこの、足音もどろに駈けてゆく運命のあとを追うことで精一杯である。

翌朝、目がさめた。

「お咲」

と、体をさぐると、そこにいない。もはや起きたか、と晋助はふとんを跳ねあげた。

雨戸の隙間から陽がこぼれている。

廊下に、この屋敷の若い女中が指をついてすわっていた。その女中が晋助を導き、湯殿に案内した。

（朝の湯か）

なにやら蕩児《とうじ》になったような気もする。湯殿に入ると、湯気に檜《ひのき》の香が満ちている。

（なにやら、魂をぬかれてゆくようだ）

と、湯舟のなかで思った。

次の驚きが、戸をしずかにひらいて晋助の目の前にやってきた。お咲である。赤い襷《たすき》をかけ、すそをからげている。

「お背中を。――」

と、わざと晋助のほうを見ずに湯を汲みはじめた。晋助は、吸いあげられるように湯舟のそとに出た。

無言でしゃがむと糠袋《ぬかぶくろ》が背を走った。

晋助がしゃがんでいる前に、真青な青竹で編んだかごがおかれている。そのなかに桃が一つ、入っていた。

「なんの呪《まじない》だ」

とその桃をとりあげると、「召しあがれ」とお咲はさらりといった。

「お湯殿で桃を召しあがるのは、のぼせふせぎの薬だと茶人は申します」

「京のしきたりか」

「父がそのように申しておりました」

「油断ができぬな」

晋助は、その冷たい果汁を口中にあふれさせながら苦笑した。桃は中国《シナ》では神仙の果実だという。釜師千斎は自分を仙術にかけようとしているのではないか。

湯からあがると、浴衣《ゆかた》を着せられ、その板敷にすわらされて月代《さかやき》を剃られ、髪をすきあげられた。

すべて、お咲の手である。

髷《まげ》ができあがった。武家髷である。

「おれは武家姿になるのかね」

「父が左様に申しましたから」

「なにもかも、千斎の指図のままだな」

と晋助は苦笑した。

そのあと、お咲はみだれ籠から、まだしつけ糸のついている襦袢《じゅばん》、絽の羽織、黒紋服、マチ高袴をとりだした。

「天堂さまは、きょうから東洞院家《ひがしのとういんけ》の雑掌《ざっしょう》におなりあそばします」

「雑掌とはなんだ」

「公卿《くげ》に仕える武士、とでもお思い遊ばせばよろしゅうございましょう。お名前も表向き、それらしい名前にお変えあそばさねばなりませぬ」

「偽名か」

「いいえ、御所にお届け申すお名前でございますゆえ、偽名とは申されませぬ。——そのお名前のことにつきまして、父は」

「また父か」

「佐藤雅楽《うた》がよろしかろうということでございます。以前、その名の者が東洞院家に仕えておりましたが、去年、みまかって今は世に在りませぬ。その佐藤雅楽の名跡を天堂様がお継ぎあそばすということで」

「……よいように」

と、晋助は言うしかない。もっとも、

「長州藩士天堂晋助」という看板では、いまの京で身を置く場所がないわけで、

(公家侍とは、かっこうな隠れ蓑《みの》だな)

と思ったが、それにしても、あの贋金作りの千斎がこうも公卿の世界に幅がきくとは面妖至極なことだ。

「それでは」

と、お咲はいった。

「御装束が仕上がりましたので、お供させていただきとうございます」

「どこへだ」

「まあ」

お咲は笑いだした。

「東洞院様の御屋敷へでございませぬか」

(勝手にしろ)

と晋助は思った。この公卿の屋敷は御所の南門御花畑の西にあることを晋助は知っている。

公卿にも家格がいろいろある。五摂家《せっけ》といわれている一条、九条、近衛、鷹司、二条の五軒は摂政関白になりうる家である。そのつぎの家が、清華家《せいがけ》といわれる九軒で、これは太政大臣にまでなりうる。その下が、羽林家《うりん》である。羽林家は大納言・参議が極官である。その羽林家の下に「名家」という階級があり、これも大納言まで陞《のぼ》ることができるが、ふつうは中納言程度でとどまる。

それが、東洞院家であった。

晋助とお咲は、今出川通《いまでがわどおり》へ出た。東へゆく。鴨川堤にさしかかった。

「なんだ、御花畑の屋敷にゆくのではないのか」

「左様なところへは参りませぬ」

と、お咲は往来の人の耳をはばかるように声をひそめた。鴨川をわたるのだという。鴨川を渡れば、大文字焼きで有名な如意《にょい》ヶ岳《たけ》の麓の森まで見渡すかぎり田園地帯ではないか。

「御別墅《おべっしょ》(別荘)へ参るのでございます。東洞院家では、鴨川屋敷、と申しております」

現今《いま》なら今出川を東へ行って鴨川を渡るのに大きな橋がかかっているが、晋助のこの当時にはない。

堤にぶつかるといったん北へのぼり、糺《ただす》ノ森のみえるあたりで粗末な板橋を渡る。渡って、鴨東《おうとう》に出る。

土手ぎわが墓地で、その墓地を守るようにして小寺が四軒、鴨川堤に沿ってならんでいる。北から指を挙げると、長徳院、常林院、正定院、法性院《ほっしょういん》。

その塀ぎわを、晋助とお咲は歩いて、砂川橋という土橋を渡った。

野道である。野道のむこうに巨大な竹藪があり、朽ちたわらぶき門がある。その藪に埋もれるようにして屋敷の白塀がつづいている。

「このお屋敷でございますよ」

と、お咲はいった。

「田舎だな」

晋助はあたりを見まわした。南のほうに松林が遠霞《とおかす》んでいるのは、聖護院《しょうごいん》の森だろう。

門内に入ると、松脂《まつやに》の燻《くすぶ》るにおいがした。

(邸内に茶碗を焼く窯《かま》でもあるのか)

と思った晋助の勘は、図星だった。林泉のわきに素焼窯のようなものがあって、白い煙があがっている。

一室に通された。

お咲が去り、案のとおり千斎があらわれ、するすると進み、なんと上座にすわった。品のいい茶人拵《ちゃじんごしら》えである。

「狐につままれているようだ」

「時勢だからな。人はみな狐になっている」

と、先日とはうってかわった尊大な言葉つきでいった。

「この屋敷で、贋金をつくっているのかね」

「まあ、そうだ。しかし、あんたに贋金をつくれとは言わない」

「作れもせぬ」

晋助は、無愛想にいった。

「先日」

千斎は温顔をくずさずにいう。

「……あんたが樫原の里で会った瓦焼きの源吉、あの者などがこの道の職人だな」

「瓦焼きとは表向きの稼業か。すると、源吉のような職人が京の市中のあちこちにいて表むきはほかの職につい て暮らしている。ときどきこの屋敷によばれて贋金をつくる、という寸法か」

「そのとおりだ」

千斎は、正直にいった。さらに、

「ただし、この屋敷で贋金をつくっている、とは世間は思っておらぬ。構えて洩《も》らすな」

「婿だからな」

だから洩らしもできぬ、と晋助は皮肉っぽく破顔《わら》った。が、千斎はその笑いに乗って来ず、「言っておくが」といった。

「この屋敷では、茶の釜を鋳《い》ている。世間ではそう思っている。公卿の仲間でもこれは素直に信じられている」

千斎はさらに言葉を継ぎ、東洞院家に関する最も重要な知識を晋助にあたえた。

東洞院家の当主は、少納言愛近《なるちか》という人物で変哲もない二十五歳の公卿である。これは御花畑の本邸に住んでいる。

隠居がいる。

その隠居は若いころから風変りで、釜座の職人を屋敷によんで鋳物を習い、いまではほとんど名人の域に達している。

「作る釜は、織豊《しよくほう》時代の名物《めいぶつ》の釜をもしのぐといわれている」

と、千斎はいった。京・大坂の茶人や大名などでも、

「藤三位《とうさんみ》の釜」

とよんでなかなか喧《やかま》しいものらしく、その釜を手に入れることで大名や富豪がずいぶん腐心《ふしん》するという。それほどの名器らしい。

ちなみに「藤三位の釜」というのは、東洞院家は藤原氏でその一字をとって藤《とう》。三位は、隠居の位階である。

「その御隠居と申されるのはこの屋敷内に住まわれているのか」

「左様」

千斎はうなずき、

「ただし、風変りなお人で、親族とのつきあいもなさらぬ。屋敷うちでも、ときどき職人の前に顔を出されるだけで、めったにお姿をお現わしにならぬ」

「お名は」

「そこまで聞く必要はない」

「――まさか」

と、晋助は目を光らせた。

「千斎と申されるのではあるまいな」

「いま申したとおりだ。それ以上はそこもとの知るべきことではない」

（こいつが）

と、晋助は思った。

（その公卿の隠居だな。公卿の隠居が釜師に化けて、その釜師が贋金を鋳ている。二重にも三重にも化けているのだ）

「私はあなたの何だ」

「婿さ」

千斎は、からりといった。が、すぐ言葉をかえ、

「佐藤雅楽、そこもとは、当家の雑掌である。その役目は一つしかない」

「とは？」

「当屋敷を、幕吏が嗅ぐ。そのときは斬る」

そのかわり、と千斎はいった。

「そこもと天堂晋助は三界に身の置きどころもない長州人だ。その身を隠すのに公卿屋敷よりよい場所はあるまい。幕吏も公卿屋敷には踏みこめぬ」

「私を保護するというのが代償だな」

「そのとおり。——不足か」

「でもある。わしには藩の密命がある。この時期、贋金作りの用心棒をつとめているわ

けにはいかぬ」

「そこが短慮よ」

と、千斎は煙るような微笑を泛《うか》べた。

「申しておく。この贋金は長州藩の軍用金になってゆく。さらには幕府の通貨を混乱させ、この世を傾けるためにも役立ってゆく。この一件、晋助」

千斎は目をそらした。

「そこもとの藩との密約の上でのことだ。つまり、天堂晋助とわしとは舅《しゅうと》と婿という間柄だけではない。秘密の同志、ということにも相成る。心得たか」

黒谷本陣

京に冬がきた。

天堂晋助の存在が、京における官設の非常警察隊ともいうべき新選組と見廻組《みまわりぐみ》をいらだたせつづけているが、その正体は依然として幕府機関につかめない。

「藩も名もわからぬ。わかっているのはあいつの太刀味《たちあじ》だけだ。どの場合も一太刀で絶命している」

「――顔は？」

「顔か」

話し手は、苦笑した。

「わかっていれば、苦労はないさ」

話し手は、新選組の探索《たんさく》機関を支配している副長土方歳三《ひじかたとしぞう》であり、聴き手は、局長の近藤勇《いさみ》である。

「顔の見当さえつかぬのか」

「おぼろげにはある。ただしその見当が」

と、土方は不快そうにいった。

「三通りもあるのさ。一つは背高くやせぎすの男。他は眉薄き丸顔の二十二、三歳。最後に赤ら顔で鉤鼻《かぎばな》の男――」

「そのことごとくを斬ったらどうだ」

「斬ってはいる」

と、土方は顔色も動かさずにいった。この三種類の人相に似た者をことごとく斬るとならば、京の若い男の半数は斬られることになるだろう。

もっとも、新選組の方針としては、藩に所属する士は斬らない。町人、百姓はその対象ではない。対象は「浮浪」のみである。

この節、幕府側では「浮浪」と言い、反幕勢力の側では「志士」とよんだ。要するに浪士である。

元治元年夏の池田屋ノ変と蛤御門ノ変以来幕府の「浮浪」狩りはすさまじい勢いでおこなわれつづけており、洛中に緻密な探索網を張りめぐらし、その潜伏場所がわかり次第、新選組が踏みこんでこれを斬った。

「薩摩藩士だけは手をつけるな」

と新選組では何度も達示をしているが、その薩摩人でさえ、服装の粗末な男、月代が薩摩風の広剃《ひろぞ》りでない者、独行する者、などの場合、市中で誤って斬られる者が何人かあった。

薩摩藩の京都における指導者西郷吉之助（隆盛）でさえ、夜間の外出はせず、それをせねばならぬときには腕利きを数人連れ、しかも犬を曳いて行った。座敷にまで犬をあげ、その上で会談した。刺客がにわかに襲った場合、まず犬が騒ぐ。その間に逃げられる、という寸法なのであろう。

「あと、五日だ」

と、近藤はいった。

心得ている、と土方はうなずいた。あと五昼夜たてば新年の三日目になる。その日、江戸からさる幕府高官が、「内々の御用向き」ということで、京都駐留の将軍顧問一橋慶喜に会いにくる。

当の外国奉行は本庄伊賀守重定という人物で、いまの幕府官僚のなかで、幕権維持のためのある種の考え方を支持しているもっとも有力なひとりであった。

その考え方、というのはひどく奇抜なものだが、幕府がその気にさえなれば実現の可能性は濃い。フランス帝国から金と陸軍と艦隊を借り、それでもって長州を一挙に討滅してしまおうというものである。

フランスはむしろそれを望んでいた。

この案の提議者自体が、幕府ではなくフランス公使のロッシュなのである。

「長州藩だけではない」

と、ロッシュは、彼と最も昵懇《じっこん》な江戸の高官たちに秘密で説いていた。

「薩摩藩、越前福井藩、土佐藩、肥前佐賀藩など、幕府に反抗的な藩をつぎつぎに征伐してついには三百諸侯を消滅し、封建割拠の制度を廃して将軍家統率《タイクン》による郡県制度をつくられるとよい。それ以外に徳川家百年の計はないであろう」

と、ロッシュはいった。

むろんこの日本駐劄《ちゅうさつ》公使の意見はナポレオン三世の意見でもあった。それどころか、ナポレオン三世という、多少軽率だが才子肌の独裁者は、自分の国内における政治的地位を、日本での成功で補強しようとさえしていた。

「陸軍も海軍も貸す。金も必要なだけは、フランス銀行が用意する。さらに幕府は単にフランスによって援《たす》けられるだけでなく、自分自身の軍需産業をもたねばならないだろう。そのための経済顧問団と技師団も送る」

というものであった。

そのフランス皇帝の対日本政策を、ロッシュは請け負っている。ひそかに幕府の対外機関の官僚たちに働きかけたのである。

「その担保はいまは考えていない」

といったとも言い、とりあえず北海道を租借するだけでいい、といったともいう。

とにかくこの案は幕府高官の一部が強烈に支持し、とりあえず秘密のまま将軍顧問役の慶喜に相談する、ということになった。

その秘密が、あっというまに洩れた。討伐されるという当の越前福井藩主松平慶永《よしなが》(春嶽《しゅんがく》)などは早くから知り、同じく討伐されるはずの土佐藩の山内容堂《ようどう》に耳打ちしている。

薩摩藩にも、洩れた。

この藩が、元治ノ変で会津藩と協力して長州藩を駆逐しつつも、その後にわかに反幕化し、ついには倒幕の主体になってゆくのは、この秘密事実を知った時期からであった。

右の風聞は、京に潜伏している浪士たちの耳にも入っていた。

「幕府倒すべし」

という世論が火のようにひろがりはじめたのも、この風聞以後である。

――正月の三日、大公儀外国奉行本庄伊賀守殿が江戸から御軍艦にて西上、大坂からは微行にて入京につき、道中十分に警衛の事。

との沙汰が、京都守護職松平中将から新選組にくだったのは十日ばかり前である。

(よほど非常のことらしい)

と、新選組では判断し、まず京都市中で激烈な浮浪狩りをおこなった。

それまで新選組は原則として京都所司代、奉行の通報や依頼をうけたときのみ出動していたが、このとき以降、独自に探索し、浪人とみれば単に浪人であるということだけで斬った。

が、奇妙なことに新選組側の損害も日に日に多くなり、数日前など、一日に四人、斬られている。夜陰、巡察隊を繰り出すと、影のように横切る者があり、影が過ぎたあと、一人は斃されている。

その影の正体はわからない。

「おそらくあいつだろう。あいつのほか、それだけ使えるやつはいない」

と、土方らもみていた。

文久三年の夏前後から京都で跳梁《ちょうりょう》しているたった一人の人物である。顔も、姿もわからない。

天堂晋助は、鴨川屋敷にいた。

東洞院家の雑掌佐藤雅楽として、御所にゆくこともあり、他の公卿屋敷へ使いにゆくこともある。

年の暮の二十七日、例の千斎が夜陰もどってきて、

「本庄伊賀守の一件だが」

と、晋助にいった。

「入京後は、なんと黒谷《くろだに》の会津本陣に泊まるらしいな」

「用心のいいことだ」

「斬れるかね」

千斎は、いつもの翁寂《おきなさ》びたおだやかな表情でいう。

千斎はどこから聞きこんでくるのかわからないが、本庄伊賀守の警衛は非常なもので、伏見から京までの三里には会津・桑名の兵を点々と植えつけ、道中駕籠《かご》わきには新選組隊士が多数かためてゆくという。

「無理だな」

道中は無理だとおもった。しかし黒谷本陣に入ってしまえばなお一層むりだろう。

あたかも、城である。

「黒谷」

と京で通称しているこの一郭《いっかく》は、正しくは浄土宗の一本山金戒光明寺《こんかいこうみょうじ》のことである。東山の一峰の山肌を削《そ》ぎ落し、山麓から山頂までの要所々々に石塁をつみあげ、城門まがいの山門を据えた寺で、むかしから、

——幕府の隠し城に相違ない。

と、京ではうわさされていた。

徳川家の宗旨は浄土宗である。このため、幕府開創ほどなく将軍の経費において京の東山山麓に壮大な二つの本山を構築した。華頂山《かちょうざん》の知恩院と黒谷の金戒光明寺である。その設計《なわばり》には城郭の構造をとり入れた。京にいざ騒乱があるときに幕兵をここに立て籠《こも》らせるためだといわれていた。

最初、会津藩が京都守護を命ぜられてこの地に駐屯したとき、本営は知恩院に、とい

う説があったが、知恩院には水が出ない。そのため黒谷の金戒光明寺がえらばれたといわれている。

寺とはいえ、それほどの郭内である。そこに会津兵千人が常駐している。千人といえば七、八万石の城に匹敵するであろう。

「到底、一人では斬り込めまい」

と、千斎はいった。

晋助が消えたのは、この夜からである。お咲だけが知っていた。居間に入るなり、匕《あい》首《くち》を抜いて髷の元結を切り、

「頼む」

と、すわった。町人髷に結え、というのであろう。お咲は自分の判断どおりにした。髷を変えおわると、晋助はすばやく道中衣装に着がえ、鉄拵えの長脇差を一本独鈷《どっこ》の帯に差しこみ、笠、合羽《かっぱ》とつぎつぎ手にとり台所へおりて草鞋《わらじ》をはいた。

お咲はそのわらじの紐《ひも》をむすびながら、

「せめて、行くさきでも」

と、低声《こごえ》で恨めしそうにいった。

「そう恨み声を出される不義理はしていない」

晋助は、無愛想にいった。どうせ千斎とやらいう怪しげな老人のからくりで便宜上、できあがった夫婦である。この東洞院家の鴨川屋敷の屋根の下にいるときだけが、夫婦

であった。離れればその瞬間から他人で、たとえ晋助が路上で斬られていても千斎老人は引きとらないにちがいない。

晋助は、大坂にくだった。

天満八軒家の船着場からまっすぐ土佐堀へゆき、その一帯を縄張りとしている千載屋《せんざいや》助五郎という博徒の家にわらじをぬいだ。

千載屋では、助五郎以下、晋助を歓待した。この千載屋へは、最初讃岐の博徒日柳燕石の書状をもってわらじをぬいで以来、大坂へくるたびに何度か泊まっている。

博奕がきれいで金費いが荒いから、みなおろそかにしない。

この日、晋助は十分に金を蒔《ま》きおわったあと、

「親方」

助五郎にいった。大坂ではこの当時、博徒の棟梁《とうりよう》のことをそう称《よ》んだ。

「たしか、親方は京にいる会津ノ小鉄とは兄弟分ではなかったか」

という意味のことを、鄭重にきいた。千載屋助五郎は、そのとおりだ、と答えた。

翌朝、晋助は大坂を発ち、淀船で京にむかい、夕暮、伏見の川岸《はま》にのぼった。

伏見から京へは二筋の街道がある。大仏街道といわれている道と、竹田街道といわれているそれだった。晋助は故意《わざ》と人通りのすくない竹田街道をとった。この道は、ちかごろ人斬り街道ともいわれている。

なぜならば京における竹田街道の始発点の西のあたりに新選組のあたらしい屯営があ

る。かれらは伏見警衛に出るときはかならずこの街道をつかい、彼等が通過したあとしばしば浪士の死体が遺《のこ》された。

晋助は灯を使わない。

心持身をかがめ、闇に融《と》けるようにして歩き、しかも地を踏む音をたてない。風のようにゆく。

東九条村の藪を通って七条の遊行寺《ゆぎょうじ》の灯がみえはじめたころ、むこうから提灯の群れが近づいてきた。十人はいる。

晋助は、簡単な用意をした。懐ろから手拭をとりだし、両はしをしぼってくるくると顔を包んだ。盗人《ぬすっと》かぶりである。その上から笠をかぶった。

その笠を傾けながらゆく。笠のむこうの提灯の灯が大きくなってきた。案のとおり新選組のものだった。

晋助は、動いた。

ふしぎな芸だった。新選組自体、自分たちの同志の一人が死骸になっていることに気づいたのは、影が通りぬけてからだった。

そのあと、晋助は京の町を北に突っ切り、丸太町に出、その東堀川の会津ノ小鉄の家の雨戸をたたいている。

小鉄の子分が雨戸をあけると、晋助は土間に入り、この道でいう仁義を切った。

その上で大坂の千載屋助五郎の手紙と手拭一筋を出した。

「讃岐三野《みの》郡仁尾の豆腐屋新助さんとおっしゃるのかね」

若い者が、念をおして、奥に入った。やがて戻ってきて、京風の通りぬけ土間を通って台所へ案内した。若者だけがかまちへあがり、

「食いな」

と大きな飯櫃《めしびつ》を晋助のほうへ押してきた。泊まってもいいという承諾である。千載屋助五郎の手紙が、効いたのだろう。

晋助が土間に立ちながらめしを食っていると、丹前姿の小鉄があらわれた。右頬に刀傷のある小肥りの四十男で、右目が異様に細い。左手の手首に具足の籠手《こて》のような鉄片をはめている。喧嘩《あだな》のとき、これで敵の刃を受けて右手の刀で叩っ斬るというのがこの男の自慢だった。異名の小鉄もそこからきているのであろう。

「会津ノ」

と付くのは会津うまれだからではない。黒谷本陣の会津藩に出入りして人足を請け負っているからである。ちかごろ京の遊俠のめぼしい連中は、それぞれ雄藩の藩邸に出入りして人足を請け負っているが、小鉄もそういう稼業の一人で、そのうちでも最も勢力の大きいものであった。

「新助と言いなすったね」

と、小鉄が声をかけた。晋助ははじめて気づいたように茶碗をおろし、あわてて土間にかがんだ。

「左様でございます」

「千載屋さんの手紙は読ませて頂いた。人足になりたいと？」

「へい。お人余りでございましょうが」

「こっちはお大名出入りだ。遊び人の博奕宿とはちがって身元がうるさいが、京に引受人はあるかね」

「ございません」

「それじゃ仕方がない。めしを食ったら引きとって貰おう」

「しかし」

懐ろから、小判一枚を出した。

「これを引受人の代りに」

と実直そうな体《てい》でいうと、小鉄はすぐ態度を変えた。「泊まっていろ」という。引受人は病気、死亡の場合の保障のためのもので、しかるべき額の金子《きんす》を差し出しておけばそれはまず必要ない。

「旅馴れているな」

と、小鉄は晋助の物腰に好意をもったようだった。

「仕事はいくらでもある。死体の片づけもあれば力仕事もある。今夜は二階で人のふとんの端にでももぐりこんで寝ろ」

翌日が、大晦日《おおみそか》だった。人足としては本陣への用事が多い。晋助の最初からのもくろみは、それをねらってのことだった。

案《あん》の定《じょう》、他の三十人ばかりとともに朝から本陣へ連れて行かれ、煤落《すすおと》しの仕事をさせられた。

(存外、手ぬかりがあるな)

と思ったのは、門の出入りのゆるやかなことである。晋助は途中何度か門を出たり入ったりしたが、一向にとがめない。

北　野

明けて、正月である。

天堂晋助はつぎの行動にうつらねばならなかった。二泊した東堀川の会津ノ小鉄の家を、旅姿で去った。このいわば身勝手な去り方について小鉄の一家の者は、

——どうせ旅稼ぎの風来坊のことだ。

と思って、気にもとめなかった。それが晋助の狙《ねら》いでもあった。

浮世の者に、できるかぎりの稀薄な印象で接し、つねに風のごとく生きてゆかねばならない。

元旦とはいえ、北野のうらさびれた娼家の街だけは客を待っている。晋助はこの町へゆき、小若《こわか》という妓《おんな》を買った。

小若は、雑煮を出して祝ってくれた。

（変なひと）

と、小若は半刻《はんとき》ほども経って、薄気味がわるくなった。この旅人らしい男の声という

ものをほとんど聞いていないのである。

客はだまって雑煮と屠蘇《とそ》酒をすすり、煮染《にし》めで酒をほそぼそと飲んだ。

「どこのひと？」

生国《しょうごく》をきいた。

男は、あごを西へしゃくった。――西国《さいごく》だ、という意味だろう。

「まさか、長州とはちがいますやろな」

「なら、どうする」

男は、杯から顔をあげた。意外に目がやさしい。小若はその表情にほっとして、

「こまるもの。毎日のように町会所《まちかいしょ》からお人がきて、長州者かそれらしい者が登楼《あが》らなんだか、と聞きに来やはるのどすえ」

「高札《こうさつ》も出ているな」

男は、杯に目を伏せた。三条大橋の橋畔《きょうはん》をはじめ市中の制札場《せいさつば》にはかならず、

「長州人をかくまうことはならぬ。かくまえば罰せられる。密告すれば褒美《ほうび》を下さる」

という文意の高札が出ている。ずいぶんと古びてきたが、墨色が薄くなれば同じ文意のあたらしい高札が押し立てられた。

「寝よう」

とは言葉でいわず、男は無言であごを蒲団のほうへしゃくった。小若はうなずき、身支度をした。小柄な、職人の世話女房にでもなったほうが似つかわしい女である。訛《なまり》か

ら察すると、生国は丹波だろう。

床に入ると、女は急に娼妓のようではなくなり、童女のように唇をあけてしがみついてきた。

「寒い。ぬくもらせて」

と、しんから寒いらしく、奥歯を小さく鳴らせている。

その女のしぐさに、晋助は、安らぎを覚えた。国を出て以来、前後も忘れてねむれるのは、こういう妓楼の床のなかでしかない。

二昼夜、流連《いっつづ》けた。

その夜半、晋助は予定の時刻に目をさました。すぐ女をゆりおこし、銀の粒を三つ握らせ、

「ちょっと急用を思い出した。なあに、二刻《ふたとき》ほどで済む。夜のあけぬうちにもどってくるから、すまぬが七ツきっかりに小切戸《こきりど》をそっとあけて待っていてくれぬか」

「どうおしやすの？」

「いやさ、七条の賭場で大事なものをわすれた。この一件なるべく帳場へは内密に」

女は、うなずくしかない。長襦袢の肩に半纏《はんてん》をひっかけ土間まで送ってきてくれた。半分ねぼけているのだろう。目ばかりこすっている。

晋助は、戸外《そと》へ出た。

細い、刃物のような月が出ている。着流しに無燈、刀ももっていない。足には娼家の

土間に捨ててあったわら草履をはき、音もなく走り、今出川通に出、東をめざした。

鴨川を渡り、田のあぜ道を駈けて吉田山に出た。その南麓《なんろく》をまわって鹿ケ谷《ししたに》の小盆地に入ったときは、月はよほど傾いている。

晋助はやっと歩みをゆるめた。左手は鹿ケ谷、右手は黒谷の裏山である。黒谷の会津本陣に忍び入るには、この裏山から白川《しらかわ》の細流を躍りこえて入るのが最もいいということは、晋助はすでに調べぬいていた。成功するであろう。

(大公儀外国奉行本庄伊賀守は、山内《さんない》の玉竜院に泊まっているはず。——)

ということも、大晦日、掃除人夫で入りこんでいたときに見当をつけた。それを刺すのは、懐中の短刀一口でいい。

(殺さねば、長州はほろびる。日本もほろびるだろう。この国はフランスの属領になる)

ということが、晋助の行動にかつてない血のたぎりをあたえた。暗殺者の政見は文字で書かれるのではなく、血で書かるべきであった。

晋助はいっぴきの走獣になり、黒谷の裏山道を、影のように駈けのぼり、駈けおりた。山頂に、文珠菩薩《もんじゆぼさつ》をまつった三重ノ塔がある。その塔の根まできて、息を入れた。この荒息では忍びこめない。

やがて、晋助は長い石段を、おりはじめた。石段の両側の斜面は、一面の墓地である。眼下に、本堂、方丈、勢至堂《せいしどう》、観音堂、熊谷堂《くまがいどう》、などがあり、さらにさがって塔頭子院《たっちゅうしいん》がならんでいる。その一棟に、江戸からきた本庄伊賀守が泊まっている。

晋助は、その玉竜院の塀ぎわまでおりた。塀はひくい。乗り越えるのに、わけはなかった。裏塀を越え、中庭にとびおりた。足にふれた杉苔《すぎごけ》が、ふと小若と寝た感触を思いださせた。

(十人は、寝ずに起きている)

と、晋助は院内の気配でそう察した。おそらく本庄伊賀守護衛のためにつけられた新選組の者であろう。

(不可能か)

とは、晋助は思わなかった。この男は立ちあがり、端折《はしよ》ったすそをおろし、忍び足をやめた。咳までした。

——誰だ。

と、雨戸のなかにいる新選組の者らしいのが雨戸越しにとがめたが、すかさず、

「寺の夜まわりでございます。無駄な灯りは消させて頂きます」

と言い、渡り廊下を歩いた。方丈へ入った。部屋が六室ある。それも知っている。伊賀守は奥の一室に寝ているであろう。

「火のう、御用心。火のう、御用心」

晋助はよく錆びた、低い音声で、語気をおさえるようにして唱《とな》えてゆく。素謡《すうたい》でも低唱してあるくような落ちつきぶりである。

こうなるとじつは筆者でさえ、この天才的な刺客の心情はわからない。この男の天才は、廊下をこう唱えてゆくときは寺男そのものになりきれるというところにあるのだろう。彼の天才は、この瞬間、伊賀守を殺すという一事をさえ忘れているところにある。

その証拠は、伊賀守の寝所の隣室の廊下を通りすぎたときである。隣室で不寝《ねず》の番をしている隊士の一人が、手洗いに立ったために廊下へ出た。

「ご苦労。寒いな」

とわざわざ晋助に声をかけ、そのそばを通りすぎた。いささかも疑わなかった。

(ばかな奴だ)

とも晋助はおもわない。小腰をかがめて行き違った。が、そのことはいい。

かんじんの本庄伊賀守の寝室に入るには、新選組の詰める控えの間を通って、むこう廊下に出ねばならぬことに気づいたのである。それ以外の方法といえば、庭に面した雨戸をはずすか、天井に這いこむかのほかはない。が、この玉竜院は昔から大名の宿舎につかわれているため、天井などはとうてい忍びこめぬ構造になっているであろう。

いまひとつ庭からまわって雨戸をこじあけるという法も、これは室内に警備人がいるかぎり、不可能なことだった。要するに、方法がない。

(正攻法でゆく)

晋助は覚悟した。新選組の詰めノ間を踏み通ってゆく。刺客はつねに自分の死をもって相手の死を購《あがな》う稼業である。

晋助は台所に入った。寺らしく板敷のひろい台所で、五、六十人分の食膳を整えうる広さをもっていた。

土間へ降り、かまどに柴をほうりこみ、火を作った。その上へ、切り炭をのせてゆく。

「そなた、見馴れぬお人じゃな」

と、台所を通りかかったこの寺の役僧らしい人物が晋助に声をかけた。

「へい」

と晋助は煙そうに腕をあげ、

「新選組の小者でござりやす」

と、いんぎんに答えた。宿直《とのい》の隊士のために炭火を熾《おこ》している、といった演技を晋助は精一杯につくった。僧は納得したらしい。

「火の後始末を、よくしておくように」

と注意して去った。

晋助は台所のすみから宣徳《せんとく》火鉢を一つさがし出してきて灰を掻きならし、それに熾った炭を盛りあげた。

ついで、大きな土瓶《どびん》をさがしだした。

やがて左手で宣徳火鉢をかかえ、右手で土瓶をもち、ふたたび廊下を歩きだした。わざと足音を立てた。

やがて宿直ノ間のそばに立ち、

——火はまだございますか。

と、襖《ふすま》ごしに声をかけた。室内《なか》の話し声がやんだ。やがて、

「ある」

と、低い声がもどってきた。が、晋助は、

「よい火がございます。火鉢をお変えいたしましょう」

と言いつつふすまをあけ、身を入れた。隊士たちは不審そうに晋助をみた。

晋助はそれを無視した。敵は五人である。

「貴様、たしかにこの寺の小者か」

「へい」

晋助はそっぽでうなずき、隊士の中央に火鉢を置いた。火鉢の中に五徳が入っている。五徳の上に、持ってきた大土瓶を据えた。

据えた、とは正確ではない。正確には大土瓶をもちあげ、おろすときに宣徳火鉢のふちで叩き割った。水を満たしてある。

結果は、知れている。

濛然《もうぜん》と灰神楽《はいかぐら》が立った。

その瞬間、晋助は隊士の佩刀《はいとう》を拾うや、ほとんどその場から飛びあがって体ごと隣室

のふすまにぶつかり踏み倒し、隣室にころがりこみ、剣を鞘から素っぱ抜き、そこに臥《ふ》せている本庄伊賀守の胸もとをふとんの上から刺し通した。天堂晋助の政治はおわった。あとは死が待っている。

が、最初に死んだのは晋助ではない。

新選組隊士の一人だった。わめきながら斬りこんできたのを、身を投げ出すようにしてふみこんだ晋助が、横に払った。血が飛び、晋助は右手へ避けた。

そこに雨戸がある。ゆっくりと桟《さん》をはずすだけの余裕があった。なぜならば、他の連中は気を呑まれて踏みこんでこない。大土瓶を叩き割ってからいままで、ほとんど十数秒ほどの間ですべての出来事がおこった。彼等は、まだ自分たちがすべきことがわかっていない様子だった。

晋助が雨戸をあけたとき、一人が、

「出会えーっ」

と、われにかえったように絶叫した。玉竜院のなかは騒然とした。

晋助は庭へとびおりた。

小半刻後には、晋助は北野の娼家の軒下に帰っている。小切戸を押すと、戸があいた。

女は、寝床で待っていた。

「帳場は、気がつかなかったかね」

「ん」

と、女はうなずいた。すこし足りないのではないかと思われるほど邪気が無かった。晋助は抱いた。つい多少の愛情が籠った。

「何をしてきたん?」

女は、低声でいった。

「忘れものをとりに行ったのさ」

「うそ」

女は笑い、晋助の右腕をとり、その一ノ腕に歯をあて、すこし噛んだ。

「なにをしているか、わかる?」

晋助がかぶりを振ると、女は腕を放し、ふとんの端をずりあげて顔を半分蔽《おお》い、わざと声をこもらせ、

「あんた」

と小さく言った。

「お侍、どすやろ」

晋助はだまった。

女は変に真剣になった。自分の言葉を証明しようとした。剣術をやった者は籠手の筋肉が異常に発達する。噛めば、武士であるかないかがわかるというのである。あたらなければ自分の稼業の恥だといわんばかりだった。

「残念だが、百姓のうまれだ」

「ちがうな」

　小若は、信じようとはしなかった。

「こういう稼業《こと》をしていると、まだわかることがおすえ」

「なんだ」

「言葉」

　小若はいった。

「長州様の御家来どすやろ？　わかるもん」

「長州の馬関《ばかん》で水夫《かこ》をしていたことがある。なまりはそのせいだし、一ノ腕の太いのは櫓《ろ》を漕ぎつけたせいだ」

「ちがう」

　小若は我慢しきれなくなって起きあがった。いそいで身づくろいをしながら、

「さっきの帳場のこと、あれはうそ」

と、口早にいった。帳場のこと、というのは帳場は気づいてない、という一件である。帳場は気づいていた。晋助が小切戸から出て行ったあと番頭が起きてきて、土間の小若をつかまえ、

――あの男、人相書に似ている。

と言った。さらに晋助がもどってくるのを番頭は知っていたはずだと小若はいう。お

そらく町会所へ訴人しているだろう、と小若はいった。

「ほんと。うそやない」

小若の血相が変わってきた。晋助はとびおきた。身支度をした。

「礼をいう。しかしおれは馬関の水夫だ」

「ほなら、楽しみ」

小若は、一瞬もとの表情にもどった。

「なにが楽しみだ」

「いつか、船に乗せて」

小若は最後に例の無邪気な笑顔《えがお》をみせ、そのまま身を翻すように襖のむこうへ去った。ばたばたと階段をおりる音がした。逃げたのだろう。

実は、小若が逃げ降りるのが、合図だったらしい。

どっと階段を押しあがってくる足音がきこえた。捕方に相違ない。

晋助は西側の雨戸をあけた。すでに朝になっている。

(しまった。夜が明けたか)

見おろすと、眼下の露地に捕物装束の与力《よりき》一騎、同心三人、捕手《とりて》が十人ばかりうろうろしていた。表口の路上にはもっと人数が張りこんでいるに相違ない。

部屋の廊下にも人数が満ちはじめたようだが、怖れて室内《なか》には入って来ない。

(こんどこそ、死ぬな)

晋助は、観念した。いままでつねに闇のみが彼をまもってきてくれた。夜のみが彼の保護者だった。が、すでに太陽が出ている。

奇蹟などが、おこるわけがない。

が、すでにおこった。そのおこったことに、

（おかしい）

と、天堂晋助はかすかに感じた。晋助は露地から露地を駈けぬけ、ついに最後の一組の捕手をふりきったとき、

（もう、おれを追う者がいないのか）

と、むしろこの脱出の意外な容易さに不安を感じたほどだった。いずれにせよ、遠ざからねばならない。この男は、露地から、とびだした。

出たところが、枕町《まくらまち》と通称されている京の場末の表通りだった。このあたり一帯は「千本」といわれている。町に、織物職人が多い。

その織物職人の家を一軒、晋助は知っている。例の千斎が、

――千本界隈《かいわい》で幕吏に追われたときには、その男の家を頼め。

と教えてくれた家で、かねて晋助はその家の外構えだけは記憶にとどめてあった。粗末な格子戸をあけた。

「たれか、居ないかね」

土間からわらじばきのまま、無断で座敷にあがった。変装のための衣料一式を借りるのが目的だった。晋助は、いきなり箪笥《たんす》のかんに手をかけた。

屏風《びょうぶ》のかげで、女がひとりふるえている。

「御亭主は、お留守らしいな」

晋助は、相手を叫ばさないために、精いっぱいの笑顔をつくって言った。亭主はすでに西陣のほうへ仕事に出かけたのだろう。

「御亭主の五助殿なら、わしのこの唐突な訪問を理解してくれる。しかしあなたに事情を説明してもむだだから、せぬ」

晋助は懐ろから小判を三枚とりだして、畳の上を走らせた。

「受けとってくれ。いまから頂戴する物の代金だ」

「なんのお代どす」

女房は、やっといった。三十そこその、耳たぶの豊かな女だった。

「五助殿の、着古しの普段着をゆずってもらいたい」

晋助は、時間を惜しまねばならぬ。そういう会話の間も、自分の衣類をぬぎすてる手をやすめない。やがて素裸になった。

その素裸が、五助の女房を安堵させた。まさか盗賊が、こんな酔狂はすまい。

女房は、晋助の要求どおりにした。


……………………


そのころ、晋助の気づかぬ場所で、晋助の運命を縮めてゆく作業が進んでいた。その作業の指揮をとっているのが、新選組副長の土方歳三だった。

「捕えるな、しかし目を離すな」

というのが、彼の方針だった。この方針によって北野の妓楼にいた晋助を、捕吏たちはわざと逃がした。土方にすれば、ここで晋助一人を捕えるよりも晋助を泳がせ、その背景、関係者のすべてをつきとめるほうが、はるかに大きな効果があることを知っている。

土方は、晋助のいる五助の家からほど遠からぬ千本釈迦《しゃか》堂の茶店にいた。ここがいわばこの男の指揮所だった。

「あいつであることは、まちがいない」

そう、見ている。すくなくとも、会津本陣に忍び入って外国奉行本庄伊賀守を刺した男の人相と酷似していた。さらに、そのあいつは、ここ一年、影のように京の夜に跳梁しては佐幕派の人々を斬ってきているあいつと同一人に相違ない。

(貌《かお》も、見た)

土方自身、この捕物に出役《しゅつやく》し、先刻、妓楼の二階から露地へとびおりようとしたあいつの容貌を、まざまざと見た。

そのとき、そばにいた隊士の一人が声をあげ、すぐ「あの男です」と声をひくめた。会津本陣に忍び入ったやつと酷似している、というのである。

「捕えるな」

と土方が所司代与力に要求したのは、その直後だった。所司代側は、土方の要求どおりに動いた。晋助を泳がせた。

同時に、密偵たちが晋助に追尾し、さらにその人数をふやした。いまこのあたりにばらまかれた密偵の数は、三十人を越えるだろう。

「甘酒」

と、土方は、何杯めかのそれを注文した。甘酒が、運ばれてきた。

そのとき、下《した》っ引《ぴき》の一人が駈けこんできて、土方の幕下《ばっか》の者に報告した。五助という帯地《おびじ》描《か》きの画工の家に入ったという。

「そのまま」

と、土方は、尾行を継続することを命じ、甘酒をすすった。


……………


その間、晋助は身支度を終えた。二つ三つ冗談をいったせいか、女房はよく馴れてくれた。

「いま一つ、無心がある。紐《ひも》があるか」

「どんな？」

もう、立ちあがりかけている。よほど人がいいのだろう。

「腰紐でいい。五、六本あれば、なおありがたい」

晋助は、この女房を縛るつもりだった。それがこの女房とその亭主のためといっていい。

（おれをつけている者がいるかもしれぬ）

となれば、当然、この家は晋助とつながりがあると見られて疑われるだろう。あとで幕吏に踏みこまれるにちがいない。

（その疑いを外《そ》らせるためには、むしろおれが盗賊、ということにしておくほうがよかろう）

そう思案した。女房が紐をもってきたとき晋助は礼をいった。

言いおわったときには、二人の位置が変化している。女房は組み敷かれていた。

「声を立てると、殺す」

女房の髷がくずれ、口を大きくあけたが、叫びにならなかった。その口へ晋助は手拭をほうりこみ、さらに前垂れで口を縛った。

「あやまる。が、やむをえぬ」

と、晋助は、簡単に理由を話した。理解したのかどうか、女は抵抗をやめ、急におとなしくなった。

晋助は、女の手足を縛った。縛りあげてゆく晋助の動作を、女は微妙な動作で迎合した。そういう自分の迎合を、女はむろん意識していない。頰が、染めたように紅くなっている。

目を閉じていた。

(好色なたちらしい)

女の可憐さは、自分の好色な所作《しょさ》に気づいていないことであった。晋助は愛嬌《あいきょう》を感じ、つい手を触れた。

「あっ」

というふうに、女はひざをすぼめた。晋助は手を抜き、くすっと笑った。

「あまり、可愛かったので」

といった。無邪気な童子のあたまでも撫でてやるような気持で、そこに触れてみたにすぎない。

「他日、命があれば礼にくる」

晋助は、出た。西陣界隈に入り、この界隈で最も繁華な五辻通《いつつじ》を東へ歩いた。常よりも人通りが多い。

(幸い、尾行者は居そうにない)

と、晋助はみた。

これが粗漏《そろう》だった。この往来する人の数のほとんどが、密偵だった。多すぎて、どの密偵の表情にもうろん臭さがない。晋助は網のなかを泳がされているいっぴきの小魚にすぎない。

このころ、土方は指揮所を五助の家に移した。女の姿もみた。話もきいた。

当然、女の災難もみた。この点、土方は晋助に乗せられた。

四半刻後《しはんとき》、土方は鴨川の東岸、法性院に指揮所を移した。裏は藪で、そのむこうの田園にちかごろ急造された尾張藩邸がある。が、その建物には用はない。

土方にとって用があるのは、この法性院の南、大藪にかこまれた公卿の別邸である。

その門内に例の——あいつは消えた。

「あれは、公卿の別邸ではないのか」

という意味のことを、土方は法性院の住持に鄭重な言葉で訊《き》いた。

「左様、東洞院中納言さまの」

と、住持はくわしく話した。

当主は御所のそばの本邸にいるが、隠居と申される御老人が変人であの別邸で茶釜などを鋳てくらしている、といった。

「どんな老人だ」

「さあ、なにぶん華冑《かちゅう》の奥のこととて、拙僧も御姿さえ拝したことはござりませぬ」

土方はうなずき、質問をやめた。

その必要もなかった。彼の組織にはすぐれた探索機関があり、さらには所司代、奉行所につながる密偵たちも、ちかごろでは挙げて新選組の御用をつとめるようになっている。かれらを動かして探索すればわけはなかった。

「この寺を、数日お借りしたいが」

と、住持に申し入れた。土方にすれば、東洞院家鴨川屋敷の監視と探索を必要とみたときの襲撃の拠点として、この寺を借りうけておきたかった。

洛中《らくちゅう》、泣く子もだまるといわれた新選組の要請である。住持は断われなかった。

「どうぞ、御随意に」

というよりほかはない。

その日から、土方の活動がはじまった。隊士十人がこの法性院に住み、密偵たちは屋敷のまわりにひそんで内外を窺《うかが》い、さらに東洞院家の内情については、会津藩公用方が調査を担当した。

その結果、隠居の名がわかった。

千斎
である。千斎は多病で屋敷にひきこもったきりほとんど外へも出ない、ということになっている。侍女を一人つかっていた。お咲というらしい。

「それだけですか」

と、その旨を報告にきた会津藩公用方の者に土方はいった。多少拍子ぬけがした。第一、東洞院家はいっさい政治むきのことがきらいで、諸藩の志士たちも出入りしたことがない。

「ほかに、隠居付の者としては雑掌が一人います」

「ほう」

雑掌とは、下級の公家侍のことだということは、土方も知っている。旗本の家でいえば用人というようなものであろう。

「代々、佐藤雅楽という名になっています」

「人が替わっても？」

「左様、京のしきたりらしゅうござるな。先代の佐藤雅楽は病死し、最近別な者が佐藤雅楽になっているらしい」

「その者の人相は？」

と土方はきいたが、会津藩の者も知らない。

むろん、調べようはあった。所司代与力たちは、職務柄、公卿の内情にあかるい。土方はさっそく所司代あてに例のあいつの人相書をまわし、

——この人相、東洞院家の雑掌に似ておりはせぬか。

と判断させた。たれもが首をかしげた。なぜならば公卿の動静を監視する役所である所司代内部でさえ、東洞院家のいまの雑掌の顔をみた者がいないのである。

（くさい）

と、土方はむしろそのことに不審を持った。なぜならば公卿の雑掌という職に、討幕

運動の志士がなりすましているのが過去に多かった。ほとんどが浪士の出身だが、土佐藩の武市《たけち》半平太などは土佐藩士のくせに一時期はひそかに姉小路《あねのこうじ》家の雑掌を兼ね、柳川左門と名乗っていたこともある。

「しかし、その佐藤雅楽の顔がわからねばこれはどうにもなりませんな」

と、隊士の一人が土方にいった。なにぶん相手は公卿屋敷なのである。

「わかる方法が、ないものですかな」

「あるだろう」

土方は、無造作にいった。思案というのは、持ってまわって考えるかぎり、針ほどのことでも棒のように大きくなるものだ——と土方はいった。

「堂々と、会いにゆけばよい」

晋助は、数日、邸内にいた。その間、邸内で千斎の顔を見かけなかった。

四日目の朝、千斎が奥の一室から晋助をよんだ。晋助は出むき、そこではじめてあの正月二日の夜のことを報告した。

「きいている」

千斎は、耳にどういう仕掛をもっているのか、市中の情報にはあかるかった。

「骨を折らせた。しかしひとつの遺憾《いかん》がある。外国奉行本庄伊賀守は一命をとりとめたらしい」

晋助の知らぬ、その後のことまで知っていた。晋助は、苦笑した。

「無駄骨でしたな」

「それより悪い。あの事件以後、にわかにこの屋敷のまわりに幕府の偵吏《てさき》らしい者の姿が目立つようになった」

「なるほど」

「わしはよい。この身に一指も触れさせぬ。しかしそのほうは、もはやその顔をぶらさげては、京の町を歩けまい」

「長州へ帰りますかな」

「逃げるのかね」

「いえ」

「その気ならば、一歩、歩を進めるべきだ」

「一歩？」

「江戸へくだり、幕府の本拠に巣をくっているフランス派の連中を、一人ずつ斬って葬るがよい。たとえばあの一派の頭目小栗上野介《おぐりこうずけのすけ》からみれば、こんどの本庄伊賀守などは走り使いの小僧にすぎぬ。どうだ」

「とは？」

「やれ、というのだ」

「私は長州藩の指図で動く。千斎殿の指図は受けぬ」

「いずれ、長州の国許から密使が来るさ。江戸に小栗上野介がいるかぎり、長州はほろびるしかないだろう」

そんなことをいったとき、取次ぎのお咲が蒼ざめて入って静かに来客でございます
——と告げた。

「つねに病気、ということになっている。いちいち取りつがぬほうがよい」

「しかし、そのお人が」

と、お咲は名札を進めた。尋常の人物ではないというのであろう。

千斎は、いった。

「晋助、なんと書いてある」

晋助は名札をとりあげて、きっと見つめている。草書でかかれ、それも意外に女性的な筆蹟で、
土方歳三
としるされていた。用紙は贅沢《ぜいたく》な杉原紙である。晋助はその名札の表をかえし、だまって千斎に示した。

千斎は、さすがに蒼ざめた。

すでにかれら新選組の幹部は幕臣の処遇をうけていたからむげにことわるわけにもいかない。しかし異例ではあった。普通、新選組の思考法はきわめて法理的で、諸藩に用

があるときはかならず京都守護職（会津藩）を通していたし、親王、公卿に用があるときは京都所司代を通していた。いきなり刺《し》をさしだしてその首領株の者が内謁をねがい出るなどということはかつてなかった。

「病中である、といえ」

と千斎はいったが、それを言う役目は雑掌でなければならない。つまり佐藤雅楽である晋助が応接にあたらねばならなかった。

「晋助、どうする」

と、千斎はいった。

「やむを得ますまい」

「出るのか」

「御当家の雑掌佐藤雅楽であります以上は」

晋助は、立ちあがった。

すでに数日前とはちがい、つややかな武家髷に結いあげ、黒羽二重の紋服に仙台平の袴をはいている。

お咲が、土方を玄関わきの小部屋へ案内した。慣例として、茶は出さない。

土方は三十そこそこの年頃で、二重瞼《ふたえまぶた》のくっきりとした、色白の、もし目もとに凄味さえなければ舞台でもつとまりそうな美男である。

やがて襖が動き、ひらいて、天堂晋助が入ってきた。

「当家の雑掌、佐藤雅楽でござる」

晋助は、着座した。

土方は沈黙している。

江戸へ

土方の表情が動かない。

瞳《ひとみ》も動かず、唇も動かず、ただひたひたと天堂晋助を見つめたままである。

(この男に、まぎれもない)

土方歳三はおもった。

(人相書にあるあいつの特徴が、みなそろっている)

そう思ったときはじめてこの新選組副長の唇がうごいた。

「雑掌殿、先夜は北野の妓楼におられたな」

「北野の?」

「左様」

「これは迷惑」

と、天堂晋助はいった。

「いや、おかくしあるな。わかっている」

「なにが」

「われわれの探している仁《じん》と、お手前が同一人であるということがさ」

（露《ば》れている）

と思ったとき、天堂晋助はかえって気が楽になり、からっと破顔《わら》った。

「そうかね」

ただ目だけは笑わず、土方の抜き打ちを用心し、土方の瞳の奥底をのぞきつづけて、かすかにも動かさない。

「同道して貰おうか」

と、土方歳三はいった。

「どこへ」

「新選組屯所へ」

「順を踏んでくることだ。私はこの屋敷の雑掌である。所司代から東洞院家へかけあわれるがよろしかろう」

「承知した」

あっさり、土方は立ちあがった。

「もう、帰るのかね」

「長居は、無用なようだな。私の目的はすでに君が何者であるかを確認しただけで十分におわっている」

「そうとわかれば」

と、晋助はいった。

「稼業がら、即座にでも斬りたかろう」

「私は事をいそがない」

土方は玄関に立ち、晋助をふりかえった。

「いそぐよりも確実なほうを好む」

それを捨てぜりふのようにいって、土方は門を去った。

土方が去った直後から、事態は土方の言葉どおりになった。

守護職の会津藩、所司代の桑名藩の人数がひしひしと屋敷をとりまいたのである。出入りの者はことごとく取り調べられ、屋敷は重囲のなかで孤立した。

人数は、夜になっても去らない。

「抜け出る工夫があるかね」

と、その夜、千斎はおどろいた顔色も見せず、世間話でもするようにいった。

「それよりも、千斎殿はどうなされます」

そうきいたのは一つにはこの千斎という老人の正体を知っておきたかったからである。

「私かね」

老人は、目尻にしわを寄せた。

「私は大丈夫さ。三位《さんみ》の廷臣であるわしに、いかな横暴な会津、桑名の連中でも手をかけまい」

（やはりこの老人は、東洞院家の御隠居だったのか）

が、晋助はそのことについて反問しなかった。いまは逃げることだけを考えればよい。

「行きさきは江戸、そうきめることだ」

と、老人はいった。

「江戸では？」

「すでにそのことは申してある。幕府の勘定奉行小栗上野介忠順《ただまさ》を斬る。この一件、わしの命《めい》と思わず、長州藩主毛利大膳大夫《だいぜんだゆう》が命であると心得よ」

老人は、断定した。という語気から察して、この公卿の隠居が長州藩と濃密な関係にあることを、晋助はいよいよおもわざるをえない。

「心得た」

「よう心得た。江戸ではめずらしい人物に会うことだろう」

「とは？」

「お冴さ」

「拙者妹の？」

「左様。お冴は、いま小栗上野介がもとに、奉公している」

（おどろいたな）

晋助はあまりのことに、笑いだした。自分だけでなく妹まで、意思以外の運命の手であやつられているようだ。

お冴は晋助の手許を離れてすでに久しい。

京に入ると、あのころ京の長州藩士群の重鎮だった桂小五郎が、

「お冴殿は婦人ながら端倪《たんげい》すべからざる性質をもっている。わしにあずからせてくれぬか」

と、晋助にいった。

晋助は「育親」のいうことだから、承知せざるをえない。やむなく承知すると、桂はよろこび、彼女を対馬藩邸にあずけた。対馬藩邸にあずけたのは、彼女から長州色をぬぐうためであったろう。

ほどなくお冴は対馬藩士某の娘、ということで攘夷急先鋒の公卿姉小路少将の屋敷に奉公にあがったが、それもながくはつづかなかった。主人の姉小路少将公知《きんとも》が、御所朔《さく》平門《へいもん》のほとりで刺客に襲われ、落命したからである。

その後江戸にくだったということはきいていたが、桂は、

「天下のためだ。お冴殿の行くえは当分きかないでくれ」

と晋助に言いふくめた。そのうち元治元年の兵乱以後桂の消息さえ絶え、お冴が江戸のどこにいるのか聞き出すすべを晋助はうしなった。

「小栗屋敷に。――」

驚くべきことであった。天下の勤王の志士の怨府《えんぷ》になっている小栗上野介のもとにお

冴が奉公しているとはどういうことであろう。

「上野介に気に入られているらしい」

千斎はいった。この老人が何でも知っていることに、いつもながら晋助はおどろかざるをえない。

が、ことさらに「なぜ知っている」とは反問しなかった。この「藤三位」と茶人仲間であがめられている千斎という人物が、どうやら過激勤王派を後援する隠然たる総帥《そうすい》であることは、ほぼ晋助は察しはじめていた。宮廷人のなかで長州を後援していた者は、すでに姉小路公知が暗殺され、三条実美《さねとみ》ら七卿が西国に落ちたあと、地をはらってたれも居ないと思われていたが、この千斎がその系譜をひそかに継いでいるらしい。

翌日、所司代役人がやってきて千斎に謁し、正式に雑掌佐藤雅楽の身柄ひきわたしを交渉したが、

「その者、すでに出奔した。当家にとって、もはや家来ではない」

と千斎は突っぱねた。所司代としては、公卿屋敷は大名屋敷と同様、一種の治外法権をもっているため、邸内に踏みこんで調べるわけにはいかない。

十日経った。

さすがに守護職や所司代の側も、これほど大人数をいつまでも鴨川東の田園の一角に

釘付けしておくこともできないため、いったん包囲を解き、あとの始末を新選組にまかせた。

その夜を待ちかねていた晋助は、子《ね》ノ刻《こく》、屋敷の西塀にのぼった。

その同刻、お咲は女中一人を手伝わせて東の正門を八の字にひらき、門前の路上に出て唐傘《からかさ》をひらいて置いた。

「なんの真似《まね》だ」

と、路傍で佇《たたず》んでいた新選組の隊士四、五人が不審に思ってあつまってきた。

「当家のならわしでございます」

「この破《や》れ傘を？」

「焼きます」

毎年、この日の深夜子ノ刻に、破れて使えなくなった古傘を焼くのだとお咲はいった。

古傘は、十二、三本ほどもある。お咲はきびきびした手つきでことごとくひろげ、積みかさね、やがて下から火を掛けた。

轟《ごう》っ
と傘の山が燃えあがったころ、西塀では晋助が地上へとびおりた。

そのとびおりたそばに、新選組の者が二人佇立《ちょりつ》していたが、彼等の注意力はすでに東門の騒ぎに吸いよせられていた。

「なんだろう」

と一人がつぶやき、一人が動いたとき、頭上の晋助は音もなく地に降り、身を走らせ、土手にむかって移動していた。

が、この簡単すぎるほどの策に気づいたのは、たまたまこの夜、この鴨東の法性院まで出張してきていた土方歳三だった。

彼は傘焼きの一件を聞いたとき、

「かの者は逃げた。さがせ」

と一同を部署し、みずから出むいて屋敷の塀のまわりの草を踏んでつぶさに調べ、さらに鴨川の磧《かわら》へおりた。

「案の定、死んでいる」

土方は、弓の折れをあげて、瀬に半身を浸している死体を指した。

「あいつが、ですか」

と、隊士の一人がきいた。

「あいつが死ぬはずがなかろう。顔をみろ」

隊士が死体を抱きおこすと、はたして彼等の仲間だった。かねて土方の配慮でこの瀬に舟をつないでおいた。もし彼等のいうあいつが屋敷を脱出するとき、十中八九、川の方角へゆく。磧で舟をさがすだろう。そのためこの磧に人数を配置しておいたのである。

「川下へ逃げた。伏見から大坂へ逃げるのではないか」

当然、土方はそう思い、その捜索の手配りをした。人数が、土手を南へ走った。

が、当の天堂晋助はそのころ野道を走って山へ近づこうとしていた。やがて粟田口に出た。このさき逢坂山《おうさかやま》を越える街道が、江戸まで百二十五里の東海道である。

……土方は、捜索をあきらめなかった。このあと伏見に人数をやって船宿をしらみつぶしに改めさせたが、ついに足跡がわからない。

（まさか）

と思ったが、粟田口から草津にかけて人相書を配らせたところ、大津のかぎやという茶屋でその男が休息したことがわかった。武家の人体《にんてい》だったという。

そのことがわかったのは、事件の翌夕のことである。

が、土方は失望するに当たらなかった。その夕刻、土方にとって思いもかけぬ人物が、土方の掌中に入った。

女である。

最初、伏見奉行所の川瀬喜左衛門という与力が屯営に通牒してきて、その女を捕えたいきさつを伝えた。

伏見奉行所ではこの日の午後、水屋《みずや》の浜にあがった大坂からの旅客をあらためていたとき、長州なまりの小者をひとりつかまえた。

そのとらえた小者には主人がいる。それが問題の女だった。

「長州人の入京はまかりならぬという御禁制を知ったがうえの入京か」

と奉行所で問いただすと、小者は、自分たちは長州人ではあっても天下を騒擾《そうじょう》したあの勤王党とは反対の勢力に属している、と意外なことをいった。

この長州藩内の事情については、伏見奉行所でもよくわかっていた。

長州藩は、蛤御門ノ変ののち藩内の勤王党勢力が退潮し、かわって「俗論党」と通称されている佐幕派が政権を握った。

このため高杉晋作などは脱藩して九州四国を転々としているという。

女は、藩内の佐幕派として知られた粟屋某の娘で、名は菊絵といい、許婚者《いいなずけ》の仇《かたき》を討つために旧臘《きゅうろう》国もとを出、大坂に上陸し、いまから京へのぼって仇をさがそうとしている、というのである。

「わたくしどもは、一部藩内の者とは異なり、大公儀にいささかの叛意《はんい》を抱くものではござりませぬ」

と、老いた小者が、女主人の立場を弁明した。

しかもその仇というのが、同藩の天堂晋助という人物で、その人相はいかにも人相書のあいつに酷似している。とあれば念のため新選組において、女をお取調べになればどうであろう——というのが、伏見奉行所からの通牒であった。

「すぐ」

と、土方は勢いづき、使いを伏見へ走らせた。

翌朝、この主従の身柄を屯営にひきとったが、相手が婦人であるため屯営内に置くわけにゆかず、近所の農家の離れ一棟を借りて落ちつかせた。

土方歳三自身、その離れへ出むいて行って女に会ったのは、その午後である。

(ほう、この娘か)

土方は多少、たじろぐ思いがした。部屋の天井がひくく室内が薄暗いせいでもあったが、娘の両眼が猫のようにまばたきもせずに光った。その表情の勁烈《けいれつ》さは、さすが長州くんだりからこの情勢下の京に仇討にやってくるだけのものを思わせた。

(しかしそのわりには)

と、土方は、男としてこの女を見ようとした。両眼の勁烈なわりにはどこかそれを裏切っているような淫蕩《いんとう》さが匂う。多少の雀斑《そばかす》と、めくれたような薄い受唇《うけぐち》のせいかもしれない。

「仇討とは、また古風な」

と、土方がいきなり水をむけると、女は答えなかった。

「なぜだまっている」

「愚かなことを申されます。武家の作法に古風も今様《いまよう》もございますまい」

(これはよほど、気位が高い)

土方は小者の老人に視線をむけ、なにげなく粟屋家の家格についてきいた。藩内では大組の筆頭に位置する程度だが、その程度でも家格意識のつよさは他藩に比して異常なものがある。

(長州藩は、複雑だな)

土方はおもった。一面で百姓町人にさえ両刀を帯せしめる奇兵隊のようなものがあるかと思えば、一面で固陋《ころう》すぎるような階級意識が濃厚に残っている。

話を解きほぐしていくうちに、娘は、

「かのひとは、殺された」

といった。彼女の言いぶんによれば、その許婚者椋梨一蔵が、余の者に殺害されるならばともかく、百姓あがりの奇兵隊士に殺されたことが許せない。

その一事で仇討を決意したという。

「なるほど、百姓に殺されたのがつらいのか」

土方は内心苦笑し、多少の同情を天堂晋助に寄せた。土方自身、武州南多摩の百姓の子であったからである。

彼女には、論理があった。

長州藩がいまのように四分五裂の状態になり、かつは天下を騒擾せしめる元兇《げんきよう》になったのは、高杉晋作、井上聞多《もんた》といったような者が自分自身が上士の階級に属していながら、足軽や百姓を煽動《せんどう》して藩内の秩序を混乱させたことがそもそものおこりである、といった。だから天堂晋助のような者を討つのは、単に許婚者への貞のためではなく、藩の秩序のためである。さればこそ父の粟屋庸蔵もこの一挙をゆるした、と娘はいった。

「なるほど」

土方は空《そら》で相槌《あいづち》をうち、彼の課題に入った。まず懐中から人相書をとり出し、娘にみせた。

「その男に相違ないか」

「伏見の御奉行所でも見せてくださいましたが、この人相、天堂晋助にまぎれもございませぬ」

「名は、天堂晋助というのだな」

すでにあいつではなくなった。土方は、さらにその天堂晋助についての詳しい知識を娘からきいた。

その種々《くさぐさ》の話のなかで土方を驚かせたのは、天堂晋助の剣術流儀だった。宮本武蔵を流祖とする二天一流の一国一印可《いっこくいちいんか》の持ちぬしだという。

「そういう流儀は伝説《はなし》ではきいている。すでにいまの世には亡びたものときいていたが、長州では残っていたのか」

「長州と申されますが、家中《かちゅう》ではございませぬ」

「在《ざい》だな。在に残っていた」

土方は、江戸ではほとんど行なわれなかった武州の在郷兵法の天然理心流の出身だけに、そのことに興味をもった。

が、娘にとってはそれ以上の興味も知識もない。剣法の話をおわったあと、ほとんど切り裂くような声で、

「お助け、くださいますか」

といった。

土方はうなずき、彼自身が知っている天堂晋助のことを簡単に話し、

「いま、江戸にむかっているようにおもわれる。すぐあとを追われる気なら、鈴鹿《すずか》あたりまで人数を貸してもよい」

といった。

粟屋菊絵に、異存はない。

土方はすぐ追跡を決断した。いまから馬と早駕籠で追えば、遠くとも鈴鹿のむこう山麓までに追いつくだろう。

二騎、先発させた。

宿場役人に宿改《やどあらた》めをさせるためである。草津、石部、水口《みなくち》、土山、坂ノ下、といった宿場があやしい。

その先発が発ったあと、土方は早駕籠を仕立てて菊絵をのせてやり、隊士八騎に護衛させた。それらが馬蹄《ばてい》をとどろかせつつ京を疾駆《しっく》し去ったのは、翌日の朝十時である。

一方、近江路に入った天堂晋助は疲れている。

(京を去れば、まず一安心か)

と思い、まだ陽が高いというのに草津の茶店の奥を借りて、横になった。疲労が、かれを昏睡《こんすい》させた。不覚であった。

目が醒めたのは、翌朝である。

あわてて街道に出、歩きだした。ぶっさき羽織に馬乗袴《うまのりばかま》、それに編笠をかぶっている。八里歩いて、土山の宿《しゅく》についた。大黒屋という旅籠にとまったが、べつだんの異変はない。

翌未明、無事出立し、鈴鹿峠の杉木立のなかを踏み越えて伊勢側の坂をくだりはじめたころ、山中で雨が降った。この時刻京は晴天で、同刻ごろ新選組と粟屋菊絵が京を出発している。

が、晋助はむろん知らない。山中の茶店で休息し、雨のあがるのを待った。このため足がおそくなった。さらに坂をくだって山麓の亀山の宿で女がほしくなり、早どまりをしたため、いよいよ遅くなった。かといって、晋助は責めらるべきでない。

女は、刺客にとって必要以上のものであった。ともすれば身も骨も乾き、荒涼としてくる気持を癒してくれるのは、この地上で女の湿った体以外にない。

妓《おんな》は、初花といった。宿には客が多く、妓がすくないため、初花は晋助の部屋に居つかず、

「待っちょうな」

と何度か晋助のふとんをたたき、抜け出て行っては廊下を走り、他の客のもとに行った。

最後にもどってきたときは、あけ方近かった。女は、冷えていた。

「寒い！」

笑いながら、女は痩せた脚をさし入れてきた。女は粗食とこういうはげしい働きのために、いずれは癆痎《ろうがい》などの救えぬ病いにかかり里の無縁墓地にうずめられる運命をもっている。その暮らしの荒涼さは、どこか刺客と似ているようにおもわれた。

「寝て、かんまん？」

このまま抱かれることなく睡らせてもらえないか、と女はいうのである。こういう場合の客の同情だけが、彼女らに仮眠をあたえた。が、晋助はゆるさなかった。

「甘えるな」

と、晋助はいった。この宿に飼われている以上、働けるだけ働き、そのために死を迎えねばならぬとすれば、甘んじて死ね——自分も汝《うぬ》と変わらない、といいたかった。

「堪忍して」

と女は泣きそうになったが、晋助は細首を抱きよせ、胸もとをくつろげた。

その両《ふた》つの乳房のあいだに、墨で妙な文字が書かれている。

天堂晋助殿

と読めた。墨は乾いていた。晋助は左手をのばして枕もとの大刀をひきよせつつ、

「この文字は？」

ときいた。

「え？」

女は首をもたげ、あごをひいて自分の胸もとを見ようとした。はじめて気づいたらし

い。

「前の客の寝床で、ねむったな」

「うん、すこし」

「そのあいだに書かれたのだ。武士か」

「いいえ、旅あきんど」

女は懐紙をとりだして拭《ふ》こうとした。乾いているために、容易にとれない。

「どんな男だった」

「旦那」

と、そのとき襖むこうで声がした。晋助と女の会話を、立ち聞いていたのだろう。

「その男でございますよ」

「………」

「入ってもよござんすか」

晋助はとび起き、行燈の灯を消した。外は月があるらしく、雨戸の隙間が青くひかっている。

「入れ」

というと、すっと襖がひらき、冷たい廊下の夜気と一緒に黒い影が入ってきて、晋助の抜き打ちを警戒するごとく部屋の遠隅《とおすみ》へすわった。

顔は、わからない。

（女は。……）

晋助は、女の存在を気遣い、くらがりに目をこらしてみたが、女はだまっている。さらに凝視すると、驚いたことに女は眠りに落ちていた。

「寝息がきこえますね」

男は、晋助の気遣いを機敏に察したらしくちょっと女のほうをのぞきこむふうをして、商人らしい笑い声を立てた。

「いやさ、先刻はご無礼でございました。じつは草津からずっとあなた様をつけておりましたが、はたして手前のめざすお方かどうかがわからず、ちょっとこの女に悪戯《いたずら》をして確かめてみたかったのでございます」

「そちは何者だ」

晋助は相手を油断させるためにわざとおだやかに言い、行燈をひきよせようとした。

「おっと、灯は御無用にねがえませんか」

「どういうわけだ」

「手前の顔をお見覚え下さらぬほうが、諸事都合がよろしゅうございます。ただことづかり物をお渡しすればいいんで」

「たれからの？」

「その名も、お聞きあそばす要もあるまいと存じます。京の千斎殿、とお思い下されてもよろしいし、長州萩に」

と、急に声をひくめ、

「在《お》わす毛利大膳大夫様（長州藩主）、とお思いくだされてもよろしゅうございます。品とは、百両の金子《きんす》でございます。江戸におくだりなされればたちまち要るのは金でございましょう」

（幕吏ではなかったのか）

晋助はさすがに、ほっとした。自分をここまで知っている以上、千斎か長州藩に縁のある者にちがいあるまい。

男は、金子をとりだして畳の上に置く様子であった。その間《かん》、晋助は着物、袴をひきよせ、すばやく身につけた。

「ではまちがいなくここに」

と、男は念を押し、これで用は済んだというように丁寧に会釈をし、襖をあけて足音もなく去った。

（はて。……）

晋助は、そのままの場所を動かず、腕を組んで思案した。長州藩の諜報組織がこれほどみごとだとはいままで思わなかったのである。

（灯を入れるべきか、それともこのままの闇がよいか）

くだらぬことだが、この異変はそこまで晋助を慎重にさせた。

女は、なおも眠っている。晋助はやや移動し、多少思案した。やがて意を決して闇の

なかを這い、男が置いて行った金子に手をのばしたとき、

ぴしっ

と襖が鳴り、槍の穂が晋助の唇をかすめて走った。すべてが詐略であったと知れた。

敵はむこう側にいる。

晋助はころがって避け、ころがった姿勢のまま鞘《さや》から剣を素っぱぬいた。

その頭上に白刃が殺到し、晋助はころがりつつその脛《すね》を薙《な》いだ。

「わっ」

と叫んで立ちあがったのは、意外にも妓である。あのまま眠っておれば何事もなかったであろう。立ちあがって虚空に掌をひろげ口いっぱいに叫ぼうとしたとき、闖入者《ちんにゅうしゃ》の白刃が、女の右肩を袈裟《けさ》に斬りさげ、さらにみぞおちを突き通した。

女は、響きをたてて倒れた。

「人違いだ」

女の死体を飛びこえた影が、そう叫んだ。

そのとき晋助は廊下に出、廊下をすべるように走っている。表へ出た。街道にはすでに暗発《くらがりだ》ちの旅人たちが往来していた。晋助は肩をちょっとゆすり、そのなかにまじって東をめざした。

結局、新選組は追跡をしくじったらしい。天堂晋助を亀山城下の旅籠で襲ったのは先発のふたりだった。

昼すぎになって、後発の残り八騎と粟屋菊絵が乗る早駕籠がついた。

「にがした」

と、先発の男が、彼等を宿場の入り口でつかまえ、この部署の指揮者である永倉新八にいった。

「逃がした？」

永倉は馬から降り、苦い顔で報告をきいた。やがてその問題の旅籠に行ってみると、土間に伊勢亀山藩の人数が出役している。

陣笠をかぶって出役姿のこの藩の与力が進み出て名を名乗り、

「このさきの奉行所まで御同道ありたい」

と、永倉にいった。

言ってから、与力はたじろいだ。永倉がそっぽをむいて返事もしないのである。

与力にすれば、同道を要求するのが当然だった。城下で酌婦が一人斬られ、その下手人も新選組の隊士であることがわかっている。歴然たる刑事事件である。なるほど隊士の一人は脛を割られて負傷していたが、その傷もたれに斬られたものか、わかったものではない。

「役目でござる」

与力は、すがるようにいった。与力は京の新選組の存在はよく知っているが、新選組の手のおよぶ範囲は、京都守護職（会津藩主）の行政権の範囲で、地理的には京・大坂を中心とする天領（幕府領）であった。この伊勢亀山は石川家六万石の大名領で、江戸幕府の法制が大名の自治をゆるしている以上、幕府の司法権は直《じか》には及ばない。

「お名前をうけたまわりたい」

「永倉新八」

と、この新選組の副長助勤は依然与力のほうは見ず、切るようにいった。

「当地は」

与力はいった。

「石川主殿頭《とのものかみ》の城下でござれば、それなりの法がござる。御同道ねがいましょう」

「御無用だな」

「とは？」

「わからぬか」

「わかりませぬな」

「されば教えよう。宿場は、大名領であって大名領とは異なる。大公儀の道中奉行がこれをつかさどる。……大公儀がつかさどるかぎり」

……新選組は京都守護職がもつ司法権を自由に行使できる、と永倉は土方から教えられたとおりのことをいった。

「しかし」

与力がなおも言いつのろうとしたが、永倉は一喝し土足のままかまちへ跳びあがり、現場の部屋へ入った。

四半刻後、永倉は旅籠を出、むかいの茶店で息を入れている粟屋菊絵のもとにゆき、

「すべて、ごらんのとおりだ。われわれはこれ以上追わぬ。あなたはどうなさる」

といった。

菊絵は、男でさえ黄水《きみず》を吐くという早駕籠にゆられたせいで、顔面は死人のように青かったが、腰掛に据えた姿勢はくずさず、

「京におもどりになりますか」

といった。

「左様、隊務がある」

「隊務」

菊絵の頬が白くなった。笑ったのだろう。

「いつわりを申されますな」

「なに――」

永倉が顔色を変えるのを、菊絵は権高《けんだか》におさえた。

「お聞きなされませ。このたびの仇討については、土方殿がこの菊絵を助けるということを確《しか》と約定《やくじょう》なされております。にもかかわらずこの亀山まできてお引きかえしなさる

こと武士のお言葉とは思えませぬ」

「どうしろと言われるのです」

と、永倉は菊絵の語気に圧《お》されて、鼻白んだ。

「天堂のあとを、あくまでも」

菊絵は、胸をおさえた。駕籠の酔いが残っているらしい。

「追うのか」

「それが約束でございますから」

「無理をいわれるな。われわれには皇城守護という仕事がある」

「その皇城の下を擾《みだ》した天堂晋助ではございませぬか」

「そのとおりだが」

永倉の声が、この権高な娘を前に、いよいよ小さくなった。

「われわれには別な公務がある。天堂晋助については彼が京に舞いもどってきたときを待って捕殺するしかない」

「わたくしを、ここで捨てまするか」

菊絵は、冷笑するようにいった。

永倉はそれに答えず、黙然と往来に出、馬をひきよせて騎《の》った。

「戻る」

一同に言い、やがて鞭《むち》をあげ、他の七騎も馬蹄をとどろかせて宿場を去った。

菊絵は、それを見送りもせず、立ちあがった。一人であとを追うつもりであった。国もとから連れてきた小者は、早駕籠の都合で京に置いてきたままである。

…………………

晋助はその夜、桑名の宿の京屋小兵衛という旅籠にとまった。

この桑名は伊勢海を熱田《あつた》へ渡る渡船場だが、翌日海上が荒れたために船が出ず、旅籠で酒を飲んで風浪のおさまるのを待つしかなかった。自然、宿は旅客で満ち、部屋は四人五人の相泊りになった。

亀山でその後の事態を知ったのは、同室の客たちの噂ばなしからであった。

(――女が?)

自分のあとを追っている、というのが、わからない。しかも自分を仇とねらっているという。

(何者だろう)

翌朝、旅籠々々に船問屋から報らせがあって、一番船、二番船がひきつづいて夜明けとともに出ることがわかった。

やがて旅籠からどっと人が吐き出され、津《みなと》へゆくその乗客たちで、往来があふれた。菊絵は一番船に乗った。

晋助は、二番船に乗っている。両船がほとんど同時に碇綱《いかりづな》を巻き、帆をあげたとき、陽がのぼった。

海が、濃い藍色《あいいろ》になった。

(菊絵ではないか)

晋助は、むこうをゆく一番船の乗客の群れのなかにその意外な顔を発見し、あわてて編笠を前へかたむけた。幸い、菊絵のほうは二番船の自分を見つけていない。

(あの娘が。――)

船が沖に出たとき、晋助はようやくあの娘の許婚者椋梨一蔵を斬った過去をおもいだした。

船は海上七里を走った。

晋助が尾張熱田に上陸したときは、一番船はすでに乗客をおろしてしまっていた。その日は、多くの乗客もそうであるように晋助も鳴海《なるみ》まで足をのばし、船疲れを休めるため旅籠大和屋に早泊りにした。ひとつにはこの旅籠に菊絵が入ったのを突きとめたからである。

夕刻後、廊下の人の足があわただしくなって、やがて階下のはしの部屋で、病人が出たことを知った。

膳を運んできた女中にきくと、病人はどうやら菊絵であるらしい。

(病いにもなるだろう)

京から早駕籠にゆられて鈴鹿峠をこえることさえ女の身で無理であるのに、その後旅程をいそいで体が疲れきっている。

「それが大変なお熱」

と、女中が迷惑そうにいった。旅籠にすれば泊り客に病まれるほど迷惑なことはないであろう。

「多少、存じている。見舞いたい」

晋助はそうことわって廊下へ出た。

海　道

尾張鳴海の宿。──

粟屋菊絵が、ひとり臥せている。掛けぶとんのふくらみの小ささが、この娘の憔悴がよほどはなはだしいことを物語っていた。

「ご容子《ようす》をみるとよほど御大家のお姫《ひい》さまにちがいないが、そのお姫さまのひとり旅とはどういうことであろう」

宿では疑問におもっている。供も連れぬ婦人の道中などは例《ためし》のすくないことだ。

「芸州様の御家中は、さてもお気がつよい」

と、旅籠ではうわさした。

じつは、彼女は長州ということをかくしている。

松平（浅野）少将内《うち》吉沢源左衛門姪《めい》というのが、彼女が宿帳に書きつけた自分の名乗りであった。芸州広島人であるという名目の道中手形も彼女は懐中にもっている。

この身元の詐称でもわかるとおり、彼女の仇討は、困難な問題が多かった。第一その藩である長州藩はもはや天下の公藩ではなく幕府の要請で朝敵となり、藩主毛利侯自身が官称をはぎとられ、藩士は藩外に公然と出られぬ、という立場にある。このため彼女は出立にあたって広島へ立ち寄り、遠戚の芸州藩士吉沢源左衛門の名義を借りてこの道中にのぼったのである。

医者がきて、

「この熱は四、五日さがるまい。宿場役人にそう届け出て、当分この旅籠で療養されるがよかろう」

といったときも、彼女はよほど苦しかったのか、肉薄《にくうす》のまぶたを閉じたきり、言葉も出さなかった。

そのあと、旅籠の番頭が宿場役人に届け出るため容子を見にきたとき、菊絵はむこうをむきながら、

「お金はあります」

とのみいい、あとは口をきかなかった。

(権高でいやな娘だ)

旅籠の男衆はそろって言ったが、ふしぎなことに、この娘の一種緊張感のある気品は女中衆には人気があり、彼女らは多忙のあいだをぬけだしてきては、まるで侍女のようなうやうやしさで看病した。

天堂晋助は、旅籠の女中からそこまではきいている。

(妙な娘だ)

そこが、晋助の惹《ひ》かれるところらしい。見舞にゆくことの危険を万々承知しながら、こういう酔狂なまねをつい晋助に強《し》いさせるなにかが、娘にはあるのだろう。

「わしのことはいっさい、あの娘にいうな」

と、女中には口留めした。女中は晋助から多額の心付けをもらったため、素直に承知した。

「わしのことを娘にきかれたら、同宿の客で医術に心得のある者、といえ」

部屋に入ると、やはり熱くさい。

「お医者様でございます」

女中は菊絵にいった。菊絵は熱に浮いた寝顔を箱枕にのせたきり、目もあけず、身じろぎもしない。高熱のせいでもあるが、もともと人を人くさいとも思わない性格のせいであろう。

晋助はその額に掌をあてて熱をみたり、薬湯を嗅いで薬の種類をしらべたりした。単に解熱剤が入っているにすぎない。

(たいした病状ではないらしい)

晋助はいま街道筋に流行しているコレラに感染しているのではないかとおそれたのだが、この点は大丈夫のようであった。

——御免。

と無言で会釈をし、晋助は、ふすまのそとへ出た。

この晋助の小さな行動が、思わぬ結果をよんだ。そのあと、旅籠の主人大和屋久平が宿場役人とともにやってきて、

「うけたまわりまするると、あの御病人様とご昵懇でありまするそうな」

と、きりだした。連れのない病人が出て旅籠も迷惑であり、万一のことがあるとこまるというのである。

「もしおよろしければ、御病人様がご快癒なさるまでご滞留ねがえませぬか」

保証人になれ、というのである。主人の言葉つきは懇願のかたちをとっているが、宿場役人を同道している以上、これは宿場の公命といっていい。

「いや、こまる」

と言えばそれまでだが、晋助はそうもいえず、黙然としていた。その沈黙を、二人は承諾とうけとり、ひきさがった。


そんなことでこの変哲もない田園のなかの尾張平野の東端の宿場で三日も明け暮れた。その間、晋助は菊絵の病状を旅籠の者からきくのみで、その部屋には立ち寄らない。

菊絵のほうが、自分のためにかかわりあいになっている人物がいることを知ったのは、四日目の朝である。

粥《かゆ》を運んできた女中からきいた。

「………」

菊絵は聴きおわってから体をおこした。けさは熱もさがり、気分もわるくはない。

「もっとお寝《よ》りあそばさないと」

「その者は、どのお部屋に泊まっております」

女中はなにげなく部屋を教え、そのあと粥をすすめた。食欲も多少出ている。

女中が去ったあと、菊絵は手鏡を出して顔をみた。無残なほどのやつれようである。

(ひとには会えぬ)

とおもった。せめて髪でもなおしたいと思い、女中に女髪結を呼ばせた。

髪を結わせながら、その者のことをあれこれ推量したが、思いあたるふしがない。女中の話では京都の公卿の家来だという。

(まさか)

と、その珍奇すぎる想像を打ち消した。まさかあの天堂晋助であるはずがあるまい。

(しかし、ひょっとすると)

女中の話を一つ一つ思い出してみると、天堂晋助でなければならぬようにも思われてきた。

「どうなさいました」

髪結がおもわずのぞきこんだほど、菊絵の肩がはげしく息づきはじめ、頰から血の気が退《ひ》ききっていた。

「いいえ、なんでもありませぬ」

結いおわってから、菊絵は化粧をなおし、さらに衣装を着付けた。着おわったとき、さすがに疲れが膝を立たせなかった。

そのまま、突っ伏した。

四半刻もそのままでいたろう。まどろんでいたかもしれない。

不意に、背に掌が載った。

「――どの？」

と、菊絵は伏せたまま女中の名をいった。相手はだまっている。

「たれ？」

「私です」

えっ、とあげた目に、粟屋菊絵が夢寐《むび》にもわすれたことのない顔が、凝然《ぎょうぜん》として浮かんでいる。

「お、おまえは」

突きあげてきた真黒な昂奮が、彼女をほとんど失神させようとした。

晋助は無言でその手をつかんだ。菊絵はあわてて手を引こうとしたが、その手に抜き身の脇差をにぎらされていることを知っておどろいた。

「私はいま無腰でいる。あなたが刺そうとすれば十分に刃《やいば》は私の骨にとどくだろう。そのままの姿勢で私の話をきいてもらいたい。途中、そうしたければ刺してもよい」

晋助はゆったりと端座している。

菊絵はいつのまにか両膝で立ち、晋助の胸もとに脇差を擬《ぎ》している自分に気づいた。

「私は死を怖れない。死を怖れぬ性根《しょうね》だけで私はかろうじて世に存在している。そういうことで、藩は私を使っている」

(いまなら刺せる)

と菊絵は思いつつ、やはり悩乱《のうらん》したらしい。

「なぜ私に」

こんな姿勢を強要するのか——と、まるでこの殺戮者《さつりくしゃ》の姿勢の強要を抗議するようなことを口走ってしまった。

そのくせ、

(私は取り乱している)

と、別な自分は心中で叫んだ。悩乱させるなにかを、この天堂晋助はもっているようである。

「私は、用件を申しあげにきたのだ。普通ならわれわれがこういう関係である以上、私はあなたを手籠《てご》めにしてその耳に申しきかせるのが当然な姿勢かもしれないが、私はそれをしない」

「も、もうせっ」

「お静かに」

晋助は目でおさえた。

「私は道をいそいでいる。きょうは発たねばならぬと思い、ご容態を拝見にきた。それが用件の第一である。どうやら半ばご回復なされたようにお見受けしたゆえ、いまから発ちたい。——これが用件の第二である」

「発つ？」

菊絵はわれにもなく狼狽した。なぜともなく伸びあがるようにして、

「私も発つ」

悲鳴のようにいった。

「刺しませぬのか」

「見そこなわぬがよかろう。仇《かたき》から憐れみを受けたかような姿勢で武士の娘が讐《あだ》を討てるか」

「お声が高い。私も長州人であることを秘匿《ひとく》しつつ道中をしている。あなた様も御同様のはずだ」

言いながら、晋助はごく自然な身動きで菊絵から脇差をとりあげた。菊絵もごく自然に柄をにぎる掌をくつろげてしまっている自分に気づかない。

晋助はゆるりと抜き身をひるがえし、それを鞘におさめた。菊絵はその鍔音《つばおと》をきいてはじめて狼狽し、

「晋助」

と叫んだ。

「支度をなされよ」

晋助の声音《こわね》はかわらない。


それから半刻後には、菊絵は晋助とともに東にむかって歩いてしまっている自分を見出さねばならなかった。

「私は江戸へゆく」

この仇はいった。

「一人、江戸でめざす男がいる。それを斃す。その仕事を終えてから私の命を断たれよ」

菊絵は、無言である。

普通の仇討ちならば仇の居所をつきとめ次第、土地《ところ》の町奉行までとどけ、その許可によって討つ。そういう場合、たいていは助勢者や声援者が出てきてくれるもので、討つことにはさほどの難儀はない。

ところが菊絵の場合、天下の公敵になっている長州藩に在籍しているため、相手が新選組のような非常警察団ならともかく、正式の幕府機関や藩機関にむかってぬけぬけと届け出ることはできない。

「討たれる者も互いに公道を歩けぬ長州人である点、不自由なようだ」

だから自分のいうとおりにしろ――と天堂晋助はいうのである。

「公道を歩けぬような長州藩にしてしまったのはおまえたちの一派ではないか」

「であるかどうかはともかく」

晋助はいった。

「菊絵様の御父上は佐幕家でありましたな」

「やがて父たちが藩を救いましょう。大公儀にひたすらに恭順し、殿様ももとどおりの諸侯の御仲間入りがかなうようにおなりあそばします」

そうなれば再び天下の公藩になり、仇討も公的機関の庇護《ひご》をうけてすることができる。

――その日も近い。

と菊絵はおもっている。げんに国もとを出るときはすでに藩政は佐幕派の手でにぎられ幕府への恭順工作も進んでいた。だからこそ菊絵は藩地を出て晋助捜索の旅にのぼることができたのである。

「晋助」

菊絵はよびすてた。

「江戸ではどこを宿とします」

「すでに幕府の手で江戸藩邸がことごとく打ちこわされた以上、身を寄せる場所がありませぬな。これは御同様だと思うが」

「同様ではない」

「ほう、どこがあなた様をかばってくれる」

「芸州藩邸」

「なるほど宿帳には、松平少将内吉沢源左衛門姪とありましたな」

この夜は、岡崎にとまった。旅籠ではむろん連れの体《てい》ではなく、部屋も別々である。

さらに晋助は当然なことのように旅籠に命じ、酌婦の伽《とぎ》をとった。

泊りをかさねて相模路《さがみじ》に入ったころは晋助のそういうふるまいを菊絵はゆるせなくなった。

(この男の勝手ではないか)

と思いつつも、感情がそれを許さない。

暮色《ぼしょく》のなかで小田原の宿場が近づいてきたとき、

「晋助、この宿場でもあのような者を近づけるのか」

と、つい言ってしまった。

晋助は聞こえぬふりをしてその問いを黙殺した。

——勝手ではないか。

というのであろう。その傲岸な黙殺が菊絵にあらたな屈辱と怒りを覚えさせた。

小田原では小清水屋という高名な旅籠にとまったが、あいにく客が混んでいたため、
手代が頼みにきて菊絵はこの男と相部屋をせざるをえなくなった。

双方の寝床の間に屛風が立つ。

(今夜はまさか――)

と、菊絵はおもったが、それも晋助を幾分なりとも常人視しすぎていた懸念だったろう。この男は厚顔にも夜の習慣をまもった。屛風が立つとすぐ酌婦をひき入れたのである。

菊絵は屛風の内側で懸命にねむろうとしたが、むこうの気配が彼女のまぶたを閉じさせなかった。

酒を飲んでいるらしい。

男がまったく無口なのはいつものとおりだが、酌婦も男の沈黙にひきこまれてか、ただ手を動かすだけで酌をしつづけている様子である。

やがて猪口《ちよこ》を伏せる物音がし、それが別な気配のはじまる合図になった。

(厭《い》や。――)

と、菊絵は腕《かいな》を出し、両掌で耳をおおった。が、奇妙なことに耳を覆《おお》えばおおうほど闇のなかの気配はひろがり、激しい衣摺《きぬず》れの音がきこえた。それがどういうものかを想像できるほどに菊絵の体は闌《た》けはじめている。

ついに掌を、ゆるめた。

その拍子に女の声が畳を這い、

――お隣りのお女《ひと》が。

と、気づかうようにいった。

「斟酌《しんしゃく》するな」

落ちついた、例の晋助の声音である。菊絵はおもわず首筋に熱いものが走り、脚をすぼめ、この名状しがたいはずかしさと不快さに堪《た》えた。

翌朝、菊絵は不覚にも寝すごした。

屏風のむこうでは、晋助はすでに起きて朝食をとっていた。

例によって旅籠は共に出たが、菊絵は五、六歩はなれて道の片側を歩いてゆく。ときに道がせまくなると、肩をならべざるをえなかった。

「なぜあのような」

菊絵はついに沈黙に堪えきれずにいった。

「きたならしいことをします」

「とは?」

晋助は不審そうにふりかえった。

「なんのことです」

「ゆうべの」

菊絵は、それをあからさまに口にできない。

が、晋助のほうがそれと気づいたふうで、小さく無表情にうなずいた。

それだけである。黙殺した。

——仇がその余命を何につかおうと、討つ側には無関係ではないか。
という言葉が、その沈黙のなかにある。

廃邸

天堂晋助は、江戸に入る前、それまで同行していた粟屋菊絵の視界から姿を昏《くら》ました。まだ討たれたくない——という素朴な理由からである。

江戸に入るとその足で桜田へ直行し、長州藩邸の状態を見ようとした。桜田御門を入ってすぐが上杉家で、その隣が、長州藩の上屋敷《かみやしき》であった。

いや、厳密にはそうとはいえない。

その「跡」というべきであろう。屋敷はすでに去年の七月二十五日、幕府の手で取りこわされているのである。

(これはひどい)

晋助はこの藩邸の廃墟《はいきょ》に立ち、その徹底した破壊ぶりをみて、幕府の長州藩への憎しみの深さをいまさらのように知らされる思いであった。

去年の夏、幕府が征長令を発したあと、二日後に江戸の長州藩邸を没収した。その没収のとき、幕命によって近所に屋敷をもつ上杉家と松平中務大輔《なかつかさだゆう》(豊後杵築《ぶんごきつき》城主)の人

数が重武装をもってこの桜田藩邸を包囲し、

「長州は朝廷と大公儀の敵になった。されば敵としてあつかうゆえ、神妙にせよ」

と、幕吏が踏みこみ、藩邸内にいた六十余人の藩士を捕縛した。このとき綿貫治郎輔《わたぬきじろすけ》という長州人はこれを恥じ、現場で喉を突いて自殺した、という話を晋助はきいている。

そのあと、幕府は江戸中の火消人足をあつめ、綱をもって屋敷をひきたおし、塀をこぼち、庭木などもことごとく抜き、一面の荒れ地とした。

（ここまで、せずとも）

晋助は、憤りがこみあげてきた。

それに、国許に伝わった風説では、このとき逮捕された江戸各邸詰めの藩士のうち、五十一人がわずか半年のあいだに獄死したという。その残虐な待遇を推して知るべきであろう。

このあと、晋助は麻布《あざぶ》竜土《りゅうど》町の中屋敷にも行ってみた。

途中、雨が降った。

軒下を走り伝いに走って材木町のよろず屋で笠と蓑《みの》を買い、日暮を待って竜土町に入った。

（腹がへったが――）

と、めし屋を物色したが、日が暮れて間もないというのに、どの店も戸をおろしてしまっている。

このところ江戸の治安は極度に悪化している。京・大坂と同様、諸国からえたいの知れぬ浪人が流入し、それらが群れをなして夜陰横行し、押し込みや辻斬りをはたらく。このため、日が暮れると町家はみなばたばたと戸をおろし、武士でさえ夜間の外出をしない。

幸い、木戸のそばに夜鷹蕎麦《よたかそば》が出ていたので晋助は近づき、

「頼む」

といった。

親爺は無言でうなずき、七輪をあおぎはじめたが、その米屋冠《かぶ》りの手拭の下の目がときどき切るように晋助の顔をみる。手に、奉行所でいれられた入墨《いれずみ》が入っているところをみれば、どうせ尋常者《ただもの》でないのであろう。

「江戸は物騒だそうだな」

晋助は、はちをかかえながらいった。

「へい」

親爺はせせら笑ったようである。晋助の浪人体《てい》をみて、どうせ筑波《つくば》の天狗党《てんぐとう》あたりの残党が、江戸にきて強盗を働こうとしているとしかみえないのに相違ない。

「度胸のいいことだな」

「へい？」

「親爺のことだ。この夜中、こんな淋《さび》しげなところで商うとは、ちょっとやそっとの度

胸芸ではない」

晋助は、親爺の出方を、注意ぶかく見まもっている。

「世すぎでございますから」

親爺は、相手にならない。

「このあたりに、長州藩邸があったな」

「長州様の？」

親爺は、ぎろりと目をむいた。

「そうだ。どの見当にあたる」

「ほんのそこでございますよ。御門に釘が打たれ、竹矢来《たけやらい》がしてございます。しかし夜中お近づきにならぬほうがようございますよ」

「ふむ」

晋助は、食いおわったはちに十六文入れ、親爺の手もとにかえした。

そのあと足さぐりで往来を歩き、藩邸の竹矢来のあるところまで行ってみたが、天も地も闇で見当のつけようがなく、結局、ぶらぶら歩いてその夜は麻布藪下の岡場所に泊まった。

「竜土町の長州屋敷のことだが」

と、あいかたの妓《おんな》に竜土町藩邸のその後の様子をきいてみた。

妓は、去年いっぱいの話題だっただけによく知っている。幕府は桜田の上屋敷は瓦一枚も残さず取りはらったが、竜土町の中屋敷まで力がおよばず、結局、半ば取りこわして放置し、明屋敷番《あきやしきばん》を置いて監視させてあるだけだという。

（それなら、入れそうだな）

翌夜、十三夜の月が出た。晋助はふたたび竜土町にあらわれると、昨夜と同じく木戸わきに夜鷹蕎麦が出ていた。その前を通り、竹矢来の下を切り破って塀の崩れを乗り越えた。

その晋助の挙動をたしかめおわったとき、夜鷹蕎麦の親爺が屋台を離れ、影のように路上を走った。

が、晋助は気づかない。

（ほほう）

塀の内側へ飛びおりた晋助は、邸内のすさまじい荒れようにおどろいた。

蔵の数だけで二十幾つあり、それらが月光の下で巨大な死獣の群れのように静まっている。玄関の屋根は傾き、林泉に草が茂り、廃館のなかから妖怪でもむらがり出てきそうであった。

そのとき奥の御殿のほうで、物音がした。

事件はそのときにはじまっている。

晋助は草を踏み、踏石を飛んで物音のした奥書院に近づいてゆくと、雨戸の隙間から灯がこぼれていた。

（人がいる）

としか思えない。

晋助は、玄関へまわり、懐ろから黒い頭巾《ずきん》をとりだし、面を覆った。式台に足をかけ、やがて廊下に踏みこんだが、足を運ぶにつれて床がきしみ、そのきしみが天井を走って不気味に反響した。ときどき晋助は足をとめねばならなかった。わが息を殺し、全身を耳にして屋内の気配を察したが、格別なことはない。

ついに晋助は、奥に入った。その一室だけ明りのついている座敷がある。

座敷の中央に火のない大火鉢が置かれ、火鉢のまわりに黒の紋付羽織を羽織った三個の死体があった。どの男も剣をぬく余裕もなく一刀で斬られ、それぞれとどめをさされている。肌にまだ温《ぬく》みがあった。

（斬られて、まだほどもない）

しかしこの男が何者で、何者に殺されたのであろう。

晋助は、多少の迷惑を感じた。じつのところこの廃邸にきたのは、ここをできれば江戸での根城にしたいと思ってのことだった。が、先客がいる。それも、死人だった。

晋助は死体の衣服などを改めるうちに、この黒羽織の連中が世にいう伊賀者であろうという推測がついてきた。

大名、旗本の屋敷が空《あ》いた場合、公儀の明屋敷奉行という卑《ひく》い身分の役人が管理し、その実際の実務は明屋敷番という者がやる。明屋敷番は、四ツ谷あたりに組屋敷をもらっている伊賀者が多い、ときいている。

伊賀者、といえば伝奇的なにおいのする呼称だが、三百年の泰平を経ているこんにち、ふつうの御家人《ごけにん》とかわらない。

要は、

――たれが、何の目的でやったか。

ということである。

（あっ）

とそのとき晋助はころび、行燈を倒して灯を消した。が、闇にはならなかった。かわって廊下から龕燈《がんどう》の光芒《こうぼう》が射しこみ、晋助の姿をとらえた。十人は居る。

考える必要もなく、答えが出た。この連中がやったのであろう。

「何者だ」

と、廊下の人数はいった。相手も晋助という人間の出現を、理解しかねているようだった。

晋助は龕燈の光芒にとらえられつつゆるゆると立ちあがり、やがて小声で、「おれか、盗賊さ」といった。

一人の巨漢の影が近づいてきた。逆光で晋助の側からよくみえないが、足許だけに光がある。紺足袋《こんたび》が動いていた。その足取りのたしかさは、よほど腕に自信がある証拠であろう。

「鞘ぐるみ、大小を抜きすてよ」

巨漢はいった。

「いったい、何者かね」

「聞かせてやれ」

と、巨漢は背後の者にいった。

「新徴組の市中見廻りの者である」

と、その背後の者がいった。晋助は了解した。京の新選組が会津藩主預《あずか》りであるように、庄内藩主預りとして新徴組という官設浪士団が江戸にいることはきいていた。

「やはり、よそう」

と、晋助はいった。晋助は当初、相手をいま江戸ではやりの浮浪の強盗かと思い、そういう連中ならむしろここで降伏して仲間に入ろうと思ったのだが、新徴組ではどうにもならない。

「神妙に。――」

と、巨漢が、猫が鼠をなぶるようなゆとりでいった。神妙に――屯所へ来い、というのであろう。

「いや、ことわる」

「ほう」

巨漢の影がいった。

「ここで成敗されたいかね」

会話を、楽しんでいるらしい。

この種の殺人嗜好者《しこうしゃ》が江戸、京、大坂の三都の街衢《ちまた》でふえている。佐幕にしろ、勤王にしろ、かれらの嗜好と行動はすべて「攘夷」の二字で浄化されているようであった。

「この公儀役人——明屋敷番を斬ったのも、君たちか」

「…………」

巨漢は、だまった。それも、瞬時である。沈黙が、行動によって破られた。巨漢の腰が沈み、右足がはげしく畳を打った。が、剣欛《つか》をにぎった右手がわずかに遅れた。刀身はほとんど鞘を離れようとする瞬間、巨漢の首のつけ根が割れ、死体の群れに自分の体をたたきつけた。

死んでいる。

晋助はその死体を飛びこえ、龕燈を持った男に殺到した。灯が消えた。龕燈が落ち、やがて人が倒れた。その間ほとんど一瞬で、他の者はぼう然とし、ほどなく騒ぎはじめたときには、晋助の影はどこにもなかった。

…………………

晋助は頭巾をはぎとり、路上に出た。時刻は十時を過ぎている。

（まずい）

と思った。どの町木戸も、締まっている。このとき塀ぎわの闇から、

「旦那」

と、無愛想な声がきこえた。例の親爺である。商売物の屋台の灯は、すでに消しおおせている。

こちらへ――という身ぶりを、親爺はした。

晋助は身をまかせた。

無言で従い、親爺があけた木戸の潜《くぐ》りから別町内に入った。親爺も、屋台をすてててついてくる。

背後の路上を、人の足が駈け乱れて往来していた。親爺は、晋助のためにいそいでくれた。

やがて材木町に入り、裏店《うらだな》の一軒に親爺は晋助を招じ入れた。

「助かった」

晋助は頭をさげた。

親爺は五十がらみで眼窩《がんか》がくぼみ、唇が薄い。晋助には答えず、家人に茶を淹《い》れるように命じた。

家人といっても、一人しかいない。十七、八の女だが、口がきけないのか、気が鈍いのか、なんの表情も浮かべずに土間で体だけを動かしている。

「あれはわしの妾《めかけ》さ」

と、親爺はいった。

(夜鷹蕎麦で、妾がかこえるのか)

と思った晋助の疑問はすぐ解決した。親爺は懐ろから十手をとり出し、

「御用をつとめている。六道《ろくどう》ノ政《まさ》と言や、この道で多少は知られた男だ」

といった。

「見たよ」

親爺は、妙な笑いをうかべた。晋助が首をかしげると、

「あんたの腕をさ」

と、親爺はいった。この男は、晋助があの廃邸に忍び入るのを、つけてきたらしい。

親爺はどういう魂胆《こんたん》があるのか、自分の御用の筋を、からりと打ちあけた。

実は江戸の市中の治安は、すでに町奉行所から新徴組の手に事実上移っている。ところがその新徴組にも強盗同然のことを働くいかがわしい連中が多く、幕閣では手を焼き、その確かな証拠をあげるよう、南町奉行所に内命をくだした。

「だから、わしは動いている」

親爺のいうところでは、長州の竜土町の屋敷が没収されるとき、藩邸詰めの者が金銀まぜて二千両の公金を邸内のどこかにうずめた——そんな噂がある。

「知らねえよ、その真偽は。——ただたしかなのは」

――新徴組の一部が、幕府管理下の廃邸に押し入ってそれを盗み出そうとしている、ということだった。このため親爺はずっとあの付近で張り、今夜やっと突きとめた。

「明屋敷番の旦那方を斬ったのも、あの連中に相違ねえのだが、それには証人が要る」

「私に証人になれというのかね」

「だから助けたのさ」

「こまる」

晋助は、正直な渋面《じゅうめん》をつくった。変に滑稽《こっけい》な立場になっている。証人どころか、幕吏にとっていかなる兇悪犯よりも罪の重い存在が、長州人ということではないか。

「そうだろう」

と、親爺はわけ知り顔にいった。

「旦那は攘夷屋だね」

「まあそうだ」

「わかっている。いまどき江戸へ流れこんでくる浪士ですね、に傷を持たねえ仁は居ねえはずだ。筑波の天狗党残党か、東海道の宿場あたりで御用盗を働いて江戸へ逃げこんできたか、どちらかだな」

「……………」

「かまうこったねえ。そこはあっしが取り繕《つくろ》うから、このさい、こっちの仕事に乗ってはくれめえか。宿はどこだ」

「いったい、旦那はどこのお人かえ。こうみえてもこの六道ノ政はたいがいなことでは驚かないよ」

「おどろかないかね」

晋助は、苦笑した。

「長州さ」

と言ってやりたい衝動に駆られたが、晋助は口をつぐんでいる。

「おっしゃらねえのは、不為《ふため》ですぜ」

親爺は、急に言葉をあらためた。言わないと、あの明屋敷番殺しの下手人に仕立てあげてしまう、と言いだしたのである。

「そいつはかなわない」

晋助は笑いながら、内心、むしろこの六道ノ政と抱きあってゆくほうが、あるいは江戸での身動きが便利かもしれないとおもいなおし、小声で、

「長州人だ」

といった。

親爺はさすがにぎょっとした様子である。

「宿はない」

小　梅

「へーえ、あんた、長州様の御家中かね」

六道ノ政は、その顔をわざとくしゃくしゃにし、拳《こぶし》で頬をこすったりして、懸命に「驚き」の表情を消そうと努力している。

（驚くまい）

というのであろう、政は、あわれなほどその作業で躍起になっている。どの渡世にも渡世の心得というものがあるはずだが、御用聞の場合は驚いてはいけない。たとえばしょっぴいてきた容疑者の前であっけらかんと驚いていては、相手に自分の無内容をさらけ出すだけのことだ。「お上はなんでも先刻ご存じさ」という面をずっしりと作ってお く修練が、この道の玄人《くろうと》というのである。

が、政ともあろう古強者《ふるつわもの》が、この驚きに堪えられなくなったらしい。

「どうも、驚いたね」

正直に言い、言いながらあっはははと作り笑いをして自分の表情をごまかした。政にすれば、この将軍御膝元の大江戸で、幕府の交戦相手である長州藩の藩士がうろついているなんぞとは、夢にも思わなかった。のっぺらぼうの化物でも見たようなおどろきである。

(こいつぁ、途方もねえ大物をひっかけた)

市井《しせい》の岡っ引としては、なにしろ相手が将軍様《くぼう》の御敵だけに、手に負いかねるほどの相手である。

(大手柄だ)

とおもいつつも、この獲物をどう処理していいかわからない。鯛《たい》を釣るつり糸に、鰐《わに》がかかったようなものだ。

ゆらい、江戸市中の治安は町奉行所が担当していたのだが、攘夷浪人のさわぎが激化するにつれ、そのような平時態勢では取締れなくなり、対浪人問題に関しては軍事警察ともいうべき新選組(京)、新徴組(江戸)を置き、発見即斬殺という非常手段をとらせている。

(おれにはお門違《かどちが》いの相手だ。新徴組に、こいつを突きだせばよい)

ということは、六道ノ政にもわかっているが、政はいまその新徴組の隊士の悪事を内偵するというややこしい立場にいる。それにこの長州人を新徴組に突き出したところで、新徴組の手柄になるだけで奉行所の手柄にはちっともならない。

「まあね、旦那」

政は、決心がきまらぬまま猫なで声を出した。

「旦那とあっしとは、猫と鼠の取合せじゃねえ。畜生にたとえりゃあ、牛と馬だ」

「妙なものに譬《たと》えたな」

晋助は、苦笑した。六道ノ政のいうところでは、牛と馬は道ですれちがってもたがいに他人同士の顔をしているし、喧嘩もせず、仲良くもしない。風馬牛《ふうばぎゅう》という言葉があるくらいである。無縁、という意味だ。

「見のがしてやる、というのかね」

「さあ、そいつはわからねえが、今夜のところは互いに友達ってことで、一ツ屋根で夜を明かそうじゃねえか」

「よくいった。長州の天下が来りゃ、おまえを町奉行ぐらいに取りたててやる」

「あっはははは、長州様のお侍は本気でそんな夢をみていなさるのかね」

政は、こんなふざけた夢をもっている目の前の長州人に愛嬌を感じた。将軍の世が崩れるなんぞは、天地が逆転でもしないかぎり、政にとって想像もつかないことだ。

「あんたも、悪い人間ではないねえ」

「そうかね」

晋助は、わざと愛嬌笑いを作ってやった。——が、心中、ひとつの比較がうかびあがった。京の町と江戸の町のちがいである。

京の町民は、郊外の桂からくる大根売りのような連中にいたるまで、未来に対する戦《せん》慄《りつ》感をもっている。

（いずれ、近々に世が変わる）

ということだ。いま幕府の要人をはじめ諸藩の政客が京にあつまっているせいもあるだろうが、とにかく時代に対する不安が京都市民に濃い。

が、江戸は駘蕩《たいとう》としている。徳川将軍の治世が天地のつづくかぎりつづく、と信じて疑わないようだ。

地理的な問題でもあるだろう。いま幕府がその態勢をととのえつつある長州再征のことでも、その大本営は大坂に置かれている。江戸人にとっては箱根から西の、いわば現実感のうすい世界の物語にすぎない。

「いったい、時勢をどう思っている」

と、晋助は、この御用聞を江戸人の代表でもあるかのようにきいた。

「御時勢かね」

六道ノ政はくびをひねった。赤っ茶けた禿《は》げ月代《さかやき》で、髪もよほどうすくなっているのか髷《まげ》が小さい。

「こまるねえ、物価《しょしき》がこう高くちゃ。またちかぢか、米が騰《あが》る」

「ほう」

「将軍様が、またぞろ、京・大坂にいらっしゃるんだとよ」

なるほど理のあることだ。将軍家茂《いえもち》は文久三年と翌四（元治元）年に京へのぼったが、奇妙なことに将軍が江戸を留守するごとに米価があがるのである。将軍が江戸へ帰ってくるとさがる。

「ふむ。……」

晋助は、考えこんだ。この一事をきけば、江戸の町人も時勢に対してあながち鈍感ではなさそうだ。漠然たる不安は感じているらしい。証拠に、将軍が江戸不在となると不安と焦燥で米が騰貴する。帰れば米価が安定する。

いつのまにか、政と晋助のあいだに置かれている飲み物が、茶ではなく冷酒になっている。双方、多少、酔った。いや、どちらも相手を油断させるために酔ったふりをしたのかもしれない。

「しかし、旦那、やるねえ」

政は指を立て、剣を振るまねの手つきをした。

「たいしたことはない」

晋助は、政でさえはっとするほどの厭やな表情をした。ちょっと説明のつきにくいことだが——剣のことに触れられるとこの男はひどく不快になる。自分でもそれがよくわからない心理だが、ひとつには幼少のころ父から受けた修業がもう、地獄相を見るほどに苛烈すぎ、それが心の内側で無数の傷になっているようである。さらに、あの萩へゆく道中、高杉晋作という奇妙に明るい青年に遭って以来、魔が憑《つ》いたように運命が変転した。その魔は、剣にある。晋助のもつ万夫不当の剣技こそ、晋助とその運命をふりまわしているとしか思えない。

「妙なお表情《かお》をしなすったね」

と、六道ノ政は、のぞきこんだ。どういう訳だ――というように、岡っ引根性で晋助の顔をしつこくのぞいている。

晋助は、答えざるをえなくなった。やむなく、

「これをみろ」

と、着物の一部をつまみ、右の紋のあたりをみせた。政もとっくに気づいていたことだが、紋が、三寸ばかり縦に切れていた。

「着物だけではない」

晋助は右手をふところに入れたかとおもうと、ぱっと片肌をぬいだ。紋の位置の皮膚が、針でひっかいたほどの浅さで切れていた。

「剣などは」

晋助は暗い表情でいった。

「つねにこうだ。つねにあやうい。絶対の強者などはいない。わずかな太刀行き（斬撃速度）の差で生死がある」

「なるほど」

さすがに、六道ノ政も息をのんだようである。政は、半面、おかしな気持になった。自分のような市井の不浄稼業の者に、歴とした二本差しの若者が、素肌までみせてその

心の機微を、まるで友人のように語ってくれることである。

（甘い、いいやつかも知れねえ）

と思い、多少感動した。もっとも、政のことである。感動した半面、こんな甘い男なら騙《だま》して使えるだろうと思った。

「旦那は、なぜ江戸へ来なすった」


その質問には答えず、晋助は膝もとの冷酒の入った湯呑に手をのばした。左側、土間のかまどのあたりにいるはずの女の視線を、晋助は感じつづけている。

（今夜、あの女と寝ようか）

と、晋助は目を伏せ、本気で思った。

女は、晋助が片肌をぬいだ瞬間から、弾けるように視線をひらいたようである。さらに、

「刀傷《きず》」

というひとことに、女は小さな衝撃をうけたようだった。そのあと、女にとって晋助は、別な印象に変じた。単に、客ではない。男の匂いがした。

「娘さんは、なんという名かね」

「むすめじゃねえ」

六道ノ政は、急に親爺くさい顔でいった。

「先刻も言った。妾だ」

「妾でも、名があるだろう」

「冗談じゃねえ、猫でも名がある。小梅だ」

「上方《かみがた》ふうの名前だな」

京坂から西国にかけて小のつく女名前が多いが、そういうべっとり濡れたような感覚が江戸の好みではないのか、江戸ではほとんどないと晋助はきいている。

「小梅」

と、親爺のおどろいたことに、晋助は呼び捨てにした。

小梅は、意味もなくぎくっとした。

「燗《かん》をしてくれ」

それだけの用事である。晋助はもう見むきもせずに、親爺の政とむかいあっている。

(変な男だ)

女は、にぶい感覚のなかで思った。

親爺は、事態を別な意味にとった。晋助が土間の無口で鈍な、小婢《こおんな》くさい自分の手ずけたおんなになにか不快なことを感じたのかと思い、ひどく気をつかった。政は、年甲斐にもない人の好さで、小梅がいかに気のいいやつか、あれこれと喋りだした。

ふむ、ふむ、と晋助は聞くような聞かぬような無愛想な相槌を打っている。

「話を変えよう」

六道ノ政は、いった。

「さっき、おれが訊いたことを、まだ答えて貰っちゃいねえ。——お前さん、なぜ江戸に来なすったのかね」

「金さ」

晋助は即座に答えた。先刻から政の質問にどう答えようかとあれこれ考えていたのである。それには恰好の事を思いついた。

……六道ノ政が、ついさっき、こういった。——新徴組の破落戸《ごろつき》隊士が、竜土町の長州藩邸に隠匿金《かくしがね》が二千両あるということを聞きこみ、すでに藩邸が幕府の没収財産になっているにもかかわらず、それを押し入ってさがそうとした。……

(この偵吏《てさき》めが、どう出るか)

その反応をためそうと思い、晋助は一個の虚構をつくりあげた。先刻の釣りの比喩《たとえ》でいえば擬似餌《ぎじえ》であろう。

「金とは、なにかね」

果然、政は食いついてきた。政は政なりにぴんとくるものがあったらしい。

「藩邸の金さ」

「ほ？」

政は相手が話しやすいように、わざととぼけ面を作った。

が、晋助は口をつぐんだ。となると、雷が落ちても言いそうにないほど固い表情になった。ここでやすやすといえば、せっかくかかってきた政に眉つばだと見抜かれるだろう。

「酒だ」

政は、大声で小梅にいった。酒でも飲ます以外に晋助の口をほぐす手はない。

「もう、無いんですけど」

女は小さな声でいった。晋助ははじめてこの女の声をきいた。

「買いにゆけ、六道ノ政だ、といって戸をたたきゃ、起きてくれる」

女は、そのとおりにした。

ほどなく戻ってきた。

やがて晋助と政のあいだに、塩豆を盛った五合枡が置かれ、杯の往来が頻繁《ひんぱん》になった。

「おっと、置いちゃいけねえ、置き注ぎは艮《うしとら》の物忌《ものいみ》だよ」

と口癖のように政は言いながら、しつこく注いだ。晋助は酔ってきた。

もっとも体のしんは真っ白に醒めている。ただ、ふりをした。

政は、その間々に鉤《はり》を入れてきてその一件をきこうとした。晋助は、酔った自然さで、すこしずつ語った。

「二千両ではない。二万両だ。銀もとりまぜてと、さっきお前さんはいったが、銀はない。小判も万延小判なんぞではなく、享保《きょうほう》の刻印の入った正四匁八分《しょうよんもんめはちぶ》のものだから、七、八万両の値うちはあるだろう」

そんな意味のことを、とぎれとぎれに喋った。毛利家が百年も前から、いざというときの軍用金として江戸藩邸に貯蔵してあったもので、去年、藩邸をおさえられたとき、藩吏があわてて埋蔵した。それをとりかえす、というのがおれの仕事だ、と晋助はいった。

「本当かね」

さすがに、六道ノ政も、疑わしくなってきたらしい。

「どうせ、うそだろう」

晋助は、意表に出た。

「おれは藩の勤王派《なかま》から、さることではじき出された。なかまはみな、おれを殺したがっている。そんな仕事を作っておれを江戸へやった。死なせるためかもしれぬ」

「いや、そいつは本当だぜ」

「金のことかね」

「そうだ、その享保小判二万両という一件だ」

政のほうが、かさにかかって本当にしてしまいたい気持になっている。

(こいつぁ、とほうもねえ手柄だ。町奉行なんざ、糞《くそ》っ食《く》れえ。抜けがけていまをときめく勘定奉行の小栗上野介《おぐりこうずけのすけ》様のお屋敷にゆき、……)

と思案しはじめたが、実のところ足のさきまでまわった酒で、頭も体もきかない。晋助にすすめつづけているうちに、政のほうがすっかりまわってしまったらしい。

「政、そいつは艮の物忌だぜ」

と、晋助は政の手に杯をもたせ、執拗《しつよう》にのませた。政も、上機嫌で飲んだ。

「踊る……けえ」

と言いはじめたほど、この煮ても焼いても食えぬ親爺は陽気になった。が、踊ろうにも腰が立たない。

「小梅、酒だ」

晋助は、その間《かん》もいった。小梅は燗のできたやつをいそぎもってくる。何度目かのそのときに、

「小梅、おれと寝ろ」

晋助は、耳もとで囁いた。小梅が、はっと銚子《ちょうし》を落しかけたが、晋助の掌がすばやくその銚子を受けとめた。呼吸が、妙に適《あ》った。

その瞬間、政は潰れた。

「寝床を敷いてやれ」

(小判の夢でもみているのだろう)

晋助は立ちあがり、政をかるがると抱きあげた。政は、他愛もなく眠っている。

(これが、江戸の御用聞か)

むしろ可愛い、とおもった。とにもかくにも地理さえわからぬ江戸で、はじめて知り

あった男である。

寝床が、敷けた。板の間に一つ、奥の間に一つ、敷かれている。すべて小梅の無言の作業だった。

晋助は奥の間に政を運んで寝かせ、掛けぶとんをおさえてやった。

行燈を、消した。

障子を隔てた板の間に、いま一つの行燈がついている。小梅は酒器を片づけ、火鉢やかまどの火を消した。

晋助は寝床にもぐりこみ、やがて行燈をひきよせて消した。

小梅は、このにわかな闇に驚いたらしい。まだ土間にいるのである。

晋助はすかさず、

「こう」

と、ただ一声いった。来う、か、それとも鶏《とり》でもよぶときに使う声なのか。

小梅はひきよせられるように闇を踏んで晋助のそばに来てしまった。

晋助は、その手をとった。

「帯」

解け、というのかと思ったが、帯がすでになかった。下に落ちている。

気がついたときには、小梅の体は暗い宇宙にむかっていっぱいにひらききってしまっていた。

「いい女だ」

途中、ただ一声だけ、耳もとで声がした。小梅は意味もなく、ただ夢中でうなずいた。

小栗屋敷

（こうはしていられない）

六道ノ政は、まだ夜も明けきらぬというのに目をさました。

頭が、持ちあがらない。ゆうべの酔いがそのままに残っているのである。が、政は気をとりなおし、心魂を籠めて咆《ほ》えた。

「小梅、起きろ」

きょうから驚天動地の大仕事がはじまるのだ。竜土町の旧長州藩中屋敷に享保小判で二万両が埋まっているというのである。これを幕府の勘定奉行小栗上野介に直訴すればどうであろう。政は、大公儀の御金蔵がからっぽで長州征伐も思うようにはかどらないという噂をきいている。小栗はおどりあがって（もっとも小栗はよほど沈毅《ちんき》な男らしいが）よろこぶであろう。

政は、実のところこんな御用聞ぐらしがいやになっている。開港地の横浜にゆけばあたらしい金儲けのたねが湧くようにあるという。なにも生糸の仲買人ほどの大仕事をやらなくても、西洋宿ひとつやっても儲かるらしい。現に政もよく知っているある博徒の親分が、手づるをつかんで伝馬《てんま》の権利を手に入れ、港の船に水を運ぶだけで大そうな分《ぶ》限者《げんしゃ》になったという。

――このねたを小栗様に売りこもう。

と、とっさに思ったのは、政にそんなこんたんがあったからだった。横浜は幕府の直轄地であり、かつ、対外貿易のすべては幕府の統轄下におかれている。つまりすべてを勘定奉行の小栗がにぎっているのである。

小栗のお声がかかりさえあれば、横浜で異人相手の女郎屋をひらくにしても簡単だった。

「小梅、起きろ」

政は、にがい顔で、横にねている子供っぽい姿をゆさぶった。

小梅は、おどろいて目をさました。

「のんきな奴だ」

と、政は叱った。が、のんきなのは政自身であろう。小梅が昨夜のうちにあの長州者と通じてしまったことはつゆ知らない。

小梅は、朝の支度をした。

やがて政と晋助は、朝食の膳にすわった。

「頼みがあるんだ」

晋助は箸を動かしながらいった。

「江戸での家にこまっている。いっそこの家に、おれを住まわせてもらえないかね」

「冗談じゃねえ」

政はあわてて箸を振った。自分も長年ひとかどの悪党だとおもってきたが、この長州者のほうがよほどずうずうしい。

「お前さんは将軍様《くぼう》の仇なんだぜ。そんな仁に御用聞が間借りをさせている、というのは落し噺《おとばなし》にもならねえよ。第一ここはおれの妾の家だぜ」

「すると、この朝めしで別れか」

「おっと」

政はあわてた。この長州人を遁《の》がしてはなにもならない。

「世話ァする。するとも。心当りがある」

そのあと、政は晋助を連れてそとへ出た。

ぶらぶら行って芋洗坂《いもあらいざか》をくだってゆくと、坂の左手、寺の裏に屑伝《くずでん》という小博奕打ちが老母と二人きりで住んでいる。政の下っ引をつとめている男で、政はここに晋助をあずけた。晋助はむろん、どこでもいい。

政の本宅とも、近所である。政はその足で本宅へ帰り、すぐあわただしく外出した。駿河台《するがだい》の小栗屋敷にゆくためである。むろん、上野介にいきなり会えようとは思えない。

政は道をいそいで昼すぎにめざす屋敷に着き、用人の武笠祐左衛門に来意をつげた。武笠は小栗家の先代からの用人で、すでに齢も還暦に近い。

(妙な男がきたな)

と、くびをかしげた。じつは武笠の妻が武州足立郡馬室《まむろ》の出で、政の母親と同村であるため一度そういう縁で会ったことがあるが、大旗本の家来が、平素町方の御用聞ふぜいに用事はない。

座敷にあげるわけにもいかず、とりあえず門長屋の一室で待たせた。ほどほどに待たせておいて出てみると、政はいかにもなれなれしげなあいさつをし、やがて、

「どうもあっしどもの分際で筋違いなことを申しあげるようでござえやすが、これも御政道の御為と存じやして」

と、例の一件を概略話した。くわしくは小栗上野介に直々話すつもりである。

「わかった」

老用人は顔色も動かさずにうなずき、

「お殿様に申しあげておく。御言葉の次第ではこちらから使いを走らせよう」

といった。

政はそのままひきとったが、翌日さっそく反応があった。政の家に小栗家の中間《ちゅうげん》がつかいにやってきて、武笠よりの口上をのべた。あす午前七時、屋敷にまかり出よ――と

いうのである。

政は大よろこびで請けた。が、この男にとって多少運がわるかったことに、その中間が口上をのべている最中に、天堂晋助がぶらりと土間に入ってきたのである。あいかわらずきれいに月代を剃りあげている。

「政、遊びにきた」

そう言いすてて、どんどん奥へあがってしまった。土間を通るあいだに中間の口上を、聴いてしまったらしい。その証拠に政が座敷にもどると、

「政、明朝、小栗屋敷にゆくのか」

と、晋助はいきなりいったのである。

「こまるねえ」

神棚の上の十手をあごでさし、

「旦那が来れる家じゃないよ。あっしがいまこっそり人数をよんで呼び子一つ吹きゃ、それでもう旦那は獄門首だよ」

「その時ゃ、横にお前の首もならんでいる。長州人を妾の家に泊めたり、下っ引の家に間借りさせたりした罪は軽くあるまい」

(こいつ、おどしやがる)

政が苦《にが》りきってしまうと、晋助はもう一度言った。

「明朝、小栗屋敷にゆくのかね」

「あんたにゃかかわりはねえ」

「あるだろう」

晋助は薄気味わるく笑い、そのまま口をつぐんでしまったから政はかえって怖くなった。

(こいつ、ひょっとするとこっちの肚《はら》をなにもかも見すかしてやがるんじゃないか)

「いったい、旦那は何なんだ」

「お前の味方さ」

「へっ、結構だが、何の味方かね」

「政、お前は殺されるぜ」

「げっ」

「新徴組のならず者が、あの享保小判をねらっている。ところがお前は町方の御用聞であるにもかかわらず、それを筋ちがいな勘定奉行に密訴した。いや、顔にかいてある」

「小栗様なんざ、おらあ存じあげねえよ」

「きのう、お前、駿河台へ行ったな」

「旦那」

政は、絶句した。

「おれはあとをつけていたのさ。なぜかといえば、お前のあとを新徴組の密偵《いぬ》らしい男がつけていた。おれは万一のとき、飛び出して行ってお前を救うつもりだった」

「だ、だんなはまさか」

政は、ふと疑問に思ったらしい。

「新徴組の方じゃあるまいね」

「安心しろ」

晋助は、政が思う壺に入ってきたことに満足した。

「おれは生《き》っ粋《すい》の長州人だ。義によってお前を新徴組からまもってやろうとしているだけだ。つまり、御用聞であるお前の用心棒だと思ってくれればいい」

「ふん、礼を言っていいんだか」


翌朝、その時刻に小栗屋敷へゆくと、こんども座敷にはあげてくれず、庭内の四阿《あずまや》へ案内され、そこで待たされた。

(さすが、格式のうるさいお屋敷だ)

と、政はそれに不快を感じていない。ちかごろ町芸者を屋敷にあげる家もあるほど旗本屋敷の秩序も崩れたが、この幕臣きっての名家である小栗家はなお古格を律儀に守っているらしい。

先祖の小栗忠政は十三のときから家康につかえ、姉川ノ陣では崩れたった家康の旗本をひとりで支え、家康の一命を救ったこともある。家康に仕えること四十一年で、合戦

のたびに名ある首をとったから、

「又獲《と》った、ということで通称を又一《またいち》と改めよ」

と家康からいわれたために、小栗家の歴代の当主は又一を世襲している。

当代の小栗上野介忠順《ただまさ》は、正式に除目《じもく》した官名は豊後守《ぶんごのかみ》である。が当人は上野介を称し、世上もそれで通っている。早くから俊敏をもって知られ、万延元年、遣米使節団の一人として渡米し、のち外国奉行、町奉行、勘定奉行、歩兵奉行、軍艦奉行などを経ていまふたたび勘定奉行になり、いまや幕府の外交、内政、財政は事実上この男の一手で掌握されているといってよかった。

「その気骨といい、経綸《けいりん》といい、幕府三百年、随一の男かもしれない」

という者もある。もっともこのことは上野介自身が自負し、

「おれの死ぬときは幕府の亡ぶときだ」

と、昵懇の者にひそかに洩らしていた。

その剛愎《ごうふく》さは、いま六道ノ政の視野にある庭木をみてもわかる。満目、椿といっていい。江戸ひろしといえども、武家屋敷で椿を植えているのは小栗家だけであろう。椿の花は、ちょうど首が落ちるようにぽろりと落ちる、ということで武家の忌花《いみばな》にされていた。が、小栗は、

「首を敵手に授けるのは武士の本懐ではないか」

と言い、平然と植えさせている。

さらにこの小栗の風変りなのは、世の攘夷熱を無視し、庭内の一角にこの国最初の石造の洋館を新築していることだった。

その洋館が、小栗の政見をみごとに象徴している。小栗は幕府を救済する道はフランス皇帝に頼る以外にないとしていた。すでに横須賀にフランス政府の援助による造船所、製鉄所を建設しつつあるが、このあと小栗の構想ではフランスから軍費、兵器をあおぎ、長州を討滅するだけでなく逐次、薩、土、越前などの雄藩を討伐し、ついには三百諸侯を廃してこの国に徳川王を元首とする郡県制度を布《し》こうとしている。そのため、小栗はフランス人との接触が日ましに多くなっているが、その接触の場所としてこの洋館をつくったらしい。

（あれが評判の石屋敷か）

と六道ノ政は樹々のむこうにある小さな洋館をながめていたが、むろん政には小栗のこの洋館に賭けた情念などはわからない。

やがて小栗が、肩衣《かたぎぬ》をつけた登城の装束で庭の一角にあらわれた。手に、洋式の馬鞭《むち》をもっている。

小栗は他の幕府高官とはちがい、駕籠で登城せず、かならず騎馬で登城した。その乗馬は、馬格の巨大なアラビア馬であった。

「政というのは、そのほうか」

小栗は、やや癇高い声でいった。政がおもわず土下座しようとすると、小栗は鞭をふって制止した。

「すわるがいい」

と、政に席をあたえ、自分もすわった。

「すでに話はきいた。が、わしは信ぜぬ」

「と、おおせられますると？」

「夢物語だ、というのだ。毛利家が享保小判を二万両も江戸屋敷に埋蔵していたはずがない。享保といえばざっと百五十年前である。その間、毛利家は財政窮してほとんど破産せんばかりのときも何度かあった。彼《か》の藩が、殖産理財につとめついには大公儀に矢をも向けようというほどの財力をもつにいたったのは、わずかにここ二、三十年来のことにすぎない。窮乏のころ、それだけの埋蔵金があればとっくに掘りかえして藩の借財返済にあてているはずではないか」

「へい」

政は、凋《しお》れてしまった。

「が、これは通りいっぺんの見方。世には奇妙なこともありうる。かの藩は関ケ原にやぶれて以来ひそかに徳川家を恨み、藩士どもは三百年、寝るときは足を東（江戸）にむけて寝たという風聞もある藩だ。いざ謀叛《むほん》のときを慮《おもんぱか》り、それを軍用金にするつもりで窮乏のときも手をつけなかったのかもしれぬ」

「あっ、それでござりまする。それと御同様のことを、長州人からもききました」

「長州人?」

小栗は、不審をもった。政はこうとなれば度胸をきめた。なにもかもこの権勢家に明かして懐ろにとびこんでしまえと思い、じつは自分の家に妙な長州侍がころがりこんでいる、とそのいきさつを話した。

「その江戸潜入の目的は、旧藩邸のその埋蔵金を掘りにきたというのかね」

「へえ、そのとおりで」

「では、埋蔵金の一件、本当かもしれぬな」

政は、新徴組のことも話した。小栗は眉をひそめた。

幕府は浪人鎮圧策として、毒をもって毒を制するつもりでかれらをつのり、庄内藩にあずけて市中を巡察させているのだが、その乱暴には、ほとほと手を焼いている。

「政とやら」

小栗は、急に話題を変えた。なぜ自分に直々この秘事を明かしにきたのか、と問うたのである。

「へい」

政は、さらりと答えた。

御用人様が懇意であったことと、大公儀の御為よろしかるべしと思ってのことでござりまする、というと、小栗は素直にうなずいた。この点、いかに俊敏といっても大旗本の殿様育ちなのであろう。

「それに、御町奉行の御手では、新徴組はおさえきれませぬ。ここは上野介様のお力におすがりするよりほかないと存じまして」

「わかった」

小栗は、対策が立ったらしい。

「大公儀は独自の方法であの屋敷うちを探索してみる。その仕事が片づくまで、そのほう、武笠祐左衛門の親戚として当家に出入りせい」

…………………………

それから数日、政は小栗の打つ手を窺《うかが》っていたが、やがてわかった。

廃邸警備に明屋敷番のほかに伊賀同心らしい御家人風の者二十人ばかりが増員され、夜も泊まりこみ、しきりと邸内を掘ってはさがしているようである。

晋助も、その情況を知り、

(小栗も、存外あまい)

と思った。もっとも小栗のそういうあまさが、日本に租借地《そしやくち》を獲《え》ようとするフランスの手にあまあまと乗っているのであろう。

ところが、それから数日経ったある夜、黒装束の者二十人ばかりが竜土町廃邸に押し入り、

「われわれは長州人である」

と偽称し、たちまち三人を斬殺し、五人に手傷を負わせて逃げた。

「新徴組だな」

と、このころになると、晋助はもう政の相棒か、手下のようになっている。晋助の江戸滞留の目的はごく自然な形で小栗に近づき、それを斬ってすてるだけのことであった。そのためにはこの政という男を離したくはない。

「斬ったのは、あの連中に掘る仕事を捨てさせるためのいやがらせだろう。しかし長州人を偽称されてはたまらぬ」

晋助の知りたいのは新徴組のなかの誰々がやっているのかということである。その首《しゅ》魁《かい》の名さえわかれば、もう世話はない。斬ってすてれば事の済むことである。

その計画を、政に打ちあけた。

「政、わるいようにはせぬ。ここは一番」

と、晋助はいった。

「おれの智恵のとおりにしろ。お前の手柄になることだ」

晋助が六道ノ政に押しつけようとしている要求は、簡単だった。自分を政の子分にしろ、ということである。

「とんでもねえ。長州侍を手下にかかえた御用聞など、あってよいものか」

「遠慮は要らんよ」

「あっしの笠の台が飛ぶってことですよ。長州と言や、天下様のおん仇じゃねえか」

「将軍の仇であっても、政のごとき日本人民の仇ではない」

「ふん」

政は鼻を鳴らして相手にならなかったが、よくよく考えてみると晋助の持ち出した案というのも一種の妙案ではある。長州の廃邸に、小栗のゆるしをえて政は晋助を従えて入りこむのだ。新徴組もきっと侵入してくる。そいつを晋助が捕えるか、斬る。あとは政の手柄である。その捕虜か死体を証拠に町奉行に報告すれば政がこのところ政の旦那筋（同心）から命ぜられてきた仕事は完了するのである。

「どうだえ」

晋助はいった。晋助のこんたんでは新徴組も長州廃邸の埋蔵金も、手段でしかない。政の子分になることによって勘定奉行小栗上野介忠順に接近できる可能性をつかめればよいのである。

「妙案だぜ」

「旦那のその田舎訛《いなかなまり》じゃだめだよ。妙な訛のある下っ引なんざ、江戸では通りゃしねえよ」

「無口でゆくさ」

ぼそりといった晋助の唇のはしに笑いが溜まっている。それをみて、政は辻斬りにでも出逢ったような気がし、思わずぶるっと胴ぶるいした。

「旦那は人斬りの名人だからね。いったい幾人斬ってきた」

「かぞえたことがない」

威圧を感じ、結局、政は晋助の要求をいれざるをえなくなった。しかも晋助は巧妙だった。すかさず五十両という大金を、政に渡したのである。

「こりゃ、なんだ」

「おれが身につけるものを一切ととのえてくれ。古着でいい」

二両もあれば足りるだろう。あとは政、とっておけ——と晋助はいうのである。晋助にすればできれば政を、長州の諜者にまで仕立ててゆきたい。

(ばかなやつだ)

晋助は政の手もとをみていた。政はどんな顔をしていいのか戸惑《とまど》っているふぜいだったが、結局はその金を自分のひざもとへひきよせてしまった。やがて政は嬶《かかあ》を古着屋へ走らせた。それを待つあいだ、晋助は縁側へ出て、

「政、おれの髷を直してもらおうか」

といった。

「髪結にゆきな」

「お前にその腕があるだろう」

といわれて、政はおどろいた。政は若いころ髪結床をしていた。

「なぜ知っているのかね」

「指に元結《もっとい》だこがあるよ」

政はやむなく湯を沸かし、剃刀《かみそり》を研《と》ぎ、髪結の支度をせざるをえなかった。

(ばかにしてやがる)

と腹が立つが、結局は使われてしまう。

髪を結っているとき、

「いつまで御用聞をやっている気かね」

と、長州人はきいた。

「幕府はここ二、三年だぜ」

「冗談じゃねえ、将軍《くぼう》さまの御政道がひっくりかえるなんざあ、あっていいことじゃねえ」

政は腹が立ち、長州人の顔がひきつれるほど髪をひきしぼってやった。

「これ、手荒にするな」

「あとでびんがゆるむからね。しかし言っておくが、大公儀の屋台骨はそうそうゆらぐもんじゃないぜ」

「そう思ってりゃ、極楽だ」

長州人が、笑った。

（こいつ）

政は面憎《つらにく》さに腹が煮えるようだった。しかし、と思いかえした。いまは生かしておいて利用だけしてやるが、いい、しおを見てふん縛り、小塚っ原の三尺高い台の上に梟首《さら》しあげてやろうと思った。そう思うと、多少気持もしずまった。


ところで。——

昨夜の事件は、市民には知られてはいない。奉行所からすぐ人数がきて、夜のあけぬうちに三つの死体と五人の手負いをひそかに搬出したからである。

が、あとは奉行所は手を触れない。廃邸管理の最高責任者は勘定奉行であり、町奉行ではないからである。

この日、政は晋助の髪を結いあげると、すぐ小栗屋敷へ行った。小栗は、日暮前に帰邸した。

相変らず、対面の場所は庭内の四阿である。

「下手人は新徴組の連中に相違ございません」

と政は勢いこんでいった。

「そうかね」

小栗は興味なさそうにいった。犯人がたれであろうと、小栗の知ったことではない。小栗はただ享保小判がのこらず公儀の金蔵に入れば、いいだけのことである。

「政五郎、わしは町奉行ではないぞ」

「へい、心得ております。しかし新徴組がしつこく狙うかぎり、あの享保小判はお上の蔵に入りませぬ」

そのとおりだ、と小栗は思った。とにかく小栗は、新徴組であるという証拠さえあがれば新徴組支配の酒井家に命じて下手人を処置させるつもりである。

「ところで」

と、政はいった。今夜から子分一人をつれてあの廃邸に潜伏したい、この段おゆるしを頂戴できましょうかと言うと、

「ほう、そちが」

と、小栗はこの御用聞の勇敢さにおどろいた。じつのところ、こうも人命が損傷するようではいままでの方針を変えざるをえないし、さしあたって今夜からの廃邸の番をどうしようかと思い悩んでいたやさきなのである。

「命を落しても、わしは知らぬぞ」

「なあに、こっちは玄人でございますよ。怪我をするようなへまは致しません」

結局、許しを得た。

政は駕籠をとばして家にかえり、晋助と一緒に竜土町へ出かけた。晋助は刀を一本、ござにまいて肩にかついでいる。

月はないが、星あかりがある。六本木の坂をゆるゆるとのぼって廃邸の前まで来、あたりに人の気配がないことをたしかめた上で矢来のなかに入り、ついで塀にとびつき、音もなく邸内におりた。

足に、草がからんだ。星あかりで見すかすと、庭の樹々がおどろおどろに伸び、建物は傾き、すさまじい光景であった。

しばらく二人は欅《けやき》の下草の茂みに身をひそめ、息を殺して人気《ひとけ》の有無を確かめていた

が、

(ない)

と晋助は判断し、立ちあがろうとした。その裾を政が邪慳《じやけん》にひいた。

(何をしやがる)

晋助はむっとして政を見ると、政は身を伏せ、湿った土に耳をつけている。さすが、この道の男である。

「いる」

政は、顔つきで言った。

「何人かね」

「一人じゃねえ」

そのあと、二人は手分けをし、四半刻かかって邸内を這いまわり、ふたたびこの欅の下で落ちあった。

「池」

と、政は口臭のある唇を寄せてきて囁いた。晋助はうなずいた。彼の見たところと、合った。

「そうらしい」

二人の意見が合った。

この四、五千坪ほどの一角に、樹木にかこまれた池がある。池の中央に岩があり、それに弁財天が祀《まつ》られている。その付近に七、八人の人数が動いており、いずれも両刀を帯していた。

「政、何人斬ろう」

と、晋助は尻っ端折りをしながらいった。

「待った」

政は、憎いほど落ちついていた。

「あっしは斬るより、名が知りてえんだ」

「ふむ」

晋助は自分の軽率を恥じた。暗殺者より偵吏のほうが稼業がら思慮ぶかいらしい。いやあるいは、外科と内科《ほんどう》のちがいかもしれない。

「しかし、わかるものではなかろう。斬ったほうが早い」

「いや、もう一度、嗅いでくる」

政の影が動き、やがて消えた。

（さすが、その道のやつだ）

晋助は政という男を、この現場にきて見なおした。

一時間《はんとき》、待った。

（妙だな）

政が、もどって来ない。晋助は気がかりになり、池へゆくために闇の中を動きはじめた。

これが、失敗だった。当の政は入れちがいに欅の場所にもどってきて晋助の影が無いことを知った。

——素人《とうしろう》め。

政は、腹のなかで吐き捨てた。この闇中《あんちゅう》、勝手に身動きすると互いの連繫《れんけい》がとれない。政はあきらめて、寝ころんだ。その政の耳もとに足音がきこえた。

「旦那かね」

言ったとき、いきなり白刃がきらめき、政は転びながら、わっと声を出した。声を出したのは、政の不覚だった。相手の影は、二つである。

——やはり、密偵《いぬ》だった。

一人がつぶやき、他の一人が駈けだした。池のほうの仲間に報らせるためだろう。池のそばの樹林に身をひそめていた晋助の耳に、政の悲鳴がきこえた。

(奴は、しくじった。おれの出番か)

と、この妙なコンビに可笑《おか》しみを覚えつつ、身を動かそうとした。その眼前を、影が通りすぎようとした。池の仲間に注進にゆこうとする男だろう。

闇で視力がきかないため、男は火事場から盲人が飛び出してきたような奇態な恰好をしている。両腕を前へつきだし、股をたかだかとあげつつ、しかもゆるやかに駈けつづけている。

「おい、ここだ」

と、晋助はさしまねいた。相手は仲間と思ったらしく近づいてきて、密偵がいる――と気ぜわしくささやいた。

「わかった。しかし、おぬしはたれだ」

「竹沢だ。しておぬしは？」

「長州人だ」

すぱっ、と胴の裂ける音がして、その男が横倒しに斃れた。

晋助が欅の木のそばにもどると、ほんの二、三メートルむこうで激しく草や枯れ枝の折れる物音がするが、暗くて影さえわからない。

「政、どこだえ」

晋助がいうと、いきなり白刃が闇に湧き、ほんの鼻さきに人がいたことを知った。が、そのことに晋助が驚いたのは、相手が死体になって静止してからのことだった。

（剣とは、奇妙なものだな）

われながら、そう思わざるをえない。危険を知覚で知って驚くよりも技の反射のほうが一瞬早いのである。相手を、晋助のどの部分が斃すのか、晋助自身にもわからない。

「旦那」

政が、足もとで泣くようにいった。晋助が草を踏んで近づくと、這っている。右肩をやられた――と言う。先刻、草や枯れ枝の擦れる音がしきりとしていたのは、政が死にものぐるいでころげまわっていたからだろう。

晋助が調べてやると、二、三日もすれば癒着《ゆちやく》しそうなかすり傷で、出血が多いために政は動顚《どうてん》したらしい。

「しっかりしろ」

晋助は、政の頬げたに平手打ちをくらわせると、政はびくっと我にかえった。

「な、なにをしやがるんでえ」

「その元気だ」

晋助はほめてやり、そのあといやがる政の股間に手を入れ、くるくると下帯を解いた。その下帯で肩を縛った。多少の止血の効果はあるだろう。

「旦那は、ひでえな」

そんなことを言うほどだから、政にゆとりが出来たらしい。そうなると、岡っ引根性がもたげてきたらしく、池のほうへ這い出した。

「どこへ行くんだ」

「もうすこし、食いさがってやる」

「馬鹿だな」

早く傷口を洗わねば腐るおそれがある、と晋助は言い、今夜は諦《あきら》めろ、といって、政を抱きおこした。

「どこで手当てをする。小梅の家か、それとも本宅か」

「済まねえ、小梅の家だ」

政は、寄りかかりながらいった。悪い男ではない。

翌日、晋助は政には内緒で駿河台の小栗屋敷を訪ねた。門番をよび出し、

「六道ノ政の使いの者でございます。御用人様はいらっしゃいましょうか」

というと、門内に入れてくれた。晋助は門の踏み石の脇にしゃがみ、屋敷の構造を記憶しようとしている。

（この屋敷に、お冴がいるはずだが）

居るとすればどのような手段で連絡をとったものか、晋助にはいまなおいい智恵が浮かばない。うかつな手段をとればかえってお冴が窮地に立つことを晋助は怖れている。

やがて小石を踏む音がきこえ、用人の武笠老人があらわれた。

「そちか、政の使いと申すのは」

と、老人は五歩むこうで立ちどまった。晋助はあわてたふりをして肩の手拭をとり、いんぎんに腰をかがめた。

「なんの用だ」

「親分が、怪我をいたしましたので」

「怪我を？」

用人は、不快そうな顔をした。それをたねに金でも貰いにきたかと思ったのである。

とは問わない。もともとこの老用人は、当主が政のような者を近づけていることに、不安を感じていた。

「いえ、もう」

晋助は、帰ろうとした。彼自身、屋敷の構造や配置を一目でも見ておきたかっただけのことである。

「それだけを申しあげればもう使いの用むきは済むのでございます」

「どういう事情だ」

やっと、用人はきいた。晋助は、手みじかに昨夜の廃邸でのことを話した。しかし相手を斬ったことは伏せた。

「わしは政が何をしているのか、よく知らぬ。御当家には関係《かかわり》のないことだ」

「へい、よく存じております。ただ傷が癒りますまで御屋敷に出入りできませぬということを申しあげればよろしいので」

「そのほう」

用人は首をかしげた。

「在所者だな、訛がある。どこだ」

「へい、甲州なんで」

晋助は、早々にひきあげて政が寝ている小梅の家へもどった。

政にはどこに行ったともいわず、傷のぐあいをたずねてやった。疼《うず》く、という。すこし化膿《かのう》しはじめているのかもしれない。

(こいつ、当分動けぬな)

晋助にはそのほうが諸事都合がいい。政の身代りとしてほうぼう動けそうであった。

「旦那には、厄介をかけた」

政は昨夜の騒ぎを思いだしては、そんなことをいっている。

「小梅は、どこへ行った」

晋助がきくと、政は、

「茶も出さねえで」

顔をしかめた。

「きっと旦那の足音をきいて、そのへんに逃げかくれしやがったんだろう。あいつは実は旦那をこわがっているらしい」

気の毒そうにいった。

(政も、結構、極楽に行けるだろう)

晋助は、そっぽをむいた。

その視線のむこう、屏風のかげから小梅が熱っぽくこちらを見つめているのを、晋助は苦笑しながら眺めている。

赤坂今井町

話を、お冴に移さねばならない。

この娘が、京をくだって駿河台の小栗屋敷へ奉公にあがってから、もう半年になっている。

むろん、お冴は自分が長州人であることをかくしつづけてきた。

「赤坂今井町の町医吉沢慈斎」

という人物がお冴の伯父ということになっており、彼女の身元引受人にもなっていた。文久三年の秋まで京にいたお冴がその出身を匿《かく》して江戸の町医の姪になりすまし小栗屋敷にあがるまでに、彼女自身でもいちいち憶《おぼ》えきれぬほど多くの人物の手をくぐった。

長州の桂小五郎、公卿東洞院家の隠居で通称藤三位といわれている老人、ついで桂の同志で対馬藩京都留守居役大島友之允、さらに江戸へくだってからは対馬藩江戸留守居役藤井詮蔵、その藤井の同志という縁で右の町医吉沢慈斎、そして小栗家に直接橋渡ししたのは、小栗屋敷出入りの道具商金沢屋十兵衛である。

（まるで忠臣蔵のようだ）

と、そのころお冴はおもった。赤穂《あこう》浪士たちが吉良《きら》屋敷に密偵を送りこむ話にどこか似ている。似ているといえばどちらも上野介なのである。

（似たような男だろう）

お冴は当初、小栗という人物を、芝居に出てくる高師直《こうのもろなお》（吉良上野介）として想像していた。自然、最初から好意をもっていない。

ところが小栗家にあがったその日、老女のさだという者に介添《かいぞ》えされて奥方にお目見《めみ》得《え》し、顔をあげたとき、相手の典雅な美しさにほとんど呼吸をさえわすれるほどにおどろいた。小栗夫人はお道と言い、大名の家からきた。実家は播州《ばんしゅう》林田一万石の建部《たてべ》内匠《たくみの》頭《かみ》家で、その江戸屋敷にいるころから美人の評判が高かった。

「冴は、なにが好物です」

奥方は、お目見得のときそんなことをきいてくれた。お冴ほどの度胸よしが、このあまりなやさしさに度をうしない、なにを答えたのかおぼえていない。

（これはちがう）

自分が想像していた小栗家とはなにやら見当がちがうように思われてきた。

あとで老女のさだが、

「生身《しょうじん》の仏さまとは、あのようなお方をいうのでしょう」

といった。さだは夫人の乳母で、夫人の輿入《こしい》れのとき建部家からついてきた。このさだの息子で塚本真彦という建部家の藩士も母親の移籍とともに小栗家の家士になっている。

奉公にあがって三日目に、やはりさだにつき添われて小栗上野介にお目見得した。

「冴というのか」

意外に若い、金属的な声が、平伏しているお冴の頭上を通りすぎた。芝居の上野介ならばもっと濁《だ》み声《ごえ》でなければならない。

「お冴殿、面《おもて》を」

と、さだが小声で注意した。お冴はわずかに顔をあげて小栗を仰ぎ見た。

(これが、幕府の柱石といわれる小栗上野介か)

年のころは三十七、八であろう。目がするどく前額部が思いきって飛び出た、いかにも気象の勝った才子顔のもちぬしで、そのうえ色が黒くあばたがひどい。口もとに気魄がある。

お目見得は、それだけでおわった。

その後、お冴はおなじ邸内にいても、殿様の上野介に口をきいてもらうことなど、まるっきりない。

お冴が、対馬藩江戸留守居役の藤井詮蔵から命じられている秘密の役目は、

「変わったことがあれば、宿さがりのときにでもわしに報らせよ」

ということであったが、ほどなく長州藩は蛤御門ノ変で敗退し、それに関連してそれまで勤王党が藩政を牛耳《ぎゅうじ》っていた対馬藩に政変がおこり、佐幕党が勢力を占め、江戸留守居役の藤井詮蔵も国もとに追い帰されて、お冴は連絡すべき相手をうしなった。

（なんのためにこのお屋敷に自分は居ねばならないのか）

お冴は、目的を失った。蛤御門ノ変以来、桂小五郎は生死さえわからず、長州の藩政は俗論党とよばれる佐幕派ににぎられてしまっているという。

お冴にとって無意味な数カ月がすぎてから、おどろくべき日がやってきた。

最初はわが目を疑った。この小栗屋敷に、義兄の天堂晋助があらわれたのである。それも、御用聞の下っ引のようなかっこうであらわれ、門内の八ツ手のかげでひざをかがめ、用人の武笠老人になにやら話しかけているところを、お冴は見た。お冴は廊下を玄関までやってきて、式台におりようとしたところで足をとめた。玄関が暗いためにそとの晋助からは見えないのである。

（まぎれもない）

お冴は目をこらして晋助の横顔を確かめおわったとき、動悸《どうき》がのどぎわまできた。が、この娘がいつもそうであるように、顔色は変えない。

（どうしよう）

連絡の方法はない。しかし無理をして連絡をとる必要はあるまいともおもった。晋助はお冴がここにいることを知ったればこそ身を変えてやってきたのであろう。

江戸の空に花を呼ぶ靉気《あいき》が多くなり、市中の遊山《ゆさん》の場所からしきりと花信が伝えられる季節になった。このころになって、お冴の身に多少の変化がおこった。

変化、といっても当のお冴自身は気づかない。老女のさだが、

（お冴の言葉のはしばしに出るなまりが、どうもいぶかしい）

とおもいはじめたのである。不審を決定的にしたのは、屋敷にときどきやってくる小間物商人が、お冴に物を売りつけたあと、さだに何気なく、

「いまのお腰元様は周防か長州のお方でございますか」

といったのだ。この小間物屋は若いころ西国筋をよく歩いた者で、訛にはひどく敏感らしい。

さだは不審のあまり、用人の武笠老人に相談してみた。

「はて、お手前も左様に思われるか」

武笠老人も、それを感じていたらしい。親元の吉沢慈斎は近江《おうみ》の余呉《よご》の出身でお冴もそういうふれこみだったが、北近江の訛のようには思えないふしがある。

「それとなく、調べさせましょう。いや、方法はある」

武笠老人は、出入りの六道ノ政をつかうことにし、政を屋敷によんだ。すでに政の傷は癒えていた。

「いや、用というのはほかでもない」

と、武笠は政にその不審を訴え、ごく自然な形でしらべてもらえまいか、と頼んだ。

「ようがす」

政にすれば、小栗家との縁が濃くなるほどありがたい。すぐ小智恵をめぐらし、お女中様方のお花見のとき、あっしをお供に加えていただけませぬか、とたのむと、

「たやすいこった」

と武笠老人はさだにそのことを伝えた。さだはそれを企画し、話が出た翌々日、若い腰元三人とともに上野へ出かけた。政も、用心棒がわりについて行って、お冴の言葉をふんだんに耳に入れた。

（なるほど、違えねえ）

と、その帰路、政は結論をくだした。お冴の訛にはあの長州人と似かよった発音ぐせがあるとしか思われない。

翌日、武笠老人に報告し、さらにお冴の身元をあらった。直接の紹介者の金沢屋を訪ねるとこの男はなにも知らない。

結局、医師吉沢慈斎の周囲をあらうと、慈斎はいま流行の国学かぶれでその交遊関係は対馬藩士が多いという。対馬藩はいまこそ政変があって佐幕派が藩の重職を占めているが、それ以前はまるで長州藩の支藩かと思われるほど人の往《ゆ》き来《き》がはげしく、あたかも一ツ藩の観さえあった。

彼はこの一件を調べおわると、自分の配下として飼っている天堂晋助に、

「長州様は、娘まで密偵につかうのかね」

といって、晋助の顔色の変化を注意ぶかく窺《うかが》った。

「なんのことだ」

晋助は猪首《いくび》を政のほうにむけた。ぶのあつい表情の奥に小さな変化がおこり、次第にひろがりつつある。お冴のことではないか、とおもったのだ。

「旦那はおれが傷養生で寝ているあいだ、二、三度小栗様のお屋敷へ行きなすったが、あれはどういう魂胆だったのかね」

(娘、密偵、小栗屋敷、と三題がそろったところをみると、いよいよお冴のことだな)

晋助は政の腰に手をのばし、煙草入れをぬきとって煙管《きせる》をとり出した。一服、ここで吸って心気をしずめなければならない。どう思案したものであろう。

「妙に鎌をかけてくるようだが、おれの秘密は政、お前がみな知っているはずだ。それ以外、なにも知らぬ」

「赤坂今井町の町医吉沢慈斎という御仁は、旦那の仲間かね」

「おれの仲間は政、お前だけさ」

(吉沢慈斎とは、何者だろう)

思案するより、行動するほうが回答が早い。その直後、晋助はぶらりとそとへ出、赤坂にむかって歩きはじめた。

今井町に妙福寺という寺がある。その裏門の前に黒板塀をめぐらせた小さな家があって慈斎はそこで眼科を開業している。

「慈斎という医者がくさい？」

小栗上野介は、武笠老人からお冴に関するすべての報告をうけてから、いった。

「いかが処置つかまつりましょう。お冴をだまってお召し放ちになりますか、それとも町奉行の与力をおよびなされて彼等の手ですべてを解決なされまするか」

「町奉行所に報らせるのは、よろしくない」

「左様、御当家のご名誉ではございませぬな」

小栗ほどの重職にある者の屋敷で長州の間者が発見されたなどということが幕閣にひろまれば、ただささえ政敵の多い小栗の立場がいよいよ悪くなる。

「御役御免など、わしにとってなにほどのこともないが、ただわしがいま辞《や》めれば公儀の瓦解《がかい》が必至になる」

とくにいまの時期、小栗は是が非でもやめたくなかった。彼が幕閣一部の反対を押しきってことしの正月からフランス公使ロッシュに交渉していた六百万両の借款《しやっかん》の件が、ようやく曙光《しょこう》を見ようとしている。すでに仏本国政府の了解も得、ナポレオン三世の親書の到着を待っている段階なのである。それが江戸に着けば小栗はみずからそれを懐中にし、街道を駈けのぼって京にいる将軍顧問一橋慶喜に会わねばならなかった。この借款さえ成立すれば、戦費不足で長州を攻めかねている幕府は一挙に行動に移れるのである。

が、親書はまだ来ない。

「奉行所には、くれぐれも気取《けど》られるな」

「すると？」

「かといって吟味もなしにかの女を召し放つわけにはゆかぬ。冴のことはわしにまかせておけ」

小栗は文久二年のころわずか四カ月ながらも町奉行をつとめたことがある。吟味には経験がある。というよりも、あの冴という、癖のある顔立ちの娘には目見得のときから興味があった。

その夜、初更《しょこう》に月が出た。その刻限、小栗は武笠老人を夫人のもとにやり、お冴に茶をもたせて書斎に寄越《よこ》すように命じた。

やがて、お冴が茶を捧げてやってきた。ふすまがひらき、お冴が膝を入れた。

「ご苦労」

小栗は、書見台から目を移し、お冴の手と腰の動きをじっと見つめた。やがてその視線を、お冴の削《そ》いだような線の横顔にあてた。

「冴」

小栗は、娘をのぞきこむように小首をかしげた。

「奥には了解を得てある。ここでしばらく話してゆくがよい」

（え？）

　というふうに、顔を正面にあげた。お冴は頰の薄い横顔に特徴がある。娘はその癖で、目をそばめるようなしぐさをした。娘にしては物怖《ものお》じがなさすぎる細い視線で小栗の顔を見つめている。

「冴、ワシが好きか」

　小栗は、だしぬけにいった。お冴はどう答えてよいかわからずとっさにうなだれたが、すぐ顔をあげた。

「申せませぬ」

　射《さ》すような目で小栗を見つめたから、小栗のほうが狼狽した。申せぬ、とは取りようによっては意味のありすぎる返答だった。

「なぜだ」

「冴は女ながらも御家来でございます。殿様にむかって好ききらいなどは申し立てられませせぬ」

「いや、主従の理屈《ことわり》をここで話しあおうとしているのではない。男としてどうだ、ときいている」

「女として答えよ、と申されまするか」

　瞬《また》きもせずに問い返した。すでに主人に対する礼ある態度ではないが、お冴にはそのほうが奇妙なほど適っている。

（好きだ）

お冴はいまはじめて自分の小栗への感情に気づいた。たとえば小栗は毎朝登城には駕籠を用いない。馬丁から手綱をうけとり、やがて馬蹄をとどろかせて出てゆくこの小栗の登城姿ほど男の魅力を感じさせるものはない。

無類の仕事師かと思うと、しかも一種の憂愁さをどこかに湛《たた》えている。お冴のきいたところでは小栗がフランスの援助で横須賀に地中海のツーロン軍港を模した軍港施設と造船所、製鉄所を建設しつつあるとき、外国方の役人の栗本瀬兵衛（のち鋤雲《じょうん》）に対し、

「あるいはこの海軍施設が、威力を発揮せぬままに幕府の天運尽き、その滅亡を迎えねばならぬかもしれぬ。しかし徳川幕府はこの施設あるがために土蔵付売家、と書く名誉を負うことができる」

といったということをお冴は屋敷内の者にきき、小栗の人柄に一種の戦慄を感じた。この世でこのような型の男に会えようとは、お冴は夢にも思わなかった。

「冴、主従をはずせ。好きかきらいか、下世話《げせわ》に言え」

「す、すきでございます」

そういって指を畳に突いたとたん、お冴の体腔《たいこう》のなかにいままで味わったことのない感情が満ちた。

「冴、わしは今夜、この部屋で寝る。あかりを消しておく。——来るか」

さすがに、お冴も、この言葉に返事ができるほどには闌《た》けていない。くるりと背をむけ、逃げるようにしてふすまをひらこうとした。

「待っている」

小栗は、その背にいった。

お冴が去ってから、小栗は陰鬱とも陽気ともつかぬふしぎな表情をした。女としてのお冴にいったいまの言葉は、まじりっけのない正気なのである。

が、半面、小栗は醒《さ》めていた。お冴を自分のものに仕了《しおお》せることによって、もし彼女が長州の諜者ならばその働きを封じ去りたい、とこの男は考えている。

…………………………

一方、晋助は吉沢慈斎の離れ座敷でようやく慈斎の警戒心を解き、自分が長州人であることを信じさせることに成功した。

「そういえば、お手前のことはきいていた」

と、慈斎はささやくようにいった。

貧相な小男で、小鳥のように落ちつきのない目をもっている。この小心そうな男が勤王のためにこれほどあぶない綱渡りをしていようとはその外貌からは到底信じられない。

「お冴殿が、お手前の義妹御《いもうとご》であることもきいていた。いま、駿河台の小栗屋敷にいる」

「………」

「その身があぶない」

晋助は、概要を説明した。お冴があぶなければ当然、伯父を偽称している吉沢慈斎の身辺も危なくなるであろう。

「事実、六道ノ政という男が、お手前のご身辺を嗅ぎまわっている」

と晋助がいうと、慈斎は気の毒なほど蒼ざめてしまった。

お　冴

夜陰、お冴は廊下を忍び歩いた。

目的は胸中、はっきりしている。

――小栗上野介が待つ書斎へ。

ということであった。が、しかし、

（なぜ）

となると、この行動の理由が、自分でもわからない。

小栗の書斎には今夜寝床が敷かれている。かれはその寝床のなかにいる。お冴がその部屋に忍べばどうなるかは、お冴にはわかっていた。いや、むしろお冴は小栗に抱かれるためにゆく。

（その理由が）

お冴にはわからない。小栗と体の縁をもつことによって、幕府の機密をさぐろうとしているのか。つまり諜者としての行動か。

（そうだ）

と、お冴は思いたい。

いや、そういう凛乎《りんこ》とした発想があったればこそ、お冴はこの気恥ずかしい行動を開始することができた。

お冴は、少女のころ、周防海岸のある島の卑猥《ひわい》な話を、大人たちが戯《ざ》れてしゃべっているのを聴いた。その島では若者が娘の家に忍ばず、逆に娘が若者の家の雨戸をたたく風習があるという。それに似ている。

（いやなこと。――）

思い合わせてそうおもうが、足袋で包んだ小さな足だけは、廊下の拭きみがかれた板を踏みつづけている。

――長州藩《おくに》のためだ。

と、京を発つとき桂小五郎はいった。あのえたいの知れぬ公卿の隠居も、天朝様のおために、といった。幕府が徳川家保全のために仏国に領土を売り渡し、ついには日本をも売ろうとしている、ともいった。その元兇が小栗上野介である、とも教えられた。

（天朝、おくに、すべてのために）

とお冴はいまの自分の行動を理由づけ、自分に納得させようとしている。しかしそれらの観念が、お冴のいま泡立っている血のなかでなんの説得力ももっていないことは、お冴自身がいちばん知っている。

本然《ほんねん》のところ、この行動にはなんの観念も働いていないであろう。

（お冴などは、この地上に実在していない）

在《あ》るのは、そういう名のついた肉体だけである、と一方ではお冴はひそかに考えている。いまの行動は単にお冴という体が、体をもって小栗を試したいだけだといっていい。それを、お冴の心臓よりも足が知っている。足が、休みもなく体を運んでいる。

小栗は。

寝床のなかにいた。仰臥し、お冴との約束どおり、灯りを消して闇のなかにいる。お冴は来る、とこの男は確信していた。理由はない。あるのは狐疑《こぎ》や逡巡《ためらい》を知らぬ、この男の性格的な確信だけである。

（来る）

しかし、時刻は過ぎている。先刻時計をみるとすでに針は十二時《ね》をすぎていた。むしろこの遅さは、小栗の感覚でいうと時計のほうがわるい。

やがて、ふすまがひらいた。そのとき小栗の口をついて出たのは、叱責の言葉だった。

「遅い」

ときいたとき、お冴はむかっとした。この娘の性格が、妙な場所でむき出た。

「左様ならば、帰ります」

（え？）

と、小栗は首をもたげた。

（これは、妙な娘だ）

小栗は、床の上に起きあがった。娘がどのような表情でそれをいったのか、闇でなければ見たいと思った。むろん、一種の優しみを帯びた感情である。

「ふすまを、閉めなさい」

小栗は詫びず、つぎの行動を命じた。お冴も無言でふすまを閉めた。閉めてから腹が立ったのだろう、

「娘の身で羞《はずか》しさを忍び、なかなかとお廊下を伝い、途中何度か引き返そうかと思いつつ参りましたのに、いきなり遅いなどと申されるのは心外に存じまする」

「ゆるせ」

とは、小栗はいわない。

「おれは、いつもそうだ」

「いつも？」

お冴は、小さな声をあげた。小栗はいつも、このような手筈《てはず》で女中をよんでいるのであろうか。お冴は闇のなかで目を据え、

「でございますか？」

と小声できいた。小栗は、返答しない。お冴の質問はむろん事実と相違している。しかしこの男は、もともと自分がいったん振舞った言動に対して弁解する習性をもたぬ男だった。

「殿中でもそうだ。みな、わしのことをそのようになじる」

それが、返答だった。お冴は自分の思いちがいに気づいた。お冴のみるところ小栗という男は、かつて婦人と間違いをおこしたことのなさそうな男であった。

「そこへすわりなさい」

小栗は、ひどく不器用にいった。

「すわっております」

「そうか」

このつぎに、なにを言い、どう振舞うべきかに小栗は思案した。要するに目的はこの長州うまれらしい女中を自分の意に従わせ、薬籠中《やくろうちゅう》のものにしてしまうことであったが、小栗は多少混乱した。

（惚れたらしい）

それが、小栗のつまずきであったようである。小栗はかねてお冴の風変りな容貌とそのきびきびした身ごなしにつよい関心をもっていたが、これほど奇妙な娘とはおもわなかった。二千五百石のあるじにむかってこのような態度に出る女を、小栗は想像したこともない。

（すくなくとも、諜者ではない）

とも、思いはじめた。そのような後ろめたい内実を秘めている者が、このような翳《かげ》ろいもないやりとりができるものではあるまい。——そう思うと、気負い立っていた小栗の気持に微妙な変化がうまれた。

「唐突なことをした」

小栗は、いった。

「わしは手練手管《てれんてくだ》を好まない。婦人に好かれる言葉も持たぬ。おまえが好きだと思ったから、唐突にここへよんだ。よく来てくれた」

これが、小栗の睦言《むつごと》らしい。

小栗は、お冴の腕のつけ根あたりをにぎった。お冴は、痛かった。

「……痛う」

ございます、とあわてていった。小栗にとっても、驚きはあった。お冴のたったいまの印象にくらべ、なんと嫋《たお》やいだ肌の感触であることだろう。

(この肌の持ちぬしが、あんな小憎いことをいうのか)

と思うと小栗の感情はにわかに昂《たか》ぶった。

「冴、辛抱せい」

小栗の腕が、お冴をひきよせた。お冴は奥歯を噛んでふるえをこらえ、ひたすらに無言でいた。いくらこの娘でも、こんな場合に憎まれ口をたたけるものではない。

(始まろうとしている)

お冴は、あたまの片隅でおもった。お冴のうまれてはじめての経験が、である。小栗の掌が帯のあたりを走りやがて裾に入ったのを感じた。始末にわるいことに、この期《ご》に至ってもお冴のあたまは片隅だけきらきらと冴えている。

（いやな性格だ）

と自分で思った。そのあたまの片隅が、余計な心配までした。このままできるのかしら、ということであった。箱枕がなければ髪がくずれるし、第一、小栗はこの帯をどうするつもりだろう。

この点、小栗もお冴にとって恰好な相手だったといっていい。醒めている。としか思えぬ落ちつきようで、お冴の体をあつかいはじめた。お冴は急に宙に浮いた。小栗が、抱きあげたのである。お冴は、小栗の腕と胸のかたさを感じた。小栗は吉良上野介のような典礼家ではない。若いころ洋学研鑽《けんさん》のかたわら剣を長沼派直心影流《じきしんかげりゅう》十二代の藤川整斎に学び、生来の不器用を克服しつつ十年でようやく印可《いんか》を得た。印可を得てから急に進み、いまでは柳営《りゅうえい》に奉仕する吏僚のなかで、小栗ほど精妙な使い手は居ないとさえいわれている。……それはいい。

お冴である。寝床におろされると同時に、枕があてがわれた。そのあと小栗はお冴の感想では、泥遊びをする少年のような熱中ぶりで彼女の帯を解きはじめた。

お冴は当惑した。帯を解かれることじたいが迷惑なのではなく、小栗がその作業をしているあいだ、間のわるさをもてあました。自分がどういう所作をとっていいのかわからない。

とりあえず、両掌で顔をおおった。羞恥《しゅうち》を表現するのにこれがいちばんふさわしかろうとおもった。

が、やがてばかばかしくなってやめた。闇のなかではせっかくの所作が、小栗からは見えまい。

あれこれと考えているうち、あっと気づいたときには裸になっている。いや長襦袢だけはまとっていた。

「殿様っ」

叫んでしまった。なんと作業熱心な男だろうと思った。

「冴、辛抱するのだ」

小栗はなにを思ったのか、激しく叱責した。

「よいな」

念を押した。返答を求めてやまぬ語気であった。お冴はやむなく、

「辛抱いたします」

と、小さな声で答えざるをえない。小栗はそれに対し優しくうなずいたようだったが、お冴の目にはみえず、気配でそうと知られた。

終わった。

お冴はなお小栗の胸の下にいる。終わったことを仏天に感謝した。そのことじたいは

忍辱《にんにく》の心を必要とした。疼《うず》きがなお残っている。

しかし、小栗への感情が一変した。小栗がこの男らしい乾いた声で、

「どうであった」

と、お冴の耳もとで囁いた。小栗らしくもない愚問であったろう。受刑者の立場にあるお冴でさえそう思い、おかしかった。

「ちっとも」

と、お冴は忍び笑った。その声が、自分の声か、と自分でおどろくほど甘ったるかった。その甘ったるさは、お冴自身の好みではない。しかしそんなお冴に一変している。

「ちっとも、とはなんだ」

小栗は多少不愉快そうにいった。

「おもしろくございませぬ」

（ふむ）

小栗の感じたのは、別なことである。おもしろくの「く」が、西国の発音である。関東から奥州にかけては口蓋《こうがい》の奥のほうで息をするどく摩擦させつつ発音するが、西国のほうでは摩擦はほんのわずかで唇近《しんきん》で発音する。しかしこの女は北近江の産といっているからその発音癖があるのは当然かもしれない。

「身じまいをしなさい」

と、小栗はお冴から離れた。お冴はその身勝手さに、腹が立った。

「いやでございます」

「なぜだ」

「殿様が、お脱がせあそばしたのに」

（こいつ）

小栗も、さすがに中《ちゅう》っ腹《ぱら》になった。女中のくせに帯を締め着物を着せろ、というのか。が、小栗は同時に可笑《おか》しみも感じた。その可笑しみの感情が、小栗に答えさせた。

「むりだ。脱がせることはできても、着せることはできぬ。しばらくそのままで居よ」

最後の言葉は、命令である。小栗は、いますこしこの娘と話す必要があった。

「おまえは、長州産か」

ぎくっ、とお冴はした。さきほどまでほんの片隅とはいえ、きらきらと冴えていたつもりの心が、すでにない。

（取り乱しては、気取《けど》られる）

と思いつつも、どうにもならない。息が、荒くなっている。

「では、答えなくてもいい」

ながい沈黙のあと、小栗はいった。

「わしはおまえが六十余州のどの州の産であってもいい。いまのこの闇の中では、おまえが冴であることだけで満足している」

小栗は、煙草盆をひきよせた。

葉を詰め、火を点じた。ふかく吸い、ゆるゆると吐きだしはじめた息づかいは、余念なく喫煙を楽しんでいるようである。

お冴は、この殿様が無類の煙草ずきであることを知っている。すでに、十歳ごろから喫っていたらしい。

逸話が、播州林田一万石の建部家の江戸屋敷に残っている。小栗は十三、四のころ、父の名代で建部家に使いに行った。当時父忠高は新潟奉行として任地にあったため、冠婚葬礼の名代はすべてこの少年がやった。建部家へ行った彼は、諸侯である建部侯やその家老たちを相手に、煙草盆をたたいては葉をつめかえ、大いに世間話をしたという。建部家の者はこの恐るべき少年に舌を巻き、

——ゆくゆくどのようなお人になられるか、なににしても姫君はよきお婿様をお持ちなされたものと存じまする。

とあとで当主によろこびをのべたという。このころこの少年と建部家の姫君道子のあいだにはすでに婚約が成立していた。

「たばこが、おすきでございますね」

お冴は、話題のないまま、右の逸話を思いだしつつそう言った。

「しかしわしの喫っている煙草の葉は大隅《おおすみ》（薩摩藩領）の国分《こくぶ》産ではないぜ」と小栗はいった。

たばこは国分、といわれるほど有名な産地である。豊臣時代の末期、島津家の家来山

内四郎左衛門という武士が肥前長崎で唐人から煙草の栽培法を学び、それを大隅半島桑原郡（いまの姶良《あいら》郡）の国分に植え、「薩摩淡婆姑《たんばく》」といわれ天下に知られるようになり、いまでも煙草は薩摩藩の主要財源の一つになっている。

「おれは国分煙草は喫わぬ。おれが一服すえば一服の利を薩摩藩にうるおすことになる。薩摩は煙草や砂糖、それに琉球交易でもうけた金で謀叛をおこすつもりだ。おれがかの連中の物産煙草を一服すえば一服だけ大公儀に不忠になる」

「……」

お冴は闇のなかで息をひそめているよりほかはない。小栗はいったいなにを言おうとしているのであろう。

小栗はいう。

「将軍は商売をせぬ、これが大公儀三百年のたてまえだ。そのために四百万石の直轄領の百姓にはみな米を植えさせた。米でもって大公儀の財政をたててきた。ところが」

「長州藩や西国大名は利口さ。米よりも金目のある紙、塩、蠟、樟脳などをせっせと百姓に作らせてそれを大坂で売ったり、ときにはこっそり密輸をしたりして金を儲けた。金が儲かれば兵備を新しくしたくなる。儲けた金で洋式銃や軍艦を買いはじめた。買って、結局は謀叛さ。しかしそれに立ちむかうべき大公儀には金はなく、あるのは米だけだ」

概嘆している声音でもない。なにやら世間話でもしているような調子である。

「しかしいつまでも大公儀は立ち遅れてはいない。すでに開港した。その貿易の利税は大公儀に入る」

（わからない。なぜこんなことをいうのか）

お冴は、閉口した。ついに勇を鼓して言葉をはさんだ。

「そうしますと、殿様のそのお煙草は、フランスのものでございますか」

「フランスに煙管《きせる》たばこがあるかよ」

小栗は、急に伝法になった。

「上州産さ」

上州群馬郡権田村が小栗家の領地である。小栗はその村に自分の喫い料の葉だけは植えさせているのだという。

「わしの呼称を、上野介という。しかしわしの正式の位官は、従五位下《じゅごいのげ》豊後守だ。この正称を唱えないのは一つは閣老のなかに豊後守という方がいたから遠慮したのだが、豊後守と唱えずわざわざ私称して上野介というのは領地が上州にあるからであるが、それだけではないな」

小栗は、ちょっと笑った。

「元禄のころの吉良上野介にあやかりたいからだ。かの上野介は幕法をみだして徒党を組んで乱入した西国浪人どもの手にかかったが、その恨みはおそらく地下にあっても消えまい。その恨みをひきつぎたいと思っておれは上野介を私称している」

最後に、

「そんな男さ、おれは」

と、お冴のほうに顔をむけた。長州の諜者ならばよく理解しておけ、というところなのであろう。

夜　鷹

深夜、晋助の家の戸をたたく者があり、飛びおきて雨戸を繰ってみると、政がかこっている例の女が立っていた。

「小梅か」

晋助は、女の様子を見て、とっさに変事をさとった。髪がくずれ、細紐ひとつの姿で、足には何もはいていない。

「どうした」

「あ」

と、口がひらくだけで言葉が出ない。

やっと落ちつかせて事情をきくと、六道ノ政が、たったいま小梅の家で寝込みを襲われ、身柄を持ってゆかれたという。相手は本所三笠町に屯所をもつ新徴組の人数であった。

（ついに、やられたか）

晋助は、遅いぐらいだと思った。新徴組も馬鹿でないかぎり、長州廃邸で頻発《ひんぱつ》した事故を黙過はしていない。探索を使ってさんざんさぐりぬいたすえ、意外にも六道ノ政という御用聞が伏在していることを知ったのだろう。

「こんどはこっちか」

遁《に》げねばならぬ、と思ったとき、晋助はもう体が動いて屋内にとびこみ、走りながら素っ裸になった。再び軒にあらわれたときには物貰いの姿になっている。

「くさい」

小梅がこの急場で悲鳴をあげたほど、晋助の襤褸《ぼろ》の臭気はすさまじい。小脇に薦《こも》でくるんだものをかかえているのは刀であろう。

「小梅、大層な運命《ほし》を背負ったな」

政はもう帰って来まい。晋助は小梅のふところに手を入れた。

「冷たい」

「金だ。冷たくても役に立つ」

「旦那を」

追ってきた。

「旦那を助けては下さらないんですか」

「冗談じゃない。こっちの身があぶない」

ぱちっと小梅の頬を指ではじき、そのまま月の下に走り出た。

（おれと接触する者は、みな不幸になる）

最初が、粟屋菊絵である。ついでお冴、六道ノ政、小梅、かぞえれば指が十本あっても足りそうにない。

（どうやら、おれが禍神《まがつかみ》らしい）

晋助は町木戸を乗り越えながら思った。

「おいっ」

番人が路上に走り出てわめいたが、相手が物貰いと知って沈黙した。このところ、物貰い、窮民といった類《たぐ》いの連中が、夜中どこからともなくあつまってきて富家を打ちこわしたり、路上で大焚き火をたいて騒ぐ事件が江戸のあちこちでおこっており、いったんかれらの騒擾《そうじょう》がおこれば町の自警組織ではとうてい手におえない。

「ちえっ」

番人はいまいましそうにひっこんだ。うかつに障《さわ》って仲間を呼んで来られてはこまるのである。

晋助は、本所をさして歩いた。本所三笠町にある新徴組の屋敷にゆき、できれば構内に忍びこみ、少々の修羅場《しゅらば》を演じてでも政を救けたい。

晋助は途中、手先らしい男を数人つれた同心の提灯に行きあたったが、彼等でさえ、晋助の物貰い姿を一瞥《いちべつ》しただけで行きすぎた。

（強い）

物貰いが、である。いま江戸の町でいちばん強いのは物貰いの群れかもしれない。

この群れに縁ができたきっかけは、十五日ほど前であった。

その日、虫塚で知られる上野桜木町の勧善院の住持が長州出身だということをきき、いきなり訪ねて行ったが、なにかの間違いだろうといわれて会って貰えなかった。

帰路、谷中《やなか》の団子坂《だんござか》を通ったとき、物貰いが三十人ばかり紙旗を立ててこのあたりの富家に物乞《ものご》いをしていた。

(物貰いが、群がりはじめたか)

この奇観に、晋助は足をとめた。物乞いといえども群れをなして市中を横行するのは幕府の法度《はっと》のはずだが、これも時勢らしい。

(江戸はさすがに繁華の町だ。物貰いが軍勢の体《てい》をなしてゆく)

晋助が感心してみているうちに、その物貰いのなかで頭《かしら》だつやつが、町人姿の晋助のそばに寄ってきて、

「おい」

と顔をあげた。菰《こも》をかぶって腰を弱《よろぼ》に曲げているが、頬かぶりの中の顔は物貰いの人相ではない。

「おめえに、見覚えがある」

にやにや笑っている。

「長州の天堂晋助じゃねえか」

これには、晋助もぎょっとした。

「忘れたか、おれは水戸脱藩の那須薫《かおる》だ」

といった。そういえば顔に見覚えがある。那須は筑波の天狗党の残党で京にのぼって、長州藩邸に寄食していたが、いつのまにか京から身を消した。

「こんなことをしている」

那須の話によると、水戸攘夷派の流れの者で、江戸でにわかづくりの物貰いになったりしている者が数人あるという。むろん幕府や藩の追捕《ついぶ》から身を隠す手だてだが、いまではその連中がそれぞれ数百のこういう窮民《きゅうみん》をひきいて隠然たる勢力をもっているという。

「おめえは、なぜそんなかっこうでいる」

「おれか」

晋助は手短かに事情を語った。

「なにしろ江戸には不馴れで、手も足も出ぬありさまだ」

「この仲間に入ったらどうだ」

那須薫は、真剣にすすめた。この世界以外に身をかくす場所はない、というのである。

「その気になったら、このむこうの万足稲荷の境内に訪ねてきてくれ。おれは仲間では常州《じょうしゅう》、とよばれている」

常州はツト離れ、ただのぼろを着た物貰いになった。

そのあと、騒動がおこった。

異人が来たのである。男二人、女二人の一行でそれぞれ騎行している。あとでわかったことだが英吉利《イギリス》人で、王子村あたりに遊歴しての帰りだったらしい。たまたまこの団子坂までやってくると、常州を先達《せんだつ》とする物貰い三十人ばかりが、家々の門《かど》に立ち、奇妙な節まわしで哀れみを乞うていた。

女が、こらえきれなかったらしい。

手綱をひき、それを見てげらげら笑った。男二人が、それに和した。

激怒したのは、物貰いの群れである。

「嗤《わら》いやがった」

と騒いだ。嗤われる、というのは日本人にとって名誉心に致命傷をあたえるということを異人たちは知らなかった。それに、物貰いを指揮しているのは、水戸の天狗党の残党で筋金入りの攘夷志士ときている。

「叩っ殺せっ」

と、常州がわめくと、みな手に石をひろって投げはじめた。さらに仲間を嘯集《しょうしゅう》するために数人が四方に散った。

異人の外出には、かならず幕府さしまわしの護衛隊がついている。別選組と言われる幕吏で、攘夷志士の異人斬りから彼等をまもるのが役目だった。この場合、指揮者が騎馬、あとは徒歩で、同勢十五人はいる。

「やめえい」

と最初は幕吏も制止していたが、ついに石は幕吏にまで飛んできた。大屋根へのぼって屋根瓦を投げおろす者もおり、人数も次第にふえてきた。

異人も幕吏も、手で顔をおおって逃げまわっているが、坂の路幅がせまく、身動きが自由にならない。

晋助がこの光景に興味をもったのは、幕吏でさえ、物貰い、窮民の群れにはかなわぬということであった。この別選組の連中は攘夷壮士が斬りこんでくれば勇敢に抜き連れて闘ったことであろうが、この手合に対しては剣も抜けない。もし抜けばかれらがいよいよ激昂し、おそらく江戸中の仲間をよびあつめるであろう。江戸にはこういう手合が二万人いるともいい、去年あたりから急にふえて三、四万人はいるともいわれている。

異人と別選組は顔や手を血だらけにしながら逃げはじめたが、みな重なるようにして追いすがってゆく。

結局、浅草寺門前から御蔵前に逃げたが、この連中はいよいよふえ、ついには異人も別選組も河中に飛びこみ、東岸の本所あたりに這いあがってやっと難をまぬがれたという。

晋助はあとで常州こと那須薫をさがし、

「いや、驚いた。大した手並だ」

感心すると、常州は真顔になって、

「おれが下知《げち》したからじゃない。この連中がいったん狂いだすとおれでも怖くなる」

といった。

晋助はこの常州から物貰いの襤褸《ぼろ》ひとそろえをもらい、この群れの誰彼にも紹介して貰って仲間に入った。

その後、ときどき出て行ってはこの仲間と町を歩き、夜更けに宿に帰ってくる、といった接触の仕方をもっていたが、今夜からいよいよ本格的に仲間入りをせざるを得まい。

(本所法恩寺がいい)

と思って、晋助は歩いてゆく。

数日前、晋助はこの平河山《ひらかわざん》法恩寺の境内に群れている連中三百人と一緒に押し出して大名屋敷を巡回したことがある。

細川家では銭《ぜに》を枡《ます》に入れてまいてくれたが、津軽越中守屋敷では空砲を放って、屯集する物貰いどもをおどしたため、みな仰天して退散した。

法恩寺境内に入ると、建物の軒や庭の茶亭、茂みなどをねぐらに二百人ほどの連中が寝ている。寺では何度か追おうとしたが、追えば、

——火をつける。

と連中がおどすのでやむなくかれらに境内を占拠されたような形のまま放置していた。

晋助は境内をあるき、

「きょうの夜明け前に法恩寺橋を西へ渡って歩けばいいことがあるらしいぜ」

と囁いてあるいた。

「法恩寺橋を西、というと三笠町か」

「ああ、三笠町のどこかの物持が、御救いの炊出《たきだ》しをしてくれるといううわさだ。谷中からも来るから、早いものがちだぜ」

そう言いすてて、法恩寺境内を出た。


法恩寺橋を渡ると、夜鷹《よたか》の出る吉田町である。その吉田町と三笠町のあいだに、かつて五千石の旗本だった小笠原加賀守の空家の塀がつづいているが、いまはこの屋敷を新徴組が屯所としてつかっている。

晋助は、無造作に塀を乗りこえた。

邸内に飛びおりると、足もとにどくだみのにおいがした。その茂みに、身を蹈《かが》めた。顔をあげると、目の前に厠《かわや》がある。厠の裏になるらしい。

忍び足で、歩きはじめた。

すでにこの屋敷の模様は、市中の風聞できいている。この屋敷に百五十人、隣りの旧西尾主水《もんど》屋敷に五十人の人数が宿営しており、畳三帖に一人の勘定らしい。

(寝しずまっている)

と見て、裏門にゆき、そっとかんぬきをはずした。裏門は吉田町に面して空地が多いため逃げ口としては好適であろう。

「たれだ」

にわかに、背後で声がした。私でございます、と晋助は慇懃《いんぎん》に近づいてゆき、いよいよ接近すると跳躍し、声も立てさせずに斬った。

(退路が出来た)

あとは、六道ノ政が囚《とら》われていそうな場所をさがすことであった。

一カ所、それらしい場所がある。この真っ暗な邸内で、そこだけに火の色がみえる。土蔵の前であった。

晋助は、時間をかけて接近した。土蔵の前の石段に隊士らしい二つの人影が腰をおろし、小さな焚き火を燃しつづけていた。

晋助は地に身を伏せ、一時間を費やしてやっと二十歩ばかり進み、ようやくかれらの息づかいがきこえるあたりまで接近した。

小石を投げた。

はるかむこうに投げ、それが地面に落ちると、かれらは跳びあがるようにして立ちあがった。

——物音がした。

かれらは物音がした方角に気をとられ、自然晋助には背をむけた。晋助は音もなく跳躍し、その刀を、

一閃、
二閃させた。

最初の男は、声もなかった。二人目の男には、翻《ひるがえ》した刃《やいば》の打ちが自然に浅かったため に悲鳴をあげさせてしまった。

(しまった)

あわててとどめをさしたが、声は地上に残った。すでに邸内のあちこちでざわめきさ え聞こえた。

晋助は死体の腰から鑰《かぎ》をとり、土蔵の扉に走って錠をはずした。扉に手をかけた。

ぐゎらり
と、扉は致命的な音をたてた。

晋助は扉の間に身を入れ、そろりと奥へ進んだ。政――と小さく呼んでみた。

答えがない。

(居ないのか)

と気配をうかがうと、人は居る。

「政、おれだ」

晋助は、声をはずませた。その声に、意外な声が応《こた》えてきた。

「政とやらは、ここに居りませぬ」

「――女か」

晋助は、失望した。しかしここが新徴組の屋敷牢である以上、長州人である自分の広い意味での味方であることには間違いない。

「おれは長州の天堂晋助という者だが、おぬしはどなたかね」

「冴です」

と、相手がいったときほど、晋助はおどろいたことはない。なるほどまぎれもなくお冴の声であった。

「お冴、なぜここにいる」

その答えをきいているゆとりはない。晋助はとびかかって縄を切った。

（こまったな）

晋助は、瞬間おもった。当初の予定では政をここから連れだし、途中逃げながら政の髷を切り、顔に泥をぬらせて物貰いの体にし、その頃合にはこの三笠町界隈に満ちてくるであろう窮民の群れにまぎれこんで遁《のが》れ去るつもりであった。

が、お冴ではこまる。若い娘の姿をみただけで物貰いどもはかえって気が立ち、その衣装を剝《は》がぬともかぎらない。

「お冴、裏門があいているはずだ。逃げて吉田町にまぎれ込め。あとでさがしてやる」

と、才覚のないまま言った。裏の吉田町は横川べりまでのあいだ、夜鷹が百人以上も巣をつくっている。お冴に度胸と機転さえあればその群れにまぎれこめるであろう。

（おれは、禍神《まがつかみ》だな）

頭の片すみで、思った。義妹のお冴を、このまま悪くゆけば夜鷹に堕《おと》してしまうはめになるかもしれない。

晋助がお冴を土蔵から連れ出したとき、幸いあたりにまだ人影はなかった。

ほどなくざわめきが近づいて、土蔵のそばに影が幾つか現われた。

晋助は物蔭から飛び出してその一人を斬り、わざと足音を立ててお冴とは逆の、表門の方角に逃げた。

やがて表門の塀の内側で追跡してきた二人を斬り、塀の屋敷瓦にとりついてそとへ飛びおりた。この界隈は三笠町である。すでに路上では物貰いが群れはじめていた。

晋助はすばやくその群れにまじり、ゆるゆると歩きながら、

(義兄《あに》は三笠町で物貰い、義妹《いもうと》は吉田町で歩娼《よたか》か)

わが身を、こっそり嘲《あざけ》ってみた。

京へ

が、晋助にとって多少の幸運があった。お冴が、すぐ見つかったことである。

「お冴」

晋助は吉田町の角でお冴の手首をとった。

このあたり、吉田町から三笠町にかけて町家は大戸をおろし、路上は乞食で満ちみちていた。晋助はその人津波の中を逆流し、游《およ》ぐようにして歩いた。

「こっちへ」

東へゆく。川があるはずであった。やがて闇の中で法恩寺橋をみつけ、その橋の下へおりると、さいわい小舟がつながれている。

「乗るんですか」

お冴は、はじめて声を出した。

「うん」

晋助は棹《さお》をとりあげ、綱を切った。小舟は暗い流れのなかで、ゆらりと動いた。流れてゆく。行くあてはない。

陸《おか》では、乞食が騒いでいる。騒ぎが大きくなればまた打ちこわしがはじまるだろう。辻々で大焚き火をする群れもあり、即製の松明《たいまつ》をふりまわしている者もある。

「やる。やるものだ。あいつらには、将軍《くぼう》でも手が出まい」

晋助は、川風のなかでつぶやいた。乞食どもがその気になれば江戸中を火にすることもできるのである。町方の役人もそれのみを怖れ、できるだけ乞食を激昂させぬよう、しかし騒がせぬよう、腫《は》れものにさわるような気づかいをみせており、乞食のほうもそれがわかっているだけに増長しきっていた。

が、いまの晋助には陸《おか》の上の乞食どもに用はない。かんじんなのは、目の前のお冴であった。

「なぜ三笠町の新徴組の牢にいた」

と、口早にきいた。

「さあ」

言ったきりお冴はだまっている。晋助は棹を動かしながら、気長に応答を待った。やっと、お冴が答えた。

「わからない」

（こいつ、変わったたな）

晋助は、ふと思った。

が、そんなことよりも別の事態が晋助の眼前に迫っていた。天がにわかに濃紺に染まって、夜がおわろうとしているのである。

(これはいかん。朝が来る)

晋助は、光をおそれた。朝が来れば、これほどの珍妙な取りあわせはないだろう。乞食と屋敷奉公の娘が一ツ舟に乗って流れを流れてゆく。当然、あやしまれる。

「お冴、いったん別れよう」

晋助は、岸へ舟を寄せはじめた。

「いいか、北新堀に湊橋《みなとばし》という橋がかかっている。その北詰め東側の川岸ぞいに、西海屋《さいかいや》市郎兵衛という大きな下《くだ》り塩《じお》問屋がある。その市郎兵衛というのが実は長州者だ。そこで落ちあおう」

二人は舟をすてて陸にあがり、それぞれ暁闇《ぎょうあん》のなかにまぎれた。やがて朝がきた。

(はて、お冴は来るかな)

多少の不安があったが、晋助はこの計画をすすめるしかない。

晋助は、西海屋市郎兵衛方の勝手口に立つと、女中が目顔でうなずいた。晋助はなかに入り、ぼろをぬぐと、女中が縞の着物、襦袢、帯を用意してくれた。すべて無言である。この店の者は上から下まで晋助のことをよく知っている。

そのあと浴室で水をかぶり、月代を剃り、髪をなであげ、着物を着かえると、大店《おおだな》の手代が出来あがった。

主人の市郎兵衛に会って事情を話し、二階の一室を借りてお冴を待った。

お冴は二時間ばかり遅れ、この西海屋にやってきた。

「江戸ではこの家以外に安穏な場所はない」

晋助は言い、あらためて、

——久しぶりだった。

と、相手へ会釈《えしやく》した。お冴は目をあげて晋助を見、ちょっと頭をさげたが、しかしだまっている。

「お冴、先刻の話のつづきだが、——なぜ新徴組の牢にいた」

「それが」

お冴にも、よくわからないのである。

晋助はなおも質問をかさねてゆくうちに、お冴と小栗上野介との間に出来あがっている特殊な事実を知った。しかも始末のわるいことに、

(お冴のほうが惚れている)

ということであった。

お冴の語り口をきいていると、小栗ほどの男はこの世にいない、とまで極言したげであった。

「おどろいたな」

晋助は衝撃をおさえ、懸命に微笑をつづけようとしているが、表情《かお》はどうやら破顔《わら》い

きれてないらしい。

「しかしそれほど」

晋助は、やっと言った。

「おまえが惚れたという、その小栗が、おまえの身を新徴組にひきわたしている。これはどういうことかね」

「わからない」

やっと、お冴は微笑《わら》った。そんな表情を作ったところをみると、それほどの目に遭わされていながら、お冴は小栗を恨んでもいない様子であった。

「お冴、お前はどうかしている」

「どうして」

「小栗はお前の肉を啖《くら》い、それに飽くと餓狼《がろう》の群れに投じた。そうではないか」

「ちがう」

お冴は、自分を三笠町の新徴組屯所に引き渡したのは小栗上野介ではなく、小栗家の用人の武笠老人の独断だと信じている。

事件の朝、

――本所法恩寺に奥方様の外祖母にあたられる方のお墓がある。きょうは御命日ゆえ、代参して貰いたい。

武笠はそう命じ、駕籠《かご》の用意をしてくれた。駕籠はそのまま本所に入ったが法恩寺橋を渡らず、そのまま三笠町の新徴組の屋敷にかつぎこまれた、というのである。

「お前も、人がよい。小栗の指図なのだ」

「いいえ、殿様は江戸にはいらっしゃいませぬ」

「えっ、江戸には？」

京にのぼった、という。晋助は驚かざるをえない。

「いつ」

「三日前、軍艦で」

「何のためだ」

「さあ、何のためでしょう」

とわざと小首をかしげたが、お冴は小栗上野介の上洛《じょうらく》の目的を知っている。小栗の口から、それをはっきりきいた。

——おれはこんど京へのぼる。一橋様にお会いする。事が成就すれば長州藩など、木《こ》っ葉微塵《ぱみじん》になる。

寝物語でいった。自信家の小栗にすればこの程度の秘密はわざと洩らして長州藩を戦慄させ、その抗幕態勢を自壊させるほうがよい、と思っているのであろう。

「一橋様に」

というのは、京に常駐している将軍顧問一橋慶喜のことである。

お冴は当初、

（上野介様のお為に、これだけは明かしてはならぬ）

と思っていたが、つい唇がゆるんだのは、小栗が自分を新徴組に手渡すような男なら、こういうことは自分に明かさぬはずだということを、晋助に対して証拠立てたかったのである。

「だから、上野介様のお仕打ちではありませぬ」

お冴の察するところ、用人の武笠老人がお冴を危険視し、小栗が京へ発ったあと新徴組に通報してこの処置をとったのであろう。

が、晋助には、それはどうでもよい。問題は小栗を追うことであった。

「京へのぼる」

われわれもだ、と晋助はいった。

幸い、西海屋の持ち船が上方へのぼる。晋助はそれに便乗した。

その西海屋の塩船が大坂の天保山沖についたのは、江戸を発って十二日目であった。

（これでは到底小栗は殺せぬ）

と思った。

小栗が江戸大坂間を二日で走る蒸気船を使っているのに、それを斃すべき晋助が和船で追っているなどはお笑い草であった。

晋助は京に入り、三条の旅籠《はたご》に宿をとってうわさをあつめてみたが、小栗の消息がつかめない。やむなく夜陰にまぎれて例の鴨東《おうとう》屋敷を訪ね、千斎に会おうとしたが、おどろいたことに千斎どころか、屋敷さえこの地上にはなかった。

近所の者の話によると、屋敷は先月怪火で焼失し、焼けあとから千斎、お咲などの焼死体が出てきた、という。

（幕吏か、会津藩か、新選組のしわざだろう）

としか思えない。

晋助は、京での足場をうしなった。かつては対馬藩京都藩邸という足場もあったが、その対馬藩もその後の藩内騒動で佐幕派がすでに藩政をにぎっている。ほんの数カ月前の京よりも、いっそうに幕府色が強くなっているようだった。

「どうにもならぬ」

晋助は旅籠に帰って、お冴にいった。

京で頼る者も身を置く場所もない。小栗の消息をつかもうにも、ききにゆく相手さえないのである。

「いったん、長州へ帰れ」

と晋助はいった。

「おれ一人なら、どうにか京で潜伏できる。頼む。帰ってくれ」

と、ついに懇願するようにいったのは、これ以上、お冴を禍難のなかに置きたくないと思ったからだった。

お冴は否とも応ともいわずだまっていたが、その日の午後、旅支度を整えて旅籠を出た。

晋助はそれを伏見まで見送った。夕刻、船宿の前から下り船にお冴が乗るとき、

「道中、気をつけろ」

と晋助はいったが、お冴は返事もしなかった。

「なぜだまっている」

「長州へ帰るかどうかはわかりませんよ」

お冴は言いすて、船着場の人ごみのなかにまぎれてしまった。


その夜、伏見からの帰路、晋助は街道わきの蕪畑《かぶばたけ》のなかで侍装束に変え、あてもなく京の町に舞い戻った。

(いっそ、薩摩藩を頼ろうか)

と思った。元治元年の蛤御門ノ変のとき薩摩藩が会津藩と提携して長州藩を京から追い落して以来、長薩の関係は仇敵以上のものになっている。

(それとも、土佐藩を頼るか)

土佐藩はさらに複雑だった。藩の下士階級にこそ尖鋭的な勤王分子が多いが、上士階級は佐幕であり、はたして長州の間者をかくまってくれるかどうかはわからない。が、案ずるよりも晋助の剣が運命をもたらした。

烏丸通《からすまどおり》仏光寺をあがった一角は、二帖半敷町《にじようはんじき》という妙な町名がついている。因幡《いなば》薬師の門前を通りすぎてこの町内まできたとき、晋助は不意に提灯の群れに遭遇した。

見廻組の市中巡察隊であった。

騎乗者一騎に、手槍をもった歩行者が二十人、といった同勢で、騎乗者は京に流入する浪士どもを戦慄せしめている組頭の佐々木唯三郎《ただささぶろう》であろう。

「待たっしゃれ」

先頭の者が手槍を構え、晋助にいった。藩名と名を言え、というのである。

(遁げるか、偽の藩名をいうか)

そのどちらかしかない。が、晋助はすでに窮しきっている。口を衝《つ》いて出たのは、

「長州藩」

という言葉であった。ほとんど捨て鉢だったといっていい。

相手は、どっと色めき立った。馬上の陣笠をかぶった男が、

「名は。名を申せ」

と叫んだとき、晋助は答えず、影のみが地を跳ね、先頭の男を斬り倒していた。

「天堂晋助。それが名だ。覚えておけ」

飛びのきざま、一人の男の手槍をたたき落し、さらに踏みこんで一人を腰車に斬った。

一瞬の所作である。

駈けぬけて、綾小路《あやのこうじ》を東へ折れた。さらに芸州屋敷の西角の暗がりに身を寄せ、北へ逃げようとしたが、敵は捕物に馴れている。すばやく晋助を包囲した。

(しまった)

と思ったが、辻々で笛が鳴り、闇の中の人影の群れはみるみるふえた。

が、異変がおこった。

北の路上の敵が崩れた。その崩れのなかから手拭で頬かぶりした大男があらわれ、

「天堂君、行きずりの者だが」

と、晋助を北へ誘った。晋助も北の囲みを破り、駈けぬけた。

(物好きな男もいるものだ)

駈けながらおもった。

上長者町《かみちょうじゃまち》通の清和院町まで駈けたとき、やっと背後が静かになった。

男は頬かぶりをとり、その手拭で袴をはらって、

「いまどき、京の町に長州人がいるというのも驚きだったが、それが堂々と名乗るのをきいていよいよおどろいた。あまり酔狂な風景だったものだから、ついこっちも嬉しまぎれに手を貸した」

という意味のことを、聞きとりにくい薩摩言葉でいった。

「中村半次郎ちゅう者《もん》でごわす」

(この男が、そうか)

示現流《じげんりゅう》の名人で、人斬りという異名をもつ薩摩人である。

その夜、二本松の薩摩藩邸に案内され、一室をあたえられた。

(なぜこんな厚遇を受けるのか)

と、多少奇妙な気がした。

翌朝、中村半次郎が煙草盆をさげてやってきたから、その不審をいうと、

「薩人も憎まれたくありませんからな」

と、さりげなくいった。長州人が薩人を憎むのあまり、「薩人と手を握るくらいなら異人の靴を頭にのせるほうがましだ」とまで極言しているという風聞を、薩摩藩はひどく気にしている、と半次郎はいった。

「何の用で、京へ来られた」

半次郎が、きいた。

晋助は小栗の一件を話した。小栗の構想ではフランスから巨額の軍資金を借款して長州を討ち、ついで薩州、土州といった反幕諸藩を討伐し、ついには徳川家中心の郡県制度を確立するというものであったから、小栗は薩長共同の敵といっていい。

「だからこのように打ちあけるのだが」

といって、晋助は明かした。

「その小栗が、京にきているらしい。どこに泊まっているかを、貴藩の手で調べてもらうわけには参らぬか」

「はて」

半次郎はさすがに即答しかね、一度わが藩の要人にきいてみようといった。

(要人、というのは、西郷吉之助のことか)

と、晋助は推量した。

果してその日の午後、藩邸の奥の一間に案内されると、ほどなく巨大漢が入ってきた。その男は丁寧に頭をさげ、自分が西郷吉之助という者である旨《むね》、名乗った。

要するに、

——小栗の在否はよくわからない。

と、西郷はいうのである。極秘裏《ごくひり》に京に入ったという説もあり、いま二条城にいるという説もある、という。

西郷の推量では、小栗上野介はフランス皇帝ナポレオン三世からの親書を慶喜に見せにきたのではないか、というのであった。

「小栗を斬ってその親書を焼きすてれば、長州《おくに》のために測り知れぬ利益になりましょう」

西郷は世間ばなしでもするような調子でいった。

天王寺

その翌日、薩摩藩の京都代表というべき小松帯刀《たてわき》が、二条城で意外なことをきき、藩邸に報らせてきた。

小栗は京にいないという。それを高崎佐太郎という薩藩の若い公用方《こうようかた》（渉外官）が晋助に伝えてきた。

「いない？」

晋助は思わず大きな声をあげた。もはや晋助の生活は小栗を狙う行動と情熱以外になく、もし小栗を取り逃がせば、晋助の生きる方途《ほうと》さえなくなるのではないかと思われるほどだった。

「いや、左様に驚かれるな。淀川を下って十三里の大坂にいる」

「それをなぜ早く申されぬ」

晋助は、不快そうにいったが、しかし内心吻《ほっ》ともした。ここで小栗に逃げられてははたまらない。

「小栗は」

高崎はいった。

「ちかぢか、フランス軍艦の便を得て大坂天保山沖を出るそうですな」

「江戸へ？」

「いや、巴里《パリ》へです」

「ぱりとは？」

晋助はその町の名を知らない。しかし薩摩人はみな海外常識があり、この高崎佐太郎も歌詠《うたよ》みのくせにその町のことを知っていた。仏国の首都で、フランス皇帝の政庁があるという。フランス皇帝はかの奈翁《なおう》の甥で、ヨーロッパ政界では怪物といわれている男だ、ともいった。「奈翁」と略称されるナポレオン・ボナパルトの名はほとんどの志士が知っているし、薩摩の西郷ごときはこの人物とワシントンを景仰し、ふだん雑談のときでも、殿の敬称をつけ、そこにこの両人がいるかのような慇懃《いんぎん》さで話すほどであった。

が、晋助は知らなかった。

「御存じないか」

高崎のほうが、この長州人の無智さかげんに驚いたらしい。

(もっともそういうことを知っている男なら刺客などをつとめてはいまい)

高崎は維新後、正風《まさかぜ》と改名し、御歌所寄人《おうたどころよりうど》になり、明治帝の短歌のお相手役をつとめた。一般には紀元節の唱歌の「雲に聳《そび》ゆる高千穂の……」の作詞者で知られている人物である。これが小松や西郷の下にあって公用方をつとめている。

あとで、この藩で西郷と肩をならべて藩の対外政策をにぎっている大久保一蔵が晋助を小部屋によび、

「小栗の一件聞いてくれましたか」

と、いった。

大久保はつづけて、

「貴殿だから申しあげるのですが、小栗上野介渡仏の秘密は、じつは越前松平春嶽公から伺った」

越前福井の松平といえば三十二万石で御三家につぐ家格である。春嶽は早くから幕政を批判し、京都朝廷に近かった。

「これほど徳川家に近い人が洩らしたのだから、まずこの情報はまちがいない」

と大久保は言いたいのであろう。さらに大久保が言いたいのは、小栗の日本改造案によれば、長州藩だけでなく、薩摩、土佐、そして越前藩もゆくゆく討伐するということになっている。松平春嶽は薩摩藩と共同の被害者意識をもっているわけである。

「その小栗の渡仏の任務というのは」

大久保はいった。例の対仏借款について日本国元首の親書をもってゆくのだという。元首とはむろん将軍のことである。

（将軍をもって元首とする解釈はフランスが断乎たる態度でそれを支持し、英国の外交

筋は多分にその点を疑問視していた）

「小栗の対仏交渉が成功すれば、いま以上に巨大な軍資、軍器が日本に流れこんでくる。幕府は家康・秀忠のころよりも強大になり、長州はおろか、薩摩、土佐、越前などは蕎《そ》麦《ば》殻《がら》のように吹きとばされてしまうだろう」

それが、小栗上野介の徳川家中心の郡県構想であり、廃藩置県であり、近代的な統一国家の樹立構想でもある。

「凄い男だ」

大久保は、ため息をつくようにいった。革命家であるはずの大久保の構想は皮肉なことに敵側の小栗の日本改造構想ほどは明快ではない。第一、大名の家来である彼にとって藩の廃止などは、思いもよらぬことであった。

維新後、「利通《としみち》」と改名したこの男は、小栗構想と酷似した変革を断行して新政府の主役になったが、この慶応元年のこの時期にあっては「幕府を倒し、薩摩藩を中心とする諸雄藩連合による天皇政権の確立」という程度の変革像しかもっていない。長州の桂小五郎、高杉晋作でもそうであろう。

「このまま捨てておけば、小栗は成功するだろう。これはせりあいですな」

せりあいですな、といったのは、小栗の改造活動と勤王諸藩中心の革命活動との競争だというのである。むこうがさきに到着すればこっちが倒される。薩摩藩の消滅はむろんのこと、大久保、西郷、桂、高杉などという連中は、小栗がおそらく輸入するであろうフランス式の断頭台で頭を刎ねられるかもしれない。

「ところが幸いなことに」

この権謀家はいうのである。

「幕府の閣老は多くは無能で、その案の推進者は小栗上野介しかいない。小栗は必死になって閣老を啓発し、かれらを説得し、ようやく横須賀にフランスのツーロン軍港を模倣した軍港施設をつくった。こんども、京にいる一橋慶喜や大坂にいる老中筆頭の板倉周防守を説くために西上している」

小栗の背後には、フランス公使ロッシュがいる。ロッシュも大坂で小栗ともども板倉を説いているという。板倉が承知すれば小栗はその足で仏艦に乗り、フランスへ発つつもりであるらしかった。

「小栗は単に貴藩のみの敵ではなく、弊藩の敵でもある」

という意味のことを大久保はいった。だから小栗を斃すことについては薩摩藩はあげて応援する、というのである。


小栗は、大坂にいる。

護衛は新選組だというが、いったいどこを宿舎としているか、よくわからない。

晋助は、例によって博徒の旅支度に変え、京を発った。

伏見から淀川くだりの三十石船に乗り、夜のうちに十三里をくだって大坂天満の八軒家の川岸《はま》に着いた。この河筋に船宿が密集している。

その軒さきを歩き、やがて、
京屋
という軒燈の出ている宿に入った。この船宿が、京の新選組御用になっていることは、ひろく知られている。

「新選組の原田様はいらっしゃるかね」

晋助は土間で、思いついたままの隊士の名を女中にたずねた。女中はかぶりをふり、

「原田様は大坂にくだっていらっしゃいませんよ」

といった。新選組が淀川を上下するときは必ずこの船宿の船を使うから、ほぼその動きがわかるのである。晋助にすれば、新選組隊士の誰が大坂市中のどの旅宿に泊まっているかを知りたいだけであった。彼ら護衛者の宿さえわかれば小栗の宿所はわかるであろう。

「おかしいな。原田様は一昨日、大坂に下向なすったはずだが」

「じゃ、陸路《くがじ》でおくだりなはったのかしら。なんなら浄念寺で聞いておみやしたら？」

「その浄念寺とは、どこかね」

「貴方《あん》さん、どなたはんでごわりますかいな」

と、いつのまにか女中の後ろに立ったこの京屋の女あるじらしい肥った女が、うろん

臭げにいった。あきらかに晋助を疑いはじめた様子であった。

「私かね」

晋助はほどほどに辻褄《つじつま》をあわせたが、客商売の女将《おかみ》の目はごまかしきれない。晋助の長州なまりを見破ったのか、だまったままじっと見つめている。

「またくる」

晋助は、気まずくなって表へ出た。そのまま南にむかって歩きだした。

（浄念寺か）

晋助は、いい思案のないまま、市街を歩いた。江戸を見た目でこの町をみると、同じ国の都会《まち》とは思えぬほど町の習俗がちがっている。例えば路上でござを敷き、亀を売っている老人を何人か見たが、江戸の亀売りは亀を糸で吊《つ》りさげ空中で泳がしているのに、この町の亀売りは地面に竹筒を置きならべ、その筒の上に亀の腹をのせて足搔《あが》かせている。振り売りの魚屋も、江戸では腹掛け姿の威勢のいいものだが、この町の魚屋は縞の着物前垂れ姿でお店者《たなもの》とあまり変わらない。

三時間ばかり市中をぶらぶらして、道頓堀日本橋北詰めにある花屋仙助という「諸国御宿」に入った。

季節はすっかり暑くなっている。風呂をあび、下帯一つの姿で階上の部屋にあがり、手すりにもたれて往来を見おろした。

「居やがる」

例の船宿京屋の土間にいた遊び人風の小男で、女将に命ぜられたのか、天満八軒家を出て以来、ずっと晋助の背後をつけっぱなしだった。

（そのほうが、都合がいい）

そう思い、むしろ先方が尾行しやすいようにして歩いた。新選組の宿所をさがしあてるには、逆にかれらに襲わせてみるほうがてっとり早い、というのが、いつもながらのこの男の単純な発想法である。

手すりにもたれて涼を入れながら、晋助は女中に持って来させた摂津《せっつ》大坂絵図をながめていた。

絵図はあざやかな色刷りで、平野町淀屋橋西の書房石川屋和助版元治元年改訂とあり、武家屋敷は茶色、神社は赤、寺は鬱金《うこん》色に塗られている。寺町は北の一角にもあるが、大部分は上町台《うえまちだい》に密集しており、おそらく「浄念寺」はここであろう。なぜならば上町台の北端に幕府の庁舎や屋敷が密集している大坂城がある。小栗の宿舎は当然城に近いにちがいない。

浄念寺は、同名の寺が二軒あった。そのうち城に近い寺といえば八丁目筋寺町の浄念寺であろう。

その夜の亥《い》ノ刻、道頓堀の東西、日本橋から戎橋《えびすばし》までのあいだの芝居小屋の町に捕吏が満ち、日本橋北詰めの旅籠花屋仙助方は、一瞬でふすま、障子が破壊された。新選組十数人が乱入したのである。道頓堀筋の旅籠に新選組が斬りこんだのは、この年正月、土佐浪士が襲われた鳥毛屋《とりげや》騒動以来のことであった。

が、めざす晋助はいない。

晋助は、この刻限、浄念寺の塀を乗りこえている。

飛び降りて、

（おや）

と思った。予想していたより狭い寺域で、庫裡《くり》の戸をあけたときも、施錠もなくがらひらいた。見当がちがったか、と思いつつ草鞋《わらじ》のままで廊下を歩いた。

一方、道頓堀からひきあげつつある新選組にとっても、失望だけがあった。指揮者は、魚谷源十郎という鏡心明智流の達人で、そのほとんど奇術的な籠手斬りのうまさとかぎっ鼻の面相で、京の浪士たちに怖れられている。

かれらは、大坂ではほとんど為すこともなく日を送っている。最初、京都守護職公用人が小栗上野介に対し、

「大坂へは、新選組をつけましょう」

と申し出たのに、小栗はにべもなくことわったのである。

「私は、新選組の反対者である」

小栗は、いったらしい。

彼はかつて、江戸の新徴組、京の新選組など官設浪士団の存在と活動を極度にきらい、

「かれらは倒幕勢力をいたずらに挑発するのみで、百害あって一利もない」

と、幕閣でも論じ、一時は老中の評定でこの問題をとりあげ、近藤勇を旗本にして江戸の閑職につけよ、と説いた。事実、新選組の池田屋斬り込みで長州藩が怒り、大挙京にのぼり、蛤御門ノ変をひきおこした。

変そのものは片づいたが、この乱によって国内の治安はみだれ、幕府に大名統制力がないことが暴露し、西国の雄藩が幕府の規制から離れ、事実上、戦国割拠の姿になりはじめた。

「すべて新選組の罪である」

という意見を小栗は持ち、一時、外国方の役人で幕府きっての仏語学者といわれる栗本瀬兵衛を起用して近藤勇を更迭《こうてつ》せしめようとした案を出したくらいだった。

もっともこの案は、当の栗本がことわったのと、その直後栗本が横須賀製鉄所の建設主務官になったために沙汰やみになった。

それほどの小栗が、新選組の護衛を承諾するはずがなかった。

「大公儀にとってお大事なお体でありますのに、万一のことがありましては」

と、京都守護職側がさらに勧めると、

「なるほど私が死ねば大公儀府の寿命はあと数年も保《も》つまい。しかし新選組をあのままにしておけばなおいっそう大公儀の寿命に障《さわ》るだろう」

と、皮肉をいった。小栗の考えでは、京の市中で長州系の過激志士を何人斬ったところで時勢がどうなるわけでもないというのである。

小栗構想はそういう些々《ささ》たるものではなく、フランスの圧倒的な援助のもとに長州藩をたたきつぶそうというもので、その準備が完了するまで国内対立の激化をできるだけ避けねばならない。そのためには新選組の活動はいっさい停止せしめるべきである、というのであった。

小栗は、単身京を去った。そのあと京都守護職ではなお小栗の身を案じ、新選組をしてあとを追わしめたが、小栗はいっさい宿舎に近づけない。

自然、魚谷源十郎以下は、小栗の宿舎から五、六丁も離れた浄念寺にとまっている、というわけであった。

「馬鹿げている」

上町台への暗い坂をのぼりながら、魚谷源十郎はやり場のない不快をおさえかねている。襲撃にしくじったことも、小栗から敬遠されているこの大坂での無意味な日常も、なにもかも、不快のたねでないものはない。

坂の右手に生国魂《いくたま》ノ宮の禰宜《ねぎ》屋敷の塀がながながとつづいている。急に、魚谷は跳ね踊った。

闇が悲鳴で裂かれ、猫が、ころがり落ちてきた。後続の隊士が駈けてきたとき、魚谷の剣はすでに鍔音《つばおと》とともに鞘におさまっている。

「何です」

「猫さ」

死体が足もとにあり、魚谷源十郎は、袖にかかった猫の血に唇をあてしみにならぬよう吸っている。

「先刻のやつの身代りですな。あれはやはり長州の間者でしょうか」

「わからんな」

船宿京屋からの報らせのまま、深く調べもせずに奉行所に人数を出させ、斬り込んではみた。斬る相手が何者であろうと、魚谷の知ったことではない。京への手柄話を一つ拵《こしら》えたかっただけである。

「その話は、もうするな」

浄念寺に帰った。

それぞれを部屋にひきとらせたあと、魚谷は寺の小僧に言いつけて寝酒の支度をさせた。酒の相手は花巻与市という奥州浪人で、隊の監察をつとめている。

自然、小栗の話になった。

魚谷も花巻も、小栗が新選組に否定的であるということを知っている。

「あの仁にすれば、われわれは悪女の深情けということになるだろう」

「あすも、上野介殿の宿舎にゆくのかね」

「御城代屋敷へか」

小栗は、そこを宿舎にしている。

「ゆかずばなるまい」

といったとき、魚谷源十郎はわざと茶碗を激しく置き、その物音と同時に刀の鯉口《こいぐち》を切った。

「いる、人が」

魚谷は紙に書いて花巻にあたえ、花巻の背後の押入れをあごでしゃくった。そこに潜んでいる、というのだろう。

晋助は、押入れのなかにいる。この男の期待が的中した。

――小栗上野介が、大坂城堀端の城代屋敷を旅宿としている。

ということが、彼等の会話で知ることができた。かれら――新選組伍長魚谷源十郎と、同監察方花巻与市のふたりである。

（おれに、気づきゃがった）

晋助は、そう思った。唐紙《からかみ》のむこうの空気が、にわかに重くなっている。かれらは突如沈黙し、息をひそめているようであった。

晋助は、つぎの行動を思案した。しかしこの男の思案はつねに即物的でしかない。

（出よう。それからのことだ）

からっ、とみずから唐紙をあけた。両人の前に、全身をあらわした。

「うぬは、夜盗か」

と、魚谷が抜き打ちの姿勢のまま飛びすさり、そう叫んだのもむりもない。出てきた天堂晋助が、博徒の旅装束のようなかっこうをしていた。

横合いから、剣の鞘走る、みじかい、悲鳴のような音がきこえた。花巻与市が中腰になり、その腰のままで斬ってきたのである。晋助も、そのまま手のみが動き、腰を沈め、抜き打ちで花巻の胴を払った。

どさっ
と、花巻与市は両手をあげ、晋助の膝を慕うようにして倒れかかった。晋助は動かず、

「話がある」

と、剣をおさめ、魚谷源十郎を制止した。魚谷は右膝をつき、剣を上段にふりかぶっていた。

晋助が剣をおさめたのをみて、魚谷は、多少気をゆるめた。そこが晋助のねらいでもあった。

「うぬは、何者だ」

「わしかね」

晋助は、わざと間のはずれた声を出した。できるだけ、相手の気をゆるめねばならない。

「道頓堀の花屋に泊まっている、君のお尋ねの男だ。長州の者さ」

（えっ）

魚谷は、混乱した。わが手で斬るか、喚《わめ》いて仲間をよぶか、一瞬惑うた。まどいが、

隙になり、その隙が、魚谷の死を決定した。

血が、西側の紙障子に飛んだ。

晋助は立ちあがり、剣をおさめ、廊下に出た。殺戮《さつりく》に念を入れたおかげで、他の部屋の連中は気づいていないふうである。

（大坂城代屋敷か）

そこに小栗がいる、ということはわかったが、あの堅固な屋敷ではちょっと忍び入れそうにない。

（いやさ、思案はあとだ）

とにかくいまは、この新選組宿舎浄念寺から脱《のが》れ出ねばならなかった。庭へ降り、忍び入ったときの塀ぎわに寄り、墓石に足をかけ、身をひるがえして塀のむこうの路上に飛びおりた。

（あては、ないが）

とにかく西にむかい、だらだらと二、三十歩坂をくだると、晋助のあとをつけてくる影がある。晋助は瓦の土取り場のそばまできて、

「おい、なんだ」

と、ふりむいた。相手は逃げない。小腰をかがめ、手拭を持ち、愛想笑いをして、

「夜道の連れになっていただけませんか」

という意味を、大坂の言葉でいった。すかしてみると、遊び人体《てい》らしい。

「どこまでゆく」

「みなみの戎橋《えびすばし》だす。私《わてえ》は戎橋北詰めの又右衛門町に賭場《しま》をもつ南京屋《なんきんや》の身内の者なんで」

南京屋、という言葉に、わざと力を入れた。

「ああ遊び人か」

「旦那は、お素人でがすな」

と、この男は晋助が渡世人でないことを見ぬいていた。

「みなみの南京屋」という屋号をきいておどろかぬ男は、この道の者ではないだろう。南京屋といえば大坂南組（区）一帯を縄張りにもち、

「紀州様からお杯《さかずき》を頂戴した」

といわれている親分である。

杯うんぬんはべつとして、紀州藩とのつながりはうそではない。

幕府は対浪士対策のため大坂を四つの警戒地区にわけ、四藩に治安を請け負わせている。横堀以東、道頓堀以北は紀州藩が担当していたが、紀州藩も多数の藩士を大坂に駐在させる財政的なゆとりがないため、数人の博徒の親分に警察権を委譲し、その経費は公認賭場をひらかせることでまかなわせていた。南京屋左衛門という親分も、そのうちのひとりである。

「ははあ」

晋助はとぼけていたが、むろん南京屋がそういう存在であることは知っている。

（こいつ、存外甘いやつかも知れない）

と晋助の無智にひどく安堵《あんど》したのは、この遊び人のほうだった。この男は床房《とこふさ》と言い、南京屋から頼まれて探索を請け負っている髪結あがりの御用聞で、すでに長州人を累計十二人千日前の処刑場に送ったということでこの道に幅をきかせている男なのである。

（こいつ、蔭間《かげま》か）

と晋助が思ったほど身ごなしが女形《おやま》くさく、そのうえ小柄で、変に甘っぽい声を出す。これが浪人狩りの名人だとはその外貌《がいぼう》からは、ちょっと想像しがたい。

床房は、じつは夕刻、晋助が道頓堀の旅籠花屋を出たときからずっと尾行している。晋助が浄念寺に忍び入ったときは、むかいの海麟寺《かいりんじ》の門わきに身をひそめてじっと見まもり、気長に事態の進行を待った。

やがて晋助が出てきて坂をおりはじめたとき声をかけたのである。

「お泊りは、どちらで」

「きめていない」

「いま大坂もなかなか」

と、男はいった。旅籠の取りしまりはきびしいというのだ。

「手弄《てなぐさ》みはなさいますんで」

「まあな」

「ではいかがでごわしょう。南京屋は公儀御免の賭場をもっております。そちらへ御案内いたしましょうか」

「うん」

晋助には、まだ相手が何者ともわからないが、同じ泊まるなら南京屋のほうがかえって安全ではないかともおもった。


南京屋とは、妙な構えの家だった。

家は二軒つづきになっている。東側が旅籠で「なんきんや」の軒燈がかかり、ばくちの客を泊めているらしい。西側が口入れ屋ふうの外構えで、障子に㊒と書かれており、軒に紀州徳川家の定紋入りの高張《たかはり》提灯が出ている。なかへ入ると、土間がひろく、御用提灯や突棒《つくぼう》、刺股《さすまた》、梯子《はしご》などの捕物道具がずらりと壁にかかっており、奥三間がぶちぬきの賭場だった。

ばくちは夜盛《さか》っている。晋助はあがりこみ、賭場の客にまじった。

べつに勝つ気もない。あっさり二十両ばかり負けて、そのあと一休みした。そこへ南京屋の身内の十七、八の中僧《ちゅうぞう》が、不器用な手つきで茶を運んできた。

（こいつ、慄《ふる》えてやがる）

晋助は、内心小首をひねった。気づいてみると、そのあたりにいる南京屋のどの身内も、晋助を怖れているようなふうがある。

(気付きゃがったな)

晋助はわざとあくびをし、立って土間へ降り、裏口から東隣りの旅籠へひきとった。女中が、二階の奥の部屋へ案内した。晋助は女中の手を執《と》ってひきよせた。

女中の掌に、銀を三粒にぎらせている。女中は銀の小粒をにぎったまま胸を寄せ、

「あつい」

と、晋助の背に手をまわした。蒸し暑くもあったが、この場合晋助の肩の肉が厚い、ということだろう。

「厭《い》や」

と女中は叫び、晋助の手の動きを封じようとしたが、しかしきらっているふうでもない証拠に、

「せっかちな人」

と体をそらせようとした。

「おれは、いつもこうだ」

「いつも?」

女中は、まるい顔をあげた。二十を二つ三つ越えているだろう。

「いつもですか?」

「ああ」

晋助は女の膝を折り、やがてその場に押し崩した。女はかぶりを振り、「あとで来る」と何度もいったが、晋助はゆるさず、つぎつぎと動作をすすめた。

（できねば、おれはこまる）

というのが、この男の本音《ほんね》だった。晋助にすれば、この得体の知れぬ旅籠に身を置いているかぎり、寸時も早く知人を作っておきたかった。知人はこの方法でつくるのが、最も確実で、短時間で済む。

やがて女は、知人になった。

「たれにでも、こう？」

女はいま一度それを言い、苦笑して裾をなおしている。晋助のそのせりふが、かえって女を気安くしたらしい。

「毎晩、ちがう女《ひと》を？」

「こまったことに」

晋助はいった。「生きているかぎり、そういうことになる」さらに、自分は孤立無援の境涯に生きている、そうせねば命を落すかもしれない、と正直に言うと、女は急に顔を上気させた。同情してくれたのだろう。

「この部屋は、あぶない」

というのである。女の言うところでは以前も長州侍らしい虚無僧《こむそう》がこの部屋に泊められ、寝込みを襲われて虫のように殺された、という。

「どうすれば逃げられる」

「とても」

と、女はかぶりをふった。雨戸に釘が打たれているために外へ逃げることはできない、というのだ。

「いっそ、いまお逃げやす」

女は、裏木戸をあけておく、といった。女のいうところでは、裏木戸を出ればそこには地面がない。いきなり川であるらしい。

「ありがとう」

晋助は、女をひきとらせた。


が、遅かったようである。すでに階下では人数が満ち、屋根にまで人がのぼっていた。

(来た)

と、気配に気づいたとき、晋助はいそいで脚絆《きゃはん》をはき、新しいわらじを足に結びつけ、行燈をひきよせ、その火を襖、障子に移した。この手以外、自分を救出する方法がない。

幸い大坂の夏の夜は風が凪《な》いでいるため、近隣に燃えひろがることはあるまい。

晋助は、廊下を走った。廊下のはずれの階段には人がひしめいていた。

「火を消せ」

晋助は、かれらにいった。彼等は、天井に映《は》えた明るさをみて、肝をつぶした。

ない。

「火事か」

騒ぎの目的がかわった。やがて白煙が二階全体に満ち、もはやあたりに何の影も見えない。

晋助は階下に降りてしまっていた。騒ぎに揉《も》まれているが、階下は暗くもあり、たれも晋助に気づかない。

晋助は、土間の人の群れのなかへ降りた。ごく自然に揉まれつつあの小男を物色していたが、やがて見つけた。体を寄せ、

「おい」

と相手の手首をとった。その手首に短刀をあて、その冷たい感触をわからせたあと、すぐ脇腹に擬《ぎ》した。すこし突いた。

「声を立てると、刺す」

と、耳もとでささやいた。晋助は男を押しつつ裏木戸のほうへ行った。階下ではあいかわらず騒いでいる。

「ちょっと聞いたが、お前は長州人を搦《から》め取るのが得意芸だそうだな」

「そんな阿呆な」

男は、もがいた。晋助の腕が、男の頸《くび》を締めあげている。

「何人、あの世へ送った」

といってみたが、これは晋助にとってさほど重要な質問ではない。晋助はこの男を、

別な目的に使おうとしていた。

「おれは、川から逃げるぜ」

と、わざといった。男はもがきながら、

「む、むだや。川にも船を出してあるわい」

と、憎まれ口をたたいた。なるほど、木戸から見ると、この男のいうとおりだった。この道頓堀川にはおそらく十四、五艘以上の船が、それぞれ船提灯をつけて隙間なくならんでいる。

「はなせっ」

と男がいったとき、晋助は不意に腕を解いてやった。男は、絶叫した。

晋助は、それを絶叫させるために男の咽喉笛《のどぶえ》を解放してやったといっていい。男は晋助の期待どおり、「川から逃げる」という意味のことを叫んだ。そのとき素早く晋助は男の脾腹《ひばら》をえぐり、裏木戸から川へ蹴落した。

（おれと接触する者は、すべて殃《わざわい》を受ける。求めて接近してきたお前がわるい）

男は両手をひろげて虚空を落ち、やがて大きな水音をあげた。その水音も、晋助の期待したものだった。晋助に対する男の効用はおわった。叫び、水音を立てたことで、この場の人数は晋助が川へ逃げたと思ったであろう。

そのころには晋助は西側の塀をのりこえ、露地に降りた。

と、そこにも人数はいた。

（これは）

と、晋助はまだこのあたりまで余裕があった。白刃をふるって人垣を崩しつつ逃げ、やがて半丁ばかり走るとそこが町木戸になっている。木戸は閉ざされ、そこにも人数がいた。

（袋のねずみらしい）

晋助は、北へ逃げようとした。が、絶望し、途中、足をとめた。左手に低い塀がつづいている。思いきって手をかけ、弾みをつけて乗り越えた。

（寺か）

と思い、地に降りた。どうもそうであるらしい。

晋助は、覚悟した。こうなった以上、寺に踏みこんでくる人数を相手に力のつづくかぎり戦い、闘死するばかりだと思った。

そのとき庫裡の雨戸がひらき、手燭《てしよく》が動いた。

「たれかね」

言ったのは、その手燭の人物である。僧でなく武士であるようだった。

「ご迷惑をかける」

と晋助がその手燭のぬしのほうへ頭をさげたのは、しんからの気持だった。寺も、ここを血戦の場にして骸《むくろ》をさらされるのは、迷惑なことにちがいない。

が、意外な応答がかえってきた。

「これへ入られよ」

と、相手はいうのである。晋助は剣をおさめ、手燭に近づいた。

「あがるがいい」

相手は、いった。晋助は一礼してあがったが、多少の後ろめたさはある。この相手をもおそらく殃にひき入れるだろう。

相手は、雨戸を閉め、桟をおろした。

白練《しろねり》の寝巻を着、腰が小気味いいほどに締まっている。晋助をふりかえった顔は存外老《ふ》けていて、齢《とし》は四十すぎであろう。髪を総髪にし、両眼のややくぼんだ、異風な顔つきだった。浪人や田舎侍といったような男ではない。

が、ひどく伝法な言葉で、

「名は、きかねえよ」

といった。

そこの戸袋にかくれていろ、とあごでその場所を示し、自分はそのまま寝床にもどって、

「おれは、寝るぜ」

と、ふとんをひきかぶって寝てしまった。

さすがの晋助も、肝を抜かれた思いで、男のふとんのはしに両膝を折った。

(この世の中には、いろんな男がいるものだ)

つい、思わざるをえない。

この寝所の男が海舟勝麟太郎《かいしゅうかつりんたろう》であるとは、晋助はむろん気づかない。

(何者だろう)

と思いつつ、戸袋のなかで息をひそめている。室内の闇いっぱいに男のいびきが、ひびきつづけていた。どうやら狸寝入《たぬきねい》りでもなさそうである。

(かわったやつだ)

一種の滑稽味をもってそう思わざるをえない。

そのあと、晋助はおもしろい芝居をみた。

実はこの寺を、大坂の船場《せんば》、島之内を警備する紀州藩の警備隊とその手に属する南京屋の捕手二百人が包囲しきってしまっていた。晋助がここに逃げこんだことを、かれらは見てとったのであろう。

ただ、寺に警察権が入りこむには、小うるさい手続きが要る。寺には中世以来「守護不入《ふにゅう》」という名目の一種の治外法権の法律慣習があり、徳川体制になってからもそれがいくぶんみとめられ、町奉行がいきなり手を入れることができないのである。

寺は、寺社奉行の支配に属していた。町奉行所はその承認を得ないかぎり警吏を寺に踏みこませることはできない。

が、寺社奉行職は江戸に常駐し、大坂にはいない。その承認を得るには、本来なら江戸へ使いを馳《は》せくだらせなければならない。

しかし多少の便法はある。大坂町奉行所の与力のなかに「寺社方」という職分の者がいて、それが江戸常駐の寺社奉行の出先機関のような仕事をしている。

自然、この場合、紀州藩は、

「天満まで走って寺社方与力を同道して来い」

と、使いを走らせねばならなかった。その与力が現場に到着するまで、包囲陣はむなしく待機していなければならない。

二時間ほど経ち、与力が到着した。

その寺社方与力がまず寺に入り、寺僧に対面し、

「まことに不調法なることが出来《しゅったい》した」

と事情を話し、警吏が境内に踏みこむ旨を通告した。

与力殿は、ひどく悠長なものだ。扇子をつかい、茶をのみながらの通告である。

「されば拙者はひきとります」

寺社方与力は門前で紀州藩側にあいさつし、

「ごめいめいさま、お疲れが出ませぬように、では」

と、辻駕籠をよびよせ、天満へひきあげて行った。そのあまりな洒々落々《しやしやらくらく》とした態度に、

——ちえっ。

と、その駕籠の後ろから唾を吐いた者があった。

が、町奉行所与力としてもこれはやむをえないことでもあったろう。幕府側でいう浮浪、勤王側でいう「志士」が京坂で跳梁しはじめて以来、奉行所という平時警察の態勢では手も足も出ず、結局、浮浪狩りはその専門機関として京では新選組、大坂では諸藩に幕府は請け負わせている。それが正規警察である奉行所役人には多少不服なのであろう。

「やあ、余計な手間をとった。踏みこめ」

と、紀州藩の指揮者が提灯をあげて下知した。この人物は同藩大坂留守居添役《そえやく》という職名で、山田喜代蔵といった。陣笠をかぶり、白緒であごを締め、足ごしらえを厳重にし、大小に鞘ぶくろをはめている。

が、踏みこんだかれらの前にいま一つの困難が待っていた。玄関にあらわれたのは、寺僧だけではなかった。僧のわきに若い武士がいる。

勝海舟の門人でいまは家来として随身している新谷道太郎という若者だった。

捕手たちが土足で踏みあがろうとすると、この若者が両手をひろげ、大喝《だいかつ》した。

「当所をなんと心得ておられる」

「寺だろう」

紀州藩隊長の山田喜代蔵がいった。

「すでに寺社方の承認を得た。それにて万々文句はあるまい」

「これはおどろく。寺社方のゆるしを得たと申されるが、世にもふしぎの事を聞くものかな。大公儀御直参の御宿所に対し、寺社方のゆるしをえれば踏みこめると申されるか」

「大公儀御直参の御宿所？」

山田喜代蔵は、反問した。

「なんのことだ」

「大公儀軍艦奉行勝安房守《あわのかみ》様が累年、大坂に来られるたびに当寺を宿舎となされていることぐらいはご存じであろう」

「存ぜぬ」

山田は、青くなった。旗本の宿舎といえば屋敷も同然としてあつかわれる。むろんその身辺に対しては通常の警察権は及ばない。旗本の非曲をただす者は目付以外にない。しかも勝は平《ひら》旗本ではなく諸大夫の身分だから、若年寄でなければ勝の身をどうこうすることはできない。それを知らずに踏みこんだ山田喜代蔵こそ、重大な犯行をおかしたことになる。

立場が、逆転した。

山田は哀願するように、

「これは存じませなんだ。して貴殿はいかなるお人でござるか」

「勝安房守様家来新谷道太郎と申す者」

「ところで」

山田は、解《げ》せない。

「これはどういうことであろう」

と、あとは声をひくめ、口のなかでつぶやいた。山田にとって解せぬのは、町奉行所与力である。彼は当然、寺僧と話をしたとき、この寺が勝の宿舎であることを知ったにちがいない。それを一言もいわずにさっさと天満へ帰った態度が解せない。

(意地のわるいことをする)

山田は、おもった。なるほど町奉行所に頼んだのは、寺社立ち入りの手続きだけであった。あの与力にすれば、紀州藩から頼まれた手続きだけをして、

——頼まれただけのことはした。それでよかろう。

という肚でひきあげたにちがいない。となると、

(ばかげている)

と、山田喜代蔵こそ、思わざるをえない。もともと紀州藩にすれば、好んで大坂警備をひきうけたわけではなく、幕府から懇請されたからにすぎない。このため経費もかさ

み、藩では迷惑におもっている。しかも浮浪狩りという思想警察をひきうけるほど、紀州藩は熱狂的な佐幕藩でもないのである。

（これほどばかなことはない）

そうであろう。幕府から治安を請け負っているにすぎない紀州藩が、藩士の生命をまとにしてまでこんな仕事をしているのに、当の正規警察である町奉行所は小意地わるくそっぽをむいている。

（やめた）

山田喜代蔵は、退却を決意した。

「少々手違いがあってかようなことになり申した。安房守様にはよしなにお取り繕《つくろ》いくださいますように」

と、新谷道太郎にあいさつし、そのあと捕手をまとめてひきあげてしまった。


その玄関さきのやりとりが、奥で寝ている海舟の耳に筒抜けだった。

「もう、捕方は寺を出たようだぜ」

と、海舟は戸袋のなかの晋助に声をかけ、ゆっくりと掻巻《かいまき》をあげ、寝床の上に起きあがった。

晋助は戸袋の戸をあけた。這い出てきて、

と、名と藩名をいおうとすると、寝床の上の海舟は手をふった。

「聞かねえぜ」

(おどろいた人だ)

晋助は、武士のなかでこういう類いの人物を見たことがない。いや、武士も庶民もふくめて、日本人のなかでの珍物であるかもしれなかった。

「それよりも、水をいっぱい、貰いたいな」

と、勝はいった。晋助はやむなく台所へ立ち、勝のために水を汲んできた。

「ありがとう」

勝は礼を言い、飲みほした。まだ夜は明けていない。

晋助は、部屋を見まわしてただ一つ、奇妙なことがあるのを発見した。勝の刀が、大小ともこの寝所にないことである。

「ずいぶん、ご用心のおわるいことでありますな」

晋助がいうと、勝はそれがよほどおかしかったのか、何を言やがる、と弾けるように笑いだし、

「おれもおちぶれたもんだ。人殺しに無腰を説教されているようじゃ、ざまはないよ」

と、いった。

「おそれ入ります」

晋助は、かつて使ったことのない、そんな言葉を使い、苦笑した。どうやらこの男に引きこまれたようなかっこうだが、しかし不愉快ではない。

「おれはいつもその伝さ」

「ははあ、いつも無腰であられますわけで」

「いつもじゃないよ、これでもおれはお武家だぜ」

勝はあぐらをかき、両手を前にたらし、ふぐりをにぎりながら話をしている。これも、相手の気をそらせる法なのだろう。

「寝るときと、人殺しに会うときだけはね」

勝のいうとおり、この男は何度か刺客の訪問を受けた経験があったが、そのつど無腰で応対した。こっちが無腰でいるとふしぎと刺客というのは斬ってかからぬと勝は言う。

「ところでお前さんは、人斬り屋だな」

「さあ」

晋助は、表情を消した。

「隠しても、その目付でわかる。いま、たれを殺す料簡《りょうけん》でいる」

「申しあげかねます」

「そうだろう」

——商売の秘密を明かす馬鹿はあるまいからね、とくすくす笑った。

「生国は肥後熊本だね」

藩と名はきかぬと言いながら、勝は勝なりにさぐりを入れているのであろう。晋助はふと気づき、勝が自分を肥後熊本藩の脱藩で「人斬り」の異名をとった河上彦斎《げんさい》と間違っているのではないかと思った。

河上彦斎とは、去年の七月十一日、京の三条木屋町《きやまち》で佐久間象山《ぞうざん》を待ち伏せ、白昼暗殺した男である。象山は山階宮《やましなのみや》邸からの帰路で洋鞍《ようあん》を置いた白馬にまたがり、蹄をとどろかせて南行してきたのを、彦斎はすれちがいざま急に身を沈め、左膝を地につけ、片手横なぐりに象山の腰を斬りはらった。彦斎はこの方法が得意で、一度も斬りはずしたことがない、と誇っていた。この肥後藩の茶坊主あがりの暗殺家は病的なほどの攘夷思想家で、象山の開国思想を憎み、剣をもって屠《ほふ》った。

「なんだ、おまえは彦斎ではないのか」

勝はつるりと顔をなで、ちょっとがっかりした様子であった。実はこのところ彦斎が勝をねらっているといううわさがあり、すでに勝の耳にも入っていた。勝はおどろきもせず、

——おれはずるいから、象山のようには殺されないよ。

と平素からいっていた。勝の説によると象山は殺されやすい男らしい。その論鋒はするどすぎて人の恨みを買いやすく、その態度は傲岸でつねに人を見くだし、その容儀は派手で、外出には洋鞍白馬を用いるような男だったから、全身でもって暗殺者を挑発しているようなところがあった。ちなみに象山は勝家の縁者だった。勝の妹の順子を貰っ

ており、ふたりは義兄弟の間柄になる。

「そうかえ、お前さんは人斬り彦斎ではないのか」

「ご不満でしょうか」

晋助は勝に好意をもち、逆にからかうように含み笑いをした。

「いやさ」

勝はいった。

「彦斎がおれを斬りにきたら、手玉にとってまるめこんでやろうと楽しみにしていたのだが、惜しいことをした」

「拙者は彦斎を知っています」

「そうだろう、同業だからな」

「それほどお楽しみなら」

晋助はいった。

「彦斎にそう言って参上させましょうか」

「大人をからかっちゃいけない」

海舟は、急に顔をにがくした。この男は晋助をほどほどにあしらっているものの、人斬り稼業の志士というものを好んでいない。

海舟はこの時期、神戸に半官半民の海軍塾をつくり、諸方の下級藩士や浮浪藩士をあつめて教育していた。その塾頭が土佐の坂本竜馬であり、塾生は二百人以上いる。

なにぶん京都に出没していた命知らずの志士どもを竜馬が十把《じっぱ》ひとからげにして連れてきただけに彼等の血気をおさえてゆくだけでも大骨の仕事だった。ところが去年、新選組が池田屋に斬りこんで志士と争闘したとき、この神戸海軍塾の塾生である望月亀弥太も志士側にまじっていて激戦のうえ闘死した。

このことから、

——勝は神戸で不逞《ふてい》浪士を養っている。

ということで幕閣の一部で非難の声があがり、いまや軍艦奉行の役目もはぎとられるかもしれぬという段階にまで立ち至っている。

「聞いているだろう」

勝はいった。晋助はうっすらとそんな風聞をきいたような記憶がある。

「おれの頭のなかには、薩州も長州も、幕府もないのさ。そんなものは地面の上の掘立小屋と同然で、おれの頭は地面のことしか考えぬことにしている。地面とは、おまえ、日本だよ」

「ははあ」

「日本だぜ」

と、勝は、凄味のある目で晋助をのぞきこんだ。勝の場合、日本という概念が勤王佐幕の対立をすくう弁証法的概念だった。

晋助は長州人であった。西郷吉之助は薩摩人であり、小栗上野介は幕府人だった。

しかし日本という概念で動こうとしている者は、この六十余州広しといえども、この勝しかいないであろう。

「自然、双方から憎まれる。幕閣はおれを浮浪びいきの危険人物として免官しようとするし、勤王屋どもはおれを開国主義のばけものだと思って象山同様に攘夷の血祭りにあげようとする。――さて去年のことだ」

さてが、本論らしい。

勝が一昨年、京都に出た。このとき坂本竜馬が勝の身辺を気づかって同藩出身で「人斬り」といわれた岡田以蔵を用心棒につけた。夜陰、寺町通を勝が歩いていると、三人の壮漢がいきなり前へあらわれて声もかけずに斬ってきた。が、それよりも早く勝の横にいた人斬り以蔵が一歩踏み出し、長刀をひきぬき、一人の壮漢を真二つに斬ってさげた。その以蔵のすさまじさに他の二人はおどろいて逃げ散ったが、このあと勝は死体を検分し、やがて歩行を続けながら以蔵にものもいわなかった。ややあって、

――岡田君、きみの昂《たかぶ》りはどうだ。人を殺すことを嗜《たしな》んではならぬ。

というと、以蔵は意外だったらしい。もし自分が、と以蔵が抗議した。「あの男を斬らなかったならば、先生はいまごろ冥土《めいど》にいらっしゃるでしょう」

「この理屈には負けたがね」

と、勝は晋助にいった。

「しかし、おれが岡田にいった言葉も本音だ。いったい君は」

勝は、君という流行語をつかった。

「いま、何者を斬ろうとしているのだ」

「小栗」

「上野介か」

勝は、ぎょろりと目をむいた。小栗と勝とは正面から対立している幕閣内での政敵同士で、勝は小栗の対仏借款に反対していたし、一方勝の親薩長的態度を非難してその免官を主張しているのも小栗であることがはっきりしている。

「よせ」

とは、勝はいわなかった。

「小栗上野介殿は、いま大坂城代屋敷にいてフランス軍艦の出航準備ができ次第巴里へ発たれるそうですな」

「他人のことは、知らんよ」

勝は、急に寡黙《かもく》になった。

ほどなく朝になり、晋助は勝の家来の新谷道太郎の好意で朝食を馳走《ちそう》になり、そのあとひと眠りした。ここ一両日、寺の外へ出るのはあぶないと勝が言ってくれたのである。

この西道頓堀の寺が、晋助の隠れ家になった。ならざるをえなかった。表へ出ようにも、密偵がすき間もなく目をひからせている。

（これでは雪隠詰《せっちんづ》めも同然だ）

とおもった。うるさい密偵などは斬って払うのに造作はないであろう。しかし晋助が躍り出してしまえば、いままでかくまってくれた軍艦奉行勝安房守の迷惑は、非常なことになる。晋助をかくまったという事実は、当然勝の進退問題になるはずだ。これは勝の恩にむくいる道ではない。

（動けない）

晋助はそうおもいつつ、庫裡の一室で身のやり場のない時間をすごしている。

勝は、朝になれば出てゆく。城へゆくのである。

大坂城には、幕府の首相ともいうべき老中筆頭の板倉周防守勝静《かつきよ》と平山図書頭《ずしよのかみ》などの外務官僚が江戸から移駐しており、勝はそれらに用事があるのであろう。当然、その殿中で、小栗上野介にも顔をあわせているにちがいない。

晋助がこの寺にとびこんで三日目の晩、下城した勝は晋助の部屋の前を通り、

「やあ、まだいたのか」

と、入ってきた。

部屋は六畳ほどの塗《ぬ》り籠《ご》めで、仏具や燈台、行燈などの置き場所になっており、ひどくかびくさい。

「きょう、殿中で上州《じょうしゅう》（小栗）を見たぜ」

と、勝は例の餓鬼のようなすわり方をした。

「あいつは、おっつけ日本に居なくなるだろう」

「巴里とやらに？」

と、晋助は会話をあわせた。

勝はそれには答えず、ふところから手をだし、あごを撫でまわした。どうみても安房守様とはみえない。

「おれはあいつのやることなすこと、みんな気に食わねえんだが、しかし青ぶくれの旗本八万騎のなかでは唯一の出色だな。西洋じゃ犬の純血を尊ぶそうだが、小栗又一《またいち》（小栗の幼名）こそ三河武士の純血かもしれねえな」

「どういうことでしょう」

「まず、剽悍《ひょうかん》だね」

ろがある。

勝の言い方はいつもそうだが、ほめているのかくさしているのか、見当のつかぬところがある。

「決死の徳川武士さ」

権現《ごんげん》様（家康）の御身辺にいつもつきっきりで護衛した先祖小栗又一のおそらくはうまれかわりだろう、と勝はいった。

「お家に忠」

勝は、小栗のそういう特質を、大まじめな口調でいった。勝にすれば、当節、お家に忠という思想ほど危険なものはないというのである。いま列強環視のなかで生命の危険にさらされている病体は徳川家でもなく三百諸侯のどの家でもない。日本国であるという。であるのに小栗はなにをうろたえたか、一徳川家にのみ忠ならんとしている。

「おれは、小栗の悪口を言っているのではないぜ。別の男の悪口をいっている」

「たれの」

「お前さんの、さ。天堂晋助が小栗を殺そうとしているのは長州藩のためだ。小栗がフランスから六百万両と軍器弾薬を導入して長州藩を平らげようとしている。その小栗を殺してお前さんは長州藩を救おうとしている。片や小栗は徳川家のため、片や天堂晋助は毛利家（長州藩）のため、双方お家に忠、で日本国のためは二割方ぐらいしか考えていない」

「拙者にはよくわかりませぬ」

「そうだろう、古往今来《こおうこんらい》、刺客と盗賊というのは頭の悪いものだ」

「おそれ入ります」

晋助は、猫のようにおとなしい。勝というのは妙な男で、こう、いくら毒づかれても晋助は腹も立たないのである。

「では勝先生は、同僚の小栗上野介殿の善悪をどう思われます」

「善玉か悪玉か、おれに鑑定しろ、というのか」

「まあ、早く申せば」

「そこが刺客の頭のわるいところだ。人間には本来、善悪はない。見方によって生ずるだけのことだ。小栗は徳川家からみれば善玉、長州藩からみれば悪玉」

「日本国からみれば？」

つまり勝の視点《い》からみれば？　と晋助はせまり、勝の口からはっきりと小栗に極印を押させようとした。

が、勝は大口をあけてのけぞり、笑いだしただけであった。

（ずるい）

晋助がそんな表情《かお》をしたとき、「左様、ずるい」と勝はすかさず言った。

「おれは小栗ほど真っ正直なやつとちがって狸だぜ。化けるときには化けられる人間でなくて、こんな時勢が渡れるか」

（ちっ、やはり奸物《かんぶつ》か）

晋助はかっとなり、とたんに佩刀《はいとう》をつかんだ。鏘《しょう》、と鍔が鳴った。晋助の思考法はこの鞘のなかの白刃しかない。

「晋助、みろ」

勝はとっさに中腰になるや、袴をたくしあげてふぐりを露《あら》わにした。

晋助は、どぎもをぬかれた。

目の前にぶらさがっている勝のふぐりは、奇態な形相をしていた。三寸ばかり、蜈蚣《むかで》の這ったような外科針の縫いあとがある。

「おれは少童《わっぱ》のころ、きんたまを犬に食われた。それでもなんとか命びろいをした。いまさら手前《てめえ》のような気違い野郎にぶっ殺されてたまるけぇ」

(おどろいたたいかだ)

晋助は力が抜け、ぺたりと腰をおろした。どう考えても勝のせりふは、大公儀の軍艦奉行という殿様のせりふではない。

「犬に」

晋助は、小さくつぶやいた。勝は「うむ」とうなずき、

「ああ犬にだ。あのとき死んだ命だと思っていま生きている。ところがおれのしぶとさは、このかぶりとられのふぐりでもって何人もの子を嬶《かか》ぁにはらましたことだ。わかったか」

「はあ」

晋助はうなずいたが、とはいえなにがわかったのか一向に要領を得ない。どうやらごまかされたような気がするし、なにやら深遠な禅語をきいたような気もする。

「ところで天堂」

勝は、もう晋助を門人あつかいにしている。こいつはもう降参したとみたのだろう。

「おれは明朝、京へ発つ。つまりこの寺をひきはらう。寺はもう、軍艦奉行勝安房守様の御宿ではなくなるということだ」

「なるほど」

となれば、勝の逗留《とうりゅう》によって生じている治外法権が寺から消滅し、警察権の自由に入りうる場所になる。晋助は警吏の踏み込みを受けるだろう。

「あすの朝、お発ちですか」

「それとも、夜がいいかね」

勝は、意味ありげに笑った。夜ならば晋助も暗闇にまぎれて逃げるめども立つが、真っ昼間ではどうにもならない。つまり朝発ちでは、晋助を殺すようなものだ。

「どうだえ？」

勝がおかしそうに訊いたのは、この名うての刺客の活殺をにぎっていることが、おもしろくなったらしい。

「夜に、ねがいます」

晋助は、われながら哀願口調となっている自分の声が腹だたしかった。

「ああ、では夜にしてやる。つまりお前さんを死に追いやらぬ、ということだ」

勝は無造作にいったが、あとの言葉はとりようによっては裏に意味があるだろう。晋助を生かしておくというのは小栗を殺すことに結びつく。小栗を殺せ、とは明言しないが、したも同然の結果になるのではないか。

「先刻の善玉、悪玉の一件、もはや御回答を頂戴したも同然と考えてよろしゅうございますな」

「なんのことだ」

勝は急に不快そうな顔をした。この刺客の頭脳が、勝の計算より意外に明敏に働いたことが不快だったのかもしれない。

陽が沈み、道頓堀川に灯がうつりはじめたころ、勝は山門をあけさせ、門内から寺の坊主駕籠に乗って出た。長棒の塗り駕籠で、大檀家の葬式の場合など住持が導師として打って出るときにつかう駕籠である。むろん、身分のある旗本が使ってもおかしくない。

駕籠わきに、従者の新谷道太郎がつき添っている。

先ノ棒は、与八という寺の男衆で肩つき腰つきがいかにも馴れていたが、後ノ棒はどうもぎごちない。

駕籠は、ほんの五、六丁進んだにすぎない。やがて堀江橋に出た。

この橋の橋下が、川船のたまりになっているのである。大坂の市中交通は、陸路よりも川船を利用した水路のほうが便利もよく、とくに夜間は安全でもあった。船ならば刺客に襲われることもすくないであろう。

勝も、刺客に用心している。西洋事情に通じているという一事だけで、佐幕と勤王をとわず、攘夷主義者の闇討をくらう理由が十分にあった。このため、天満八軒家の京のぼりの船の発着場まで川船でゆくことにしたのである。

土手下に、船提灯が群れている。水上の辻駕籠といっていいであろう。

「ひどく揺れたぜ」

勝は駕籠から降りながら、後ノ棒に苦情をいった。後ノ棒は、頭をかき恐縮した。晋助であった。

勝の好意と智恵で、晋助を駕籠かきに、仕立てたのである。

勝は水ぎわまで石段をおり、漕ぎ寄ってきた船に乗った。

「天満八軒家までだ」

と、新谷道太郎が船頭に命じた。晋助も、同乗した。

薩摩藩邸に身をよせるつもりだったから、土佐堀川に出たあたりでおろしてもらおうと考えていた。

船が、西堀川を北上した。

晋助は例の旅装束に着かえ、ちょうど鳥がとまっているような姿勢で舳《へさき》で腰をかがめている。勝はその晋助の膝もとにいた。

「石田三成という男を知っているかね」

と、勝は突如いった。船が、橋の下をくぐってゆく。晋助は苦笑した。いくら兵法馬鹿《ひょうほうばか》でもそれくらいのことは知っている。

「関ケ原の張本人でしょう」

「豊臣家の一吏僚の身でありながら、関ケ原に日本の大名の半数をあつめ、太閤遺児の天下をまもろうとした。おれは徳川家の士だから三成に好意をもつ義理はないが、あれはあれで大層な男であるはずだ。いまの時勢、小栗上野介は三成に似ている。しかも三成よりも小栗のほうが度胸がある」

勝のいう度胸とは、小栗の考えている郡県制度のことだろう。これを実施しようとすれば、三百諸侯を敵味方とも討伐してかかる肚がなければならない。

「たいした男さ」

勝は、しんから思っていた。それほどの大革命を、すでに歴史の担当能力と国内統制の力をうしなった幕府自身の手でやろうというのだから、小栗の度胸は尋常ではない。

「封建を廃して郡県をおこす、ということなど、できますか」

「できぬことはない」

この点では、勝も賛成であった。日本が郡県制度による中央集権政治を確立しないかぎり列強の餌食《えじき》になってしまうというのは、勝の将来観である。しかしその郡県制度を幕府の手でやるということについては、勝はなまじい幕臣であるために表むき沈黙しつづけているが、満腔《まんこう》の反対意見をもっていた。

「小栗のいうとおり、フランス陸海軍の力を借りれば出来ぬことはなかろう。しかしそのためには日本中の人間の半分は殺されるだろう」

「殺される」

「そうさ。小栗の構想は日本人の半数を殺したうえで実現できる。しかしそのときは、日本国の主人は徳川家なのかフランス政府なのか、わからなくなる」

勝は川風に煙管の火をなぶらせながら、他人《ひと》ごとのようにいった。勝の心底はたったひとことのことを言いたいのであろう。郡県革命は幕府がやるよりも京都朝廷がやるほうがいいということであった。

政権を京都朝廷に移し、徳川家も協力し、朝廷の宗教的威信をもって封建制を解体するようにもってゆけば、あるいは可能か、ということであった。しかし、この意見は勝が幕臣であるかぎり、公言はできない。できないために勝は反幕勢力の側の者を近づけては、かれらにそれとなく智恵の種をうえつけまわっている。

「拙者も、多少利口になりました」

「なったかね」

勝は興味なさそうに返事をした。船は、奈良屋橋、信濃橋、相生《あいおい》橋、天満橋、京町橋の下をくぐって北へ漕ぎのぼってゆく。

「ところで」

晋助は、思いきって最もかんじんなことをきいた。小栗に接近するにはどうすればよいか、ということであった。まず順序として小栗はたしかに大坂城代屋敷にいるか、ということをきいた。

「馬鹿だな」

勝は、くすくす笑った。

「小栗ほどの働き者が、いつまでも大坂城代屋敷にいるとおもうかね」

「え？」

「昨日の昼、大坂を発ったよ」

「えっ」

晋助は、息をのんだ。とすればこれは勝にしてやられたことになるのではないか。邪推すれば、勝はわざわざあの寺に晋助を閉じこめておき、小栗が大坂を去るのを待ち、彼が去ってから晋助を寺から出した、とも考えられるのではないか。

「まさか、そういう……」

と晋助はそれをいうと、勝は星空をあおぎ、星をたたきおとすほどの声で笑った。

「いま気づいたか」

愉快そうであった。

「すると、先生は」

と、晋助は息を詰めた。勝という男がふたたびわからなくなった。小栗は売国奴であるといわんばかりの意見をきかせておきながら、小栗を助けているのである。

「あたりめえだろ」

勝は、伝法になった。

「人の殺されるのを座してながめているほどおれは悪者じゃねえよ。先日、人斬り以蔵の話をしてやったのを忘れたか」

「は？」

晋助はおぼえている。京の寺町で勝が刺客に襲われたとき、勝の護衛の岡田以蔵が敵の刃が勝にとどくよりも早く踏み出して叩っ斬った。それを勝は不愉快とし、以蔵をたしなめた。

自分の命が断たれようとしたときでさえ、勝の感情は刺客を殺した以蔵を憎んだ。

「おれの話にはいつも伏線がある。わざわざあの話をしたのは、小栗を逃がす、ということを暗にそのほうに言ったつもりだ」

「で、では小栗は巴里へ発ったのでありますか」

ありますか、というのは長州弁である。晋助はあきらかに狼狽している。

「知らんよ」

といったが、利口な勝のことだから、この「知らんよ」にも裏の意味があるのかもしれない。小栗の巴里行きが一頓挫《いちとんざ》したればこそ、勝は安心して小栗の命を救ったのかもしれない。

「いま、どこにいます」

「さあ、どこにいるだろう」

といったとき、天に星がなくなった。船は、呉服橋の橋下の闇を通過しているのである。そのとき、虚空で、

「勝っ」

という声がきこえたように思われた。聞こえたとき、晋助の剣が虚空を裂いた。血が飛び、橋板の裏にはりついていた黒い影が二つ、同時に水のなかに落ちた。

晋助は、剣をおさめた。

「あれをも、気の毒だと思召《おぼしめ》すか」

「ふん」

勝は船であぐらをかき、肩をすくめている。

「以蔵よりは、あざやかだな」

といったが、さすがに声がふるえていた。


（下巻に続く）

本書は一九七四年に刊行された文庫の新装版です

文春文庫

十一番《じゅういちばん》目《め》の志士《しし》　上

定価はカバーに表示してあります

2009年2月10日　新装版第1刷
2015年10月25日　第5刷

著　者　司馬遼太郎《しばりょうたろう》

発行者　飯窪成幸
発行所　株式会社 文藝春秋

東京都千代田区紀尾井町 3-23　〒102-8008
TEL 03・3265・1211
文藝春秋ホームページ　http://www.bunshun.co.jp

落丁、乱丁本は、お手数ですが小社製作部宛お送り下さい。送料小社負担でお取替致します。

印刷・凸版印刷　製本・加藤製本
Printed in Japan
ISBN978-4-16-766331-5

（　）内は解説者。品切の節はご容赦下さい。

司馬遼太郎
余話として
アメリカの剣客、策士と暗号、武士と言葉、幻術、ある会津人のこと、『太平記』とその影響、日本的権力についてなど、歴史小説の大家がおりにふれて披露した興味深い、歴史こぼれ話。

し-1-38

司馬遼太郎
歴史を考える
司馬遼太郎対談集
日本人をつらぬく原理とは何か。千数百年におよぶわが国の内政・外交をふまえながら、三人の識者、萩原延壽、山崎正和、綱淵謙錠各氏とともに、日本の未来を模索し推理する対談集。
し-1-50

司馬遼太郎
ロシアについて
北方の原形
日本とロシアが出合ってから二百年ばかり、この間不幸な誤解を積み重ねた。ロシアについて深い関心を持ち続けてきた著者が、歴史を踏まえたうえで、未来を模索した秀逸なロシア論。
し-1-58

司馬遼太郎
この国のかたち
（全六冊）

長年の間、日本の歴史からテーマを掘り起こし、香り高く豊かな作品群を書き続けてきた著者が、この国の成り立ちについて、独自の史観と明快な論理で解きあかした注目の評論。

し-1-60

司馬遼太郎
八人との対話
山本七平、大江健三郎、安岡章太郎、丸谷才一、永井路子、立花隆、西澤潤一、A・デーケンといった各界の錚々たる人びとと文化、教育、戦争、歴史等々を語りあう奥深い内容の対談集。

し-1-63

司馬遼太郎
最後の将軍
徳川慶喜
すぐれた行動力と明晰な頭脳を持ち、敵味方から怖れと期待を一身に集めながら、ついに自ら幕府を葬り去らなければならなかった最後の将軍徳川慶喜の悲劇の一生を描く。（向井　敏）
し-1-65

井上　靖・司馬遼太郎
西域をゆく
少年の頃からの憧れの地へ同行した二大作家が、興奮も覚めやらぬままに語った、それぞれの「西域」。東洋の古い歴史から民族、そしてその運命へと熱論ははてしなく続く。（平山郁夫）
し-1-66

（　）内は解説者。品切の節はご容赦下さい。

司馬遼太郎
竜馬がゆく
（全八冊）

土佐の郷士の次男坊に生まれながら、ついには維新回天の立役者となった坂本竜馬の奇跡の生涯を、激動期に生きた多数の青春群像とともに大きなスケールで描く永遠の傑作青春小説。

し-1-67

司馬遼太郎
歴史と風土

「関ケ原の戦い」と「清教徒革命」の相似点、『竜馬がゆく』執筆に到るいきさつなど、司馬さんの肉声が聞こえてくるような談話集。全集第一期の月報のために語られたものを中心に収録。

し-1-75

司馬遼太郎
坂の上の雲
（全八冊）

松山出身の歌人正岡子規と軍人の秋山好古・真之兄弟の三人を中心に、維新を経て懸命に近代国家を目指し、日露戦争の勝利に至る勃興期の明治をあざやかに描く大河小説。（島田謹二）

し-1-76

司馬遼太郎
菜の花の沖
（全六冊）

江戸時代後期、ロシア船の出没する北辺の島々の開発に邁進し、日露関係のはざまで数奇な運命をたどった北海の快男児、高田屋嘉兵衛の生涯を克明に描いた雄大なロマン。（谷沢永一）

し-1-86

司馬遼太郎
ペルシャの幻術師

十三世紀、ユーラシア大陸を席巻する蒙古の若き将軍の命を狙うペルシャの幻術師の闘いの行方は……幻のデビュー作を含む、直木賞受賞前後に書かれた八つの異色短篇集。（磯貝勝太郎）

し-1-92

司馬遼太郎
幕末

歴史はときに血を欲する。若い命をたぎらせて凶刃をふるった者も、それによって非業の死をとげた者も、共に歴史的遺産といえるだろう。幕末に暗躍した暗殺者たちの列伝。（桶谷秀昭）

し-1-93

司馬遼太郎
翔ぶが如く
（全十冊）

明治新政府にはその発足時からさまざまな危機が内在外在していた。征韓論から西南戦争に至るまでの日本の近代をダイナミックかつ劇的にとらえた大長篇小説。（平川祐弘・関川夏央）

し-1-94

（　）内は解説者。品切の節はご容赦下さい。

大盗禅師
司馬遼太郎
妖しの力を操る怪僧と浪人たちが、徳川幕府の転覆と明帝国の再興を策して闇に暗躍する。夢か現か——全集未収録の幻の伝奇ロマンが、三十年ぶりに文庫で復活。（高橋克彦・磯貝勝太郎）
し-1-104

世に棲む日日（全四冊）
司馬遼太郎
幕末、ある時点から長州藩は突如倒幕へと暴走した。その原点に立つ吉田松陰と、師の思想を行動化したその弟子高杉晋作を中心に変革期の人物群を生き生きとあざやかに描き出す長篇。
し-1-105

酔って候
司馬遼太郎
土佐の山内容堂を描く「酔って候」、薩摩の島津久光の「きつね馬」、宇和島の伊達宗城の「伊達の黒船」、鍋島閑叟の「肥前の妖怪」と、四人の賢侯たちを材料に幕末を探る短篇集。（芳賀　徹）
し-1-109

義経（上下）
司馬遼太郎
源氏の棟梁の子に生まれながら寺に預けられ、不遇だった少年時代。義経となって華やかに歴史に登場、英雄に昇りつめながらも非業の最期を遂げた天才の数奇な生涯を描いた長篇小説。
し-1-110

以下、無用のことながら
司馬遼太郎
単行本未収録の膨大なエッセイの中から厳選された71篇。森羅万象への深い知見、知人の著書への序文や跋文に光るユーモア、エスプリ。改めて司馬さんの大きさに酔う一冊。（山野博史）
し-1-112

故郷忘じがたく候
司馬遼太郎
朝鮮の役で薩摩に連れてこられた陶工たちが、帰化しても姓をあらためず、故国の神をまつりながら生きつづけて来た姿を描く表題作のほかに、「斬殺」『胡桃に酒」を収録。（山内昌之）
し-1-113

功名が辻（全四冊）
司馬遼太郎
戦国時代、戦闘も世渡りもからきし下手な夫・山内一豊を、三代の覇者交代の間を巧みに泳がせて、ついには土佐の太守に仕立て上げたその夫人のさわやかな内助ぶりを描く。（永井路子）
し-1-114

（　）内は解説者。品切の節はご容赦下さい。

司馬遼太郎
手掘り日本史
日本人が初めて持った歴史観、庶民の風土、史料の語りくち、「手ざわり」感覚で受け止める美人、幕末三百藩の自然人格。圧倒的国民作家が明かす、発想の原点を拡大文字で！　（江藤文夫）
し-1-136

司馬遼太郎・陳　舜臣
対談　中国を考える
古来、日本はこの大国と密接な関係を保ってきた。「近くて遠い国」中国をどのようにとらえるべきか、我が国のとるべき立場を歴史の大家が論じつくした中国論、日本論。　（山内昌之）
し-1-137

司馬遼太郎
日本人を考える
司馬遼太郎対談集
梅棹忠夫、梅原猛、陳舜臣、富士正晴、桑原武夫、山口瞳、今西錦司ほか各界識者と司馬が語り合う諸問題は、21世紀になっても続いている。貴重な示唆に富んだ対談集。　（岡崎満義）
し-1-138

産経新聞社
新聞記者　司馬遼太郎
「生まれ変わっても新聞記者になりたい」。そう語っていた司馬遼太郎は、どんな取材をし、記事を書いていたのか。司馬文学の遥かな〝原郷〟をさぐる一冊。記者時代のコラムも収録。

し-1-251

和田　宏
余談ばっかり
司馬遼太郎作品の周辺から
もと司馬さん担当として30年間名作誕生の現場に寄り添った著者が綴る、司馬さんの人間力、意外な弱点エピソード、ユーモラスかつ鮮やかな文章が絶品の歴史コラム集。　（山本朋史）
し-1-252

文藝春秋　編
司馬遼太郎の世界
国民作家と親しまれ、混迷の時代に生きる日本人に勇気と自信を与え続けている文明批評家にして小説家、司馬遼太郎への鎮魂歌。作家、政治家、実業家など多彩な執筆陣。待望の文庫化。

編-2-27

文藝春秋　編
「坂の上の雲」人物読本
登場人物二百五十人を厳選した「人物事典」には作中の登場ページも掲載。子孫が語る逸話、著名人が選んだ好きな登場人物と言葉など、作品を何度も再読したくなるファン必携の副読本。

編-2-43

（　）内は解説者。品切の節はご容赦下さい

酒見賢一
泣き虫弱虫諸葛孔明　第弐部
酒見版「三国志」第2弾！　正史・演義を踏まえながら、スラップスティックなギャグをふんだんに織り込んだ異色作。孔明出廬《しゅつろ》から長坂坡《ちょうはんは》の戦いまでが描かれます。（東　えりか）
さ-34-4

酒見賢一
泣き虫弱虫諸葛孔明　第参部
魏の曹操との「赤壁の戦い」を前に、呉と同盟を組まんとする劉備たち。だが、呉の指揮官周瑜は、孔明の宇宙的な変態的言動に殺意を抱いた。手に汗握る第参部！（市川淳一）
さ-34-6

酒見賢一
墨攻
古代中国、「墨守」という言葉を生んだ謎の集団・墨子教団。たった一人で大軍勢から小さな城を守った男を、静謐な筆致で描いた鬼才の初期傑作。（小谷真理）
さ-34-5

桜庭一樹
伏《ふせ》
贋作・里見八犬伝
娘で猟師の浜路は江戸に跋扈する人と犬の子孫「伏」を狩りに兄の元へやってきた。里見の家に端を発した長きに亘る因果の輪が今開く。（大河内一楼）
さ-50-6

指方恭一郎
江戸の仇《かたき》
長崎奉行所秘録　伊立重蔵事件帖
長崎開港以来初めてとなる「武芸仕合」の開催が決まった。重蔵も腕を見込まれてエントリー。阿蘭陀人、唐人、さらには江戸で因縁の男まで現れて……。書き下ろしシリーズ第五弾！
さ-54-5

指方恭一郎
フェートン号別件
長崎奉行所秘録　伊立重蔵事件帖
出島に数年ぶりの外国船がやってきた。阿蘭陀船かと喜んだ長崎の街は、イギリス船だと知り仰天する。重蔵は仲間を総動員して街の防衛に立ち上がるが……。人気シリーズ完結編。
さ-54-6

佐々木味津三
旗本退屈男
額の三日月形の刀痕が目に入らぬか――東は仙台から西は京まで、庶民の味方、旗本退屈男こと早乙女主水之介が大活躍！　映画でも人気を博した大衆小説がついに復刊。（阿部達二）
さ-55-1

（　）内は解説者。品切の節はご容赦下さい。

白石一郎
海狼伝
対馬で育った少年笛太郎が、史上名高い村上水軍の海賊集団に加わり、〝海のウルフ〟として成長していく青春を描きながら、海賊の生態をみごとに活写した直木賞受賞の名作。（尾崎秀樹）
し-5-5

志水辰夫
夜去り川
黒船が来航し時代が変わろうとしている折、喜平次はある目的のために、身分を隠して渡良瀬川の船渡しとなっていた。この時代に宿命を背負わされた武士の進むべき道とは？（吉野　仁）
し-16-4

志川節子
手のひら、ひらひら
江戸吉原七色彩《なないろもよう》
うぶな花魁に閨房の技をしこむ上ゲ屋、年季を積んだ妓に活を入れ直す保チ屋など、吉原の架空の稼業を軸に、男女が織りなす綾を陰翳豊かに描いた初の作品集。（三田　完）
し-53-1

志川節子
春はそこまで
風待ち小路の人々
芝神明宮の門前町・風待ち小路。近くに新しい商店街ができ、商売に陰りが見えてきたのを何とかしようと画策するが……。市井の人々を生き生きと描く時代小説の逸品。（大矢博子）
し-53-2

篠　綾子
墨染の桜
更紗屋おりん雛形帖
京の呉服商「更紗屋」の一人娘・おりんは、将軍継嗣問題に巻き込まれ、父も店も失った。貧乏長屋住まいを物ともせず、店の再建のために健気に生きる少女の江戸人情時代小説。（島内景二）
し-56-1

篠　綾子
黄蝶の橋
更紗屋おりん雛形帖
犯罪組織「子捕り蝶」に誘拐された子供を奪還すべく奔走するおりん。事件の真相に迫ると、藩政を揺るがす悲しい現実があった。少女が清らかに成長していく江戸人情時代小説。（葉室　麟）
し-56-2

杉本章子
銀河祭りのふたり
信太郎人情始末帖
大地震の被害を乗り越えた信太郎は、美濃屋の総領として、父の過去をめぐっての大きな問題に突き当たった。夫婦の情愛、家族の絆を描く好評シリーズ、感涙の完結篇。（縄田一男）
す-6-15

（　）内は解説者。品切の節はご容赦下さい。

杉本章子
春告鳥
女占い十二か月
江戸時代も占いは流行し、女性は一喜一憂していた。一月から十二月まで月ごとの風物を織り込みながら、江戸の女を生き生きと描き出す。切なくも愛らしい傑作時代小説。（遠藤展子）
す-6-16

祐光　正
思い立ったが吉原
ものぐさ次郎酔狂日記
ひょんなことから恭次郎は御高祖頭巾の女と一夜を共にする。江戸で噂の、男漁りをする姫君らしいが、相手の男は多くが殺されていた。媚薬の出所を手づるに、事件を調べる恭次郎。
す-18-2

祐光　正
地獄の札も賭け放題
ものぐさ次郎酔狂日記
金貸し婆さん殺しの探索で、賭場に潜入した恭次郎。宿敵の凄腕浪人・不知火が、百両よこせば下手人を教えると言うのだが。きまじめ隠密の道楽修行、第三弾のテーマはばくち。
す-18-3

田辺聖子
私本・源氏物語
「どの女も新鮮味が無うなった」「大将、またでっか」。世間をよく知る中年の従者を通して描かれる本音の光源氏。大阪弁で軽快に語られる庶民感覚満載の、爆笑源氏物語。（金田元彦）
た-3-45

滝口康彦
非運の果て
「異聞浪人記」映画化で話題の滝口康彦の傑作短編集。武家社会の掟に縛られる人間の無残と峻烈、哀歓の中に規矩ある生き方の厳粛を描いて読者を魅了する全六編。（宇江佐真理）
た-7-3

高橋克彦
蘭陽きらら舞
白い着物の裾からのぞく、赤い襦袢の艶やかさ——。女と見紛う美貌と役者仕込みの軽業でならす蘭陽が、相棒の天才絵師・春朗（葛飾北斎）と怪事件に挑む青春捕物帖。（ペリー荻野）
た-26-14

高橋克彦
源内なかま講
埋蔵されたままになっている二万両分の源内焼を掘り出さんと、自由の身となった源内は春朗、蘭陽と一路讃岐へ！　痛快なる探索行を描く、大人気だましゑシリーズ。（門井慶喜）
た-26-15

（　）内は解説者。品切の節はご容赦下さい。

高橋克彦
えびす聖子《みこ》
里に現れた鬼を追って、因幡の国を目指した少年シコオ。選ばれし仲間たちとともに試練を乗り越え、行き着いた先で彼らを待っていたものとは？　そして鬼の正体は？　（里中満智子）
た-26-13

高橋義夫
雪猫
鬼悠市 風信帖
松ヶ岡藩内きっての実力者、奏者番の加納を毒殺しようとしたのは誰か？　竹林で暮らす足軽にして藩の隠密・鬼悠市が真相に迫る。薫り高い文章にますます磨きがかかるシリーズ第五弾。
た-36-12

高橋直樹
曾我兄弟の密命
天皇の刺客《しかく》
日本三大仇討ちのひとつ、曾我兄弟の仇討ちの裏には、壮絶な策略が隠されていた。頼朝と兄弟の知られざる因縁と、勝者によって闇に葬られた敗者の無念を描く長篇小説。　（井家上隆幸）
た-43-6

高橋直樹
源氏の流儀
源義朝伝
頼朝、義経の父にして、清盛最大のライバルと目された男、義朝。心ならずも父や弟を手にかけ、関東を源氏の拠点として作り上げた悲運の御曹司が辿った波瀾の生涯。文庫書き下ろし。
た-43-7

田中啓文
チュウは忠臣蔵のチュウ
赤穂浪士の討ち入りは本当に義挙だったのか？　史実と思われているエピソードの大半はじつは講談からきているのだ。斬新な視点で忠臣蔵を読み替えたユーモア時代小説。　（旭堂南湖）
た-82-1

田中芳樹
蘭陵王
あまりの美貌ゆえに仮面をつけて戦場に出た中国史上屈指の勇将、高長恭（蘭陵王）。崩れかけた国を一人で支えながら暗君にうとまれ悲劇的な死をとげた名将の鮮烈な生涯。　（仁木英之）
た-83-1

高橋由太
猫は仕事人
時は幕末。江戸は本所深川に化け猫のまるは住んでいた。裏の仕事人稼業からは足をあらって、桜や三味線を愛でる駄猫ライフを満喫するはずだったけれど……。痛快新シリーズ開幕！
た-93-1

（　）内は解説者。品切の節はご容赦下さい。

綱淵謙錠
斬《ざん》
最も人道的な斬首の方法とは苦痛を与えず、一瞬のうちにその首を打ち落とすことである。〝首斬り浅右衛門〟の異名で罪人の首を斬り続けた一族の苦悩。第67回直木賞受賞作。（西尾幹二）
つ-2-17

津本　陽
宮本武蔵
十三歳で試合相手の頭蓋をかち割った少年は、時代に翻弄されながらも、剣の道を極めてゆく――。自身も剣の達人である著者が描いた凄絶なる歴史長編！（桶谷秀昭）
つ-4-68

津本　陽
龍馬の油断
幕末七人の侍
銃を持った龍馬はなぜ遅れをとった？　勝海舟、陸奥宗光、山岡鉄舟など、幕末維新にひと際光を放った七人の剣士たち。それぞれの剣の道を枯淡の筆致で描いた短篇集。（酒井若菜）
つ-4-69

東郷　隆
戦国名刀伝
無類の刀剣好きだった太閤秀吉は、権力にあかせて国中の名刀を手中にした。なかに「にっかり」という奇妙な名で呼ばれた一腰があった……。戦国名将と名刀をめぐる奇譚八篇を収録。
と-13-3

東郷　隆
洛中の露
金森宗和《かなもりそうわ》覚え書
大坂冬の陣の頃、京の片隅に庵を結び、静かに暮らす茶人がいた。飛驒高山城主の座をなげうち、茶道に突き進む金森宗和がめぐり合う、人の世の不思議の数々。連作歴史短篇集。
と-13-5

東郷　隆
本朝甲冑奇談
戦国乱世にあって、甲冑は単なる武具ではなく、武士たちが野望を誇示する究極の自己表現でもあった。信長や秀吉ら、武将たちの野望と出世、そして無念の死を抱えた六つの甲冑の物語。
と-13-6

鳥羽　亮
八丁堀吟味帳「鬼彦組」
裏切り
日本橋の両替商を襲った強盗殺人。手口を見ると殺しのほかは十年前に巷を騒がした強盗「穴熊」と同じ。だが昔の一味は、鬼彦組の捜査を先廻りするように殺されていた。シリーズ第4弾。
と-26-4

（　）内は解説者。品切の節はご容赦下さい。

鳥羽　亮
八丁堀吟味帳「鬼彦組」
はやり薬《ぐすり》
江戸の町に流行風邪が蔓延。人気医者・玄泉が出す万寿丸は飛ぶように売れたが、効かないと直言していた町医者が殺された。いぶかしむ鬼彦組が聞きこみを始めると――。シリーズ第5弾。
と-26-5

永井路子
炎環
辺境であった東国にひとつの灯がともった。源頼朝の挙兵、それはまたたくまに関東の野をおおい、鎌倉幕府が成立した。武士たちの情熱と野望を描く、直木賞受賞の名作。（進藤純孝）
な-2-50

永井路子
美貌の女帝
壬申の乱を経て、藤原京、平城京へと都が遷る時代。その裏では、皇位をめぐる大変革が進行していた。氷高皇女＝元正女帝が守り抜こうとしたものとは。傑作長編歴史小説。（磯貝勝太郎）
な-2-51

永井路子
山霧　毛利元就の妻（上下）
中国地方の大内、尼子といった大勢力のはざまで苦闘する元就の許に、鬼吉川の娘が輿入れしてきた。明るい妻に励まされながら戦国乱世を生き抜く武将を描く歴史長編。（清原康正）
な-2-52

南條範夫
暁の群像　豪商　岩崎弥太郎の生涯（上下）
土佐藩の郷士であった岩崎弥太郎は、いかにして維新の動乱期に政商としてのしあがり三菱財閥の基礎を築いたのか。経済学者でもある著者の本領が発揮された本格時代小説。（加藤　廣）
な-6-22

南條範夫
武家盛衰記
乱世を生きた戦国武将に欠かせぬ能力とは何か。浅井長政、柴田勝家、明智光秀、直江兼続、真田幸村ら二十四人の武将を冷静な視線で描く、現代にも教訓を残す戦国武将評伝の傑作。
な-6-24

中村彰彦
二つの山河
大正初め、徳島のドイツ人俘虜収容所で例のない寛容な処遇がなされ、日本人市民と俘虜との交歓が実現した。所長こそサムライと称えられた会津人の生涯を描く直木賞受賞作。（山内昌之）
な-29-3

（　）内は解説者。品切の節はご容赦下さい

中村彰彦
われに千里の思いあり 上
風雲児・前田利常

前田利家と洗濯女の間に生まれ、関ヶ原の合戦では、西軍へ人質に送られた少年は、のちに加賀藩三代藩主となる。風雲児・利常の波乱の人生。前田家三代の華麗なる歴史絵巻の幕開け。

な-29-14

新田次郎
武田信玄
（全四冊）

父・信虎を追放し、甲斐の国主となった信玄は天下統一を夢みる（風の巻）。信州に出た信玄は上杉謙信と川中島で戦う（林の巻）。長男・義信の離反（火の巻）。上洛の途上に死す（山の巻）。

に-1-30

新田次郎
怒る富士
（上下）

宝永の大噴火で山の形が一変した富士山。噴火の被害は甚大で、被災農民たちの救済策こそ急がれた。奔走する関東郡代の前に立ちはだかる幕府官僚たち。歴史災害小説の白眉。（島内景二）

に-1-36

野村胡堂
銭形平次捕物控傑作選 1
金色《こんじき》の処女《おとめ》

投げ銭でおなじみ銭形平次。その推理力と反骨心、下手人をむやみに縛らぬ人情で難事件を鮮やかに解決。子分ガラッ八との軽妙な掛合いも楽しい名作を復刻。厳選八篇収録。注解付き。

の-19-1

野村胡堂
銭形平次捕物控傑作選 2
花見の仇討

「親分、大変《てえへん》だッ」今日もガラッ八が決まり文句とともに、捕物名人・銭形平次の元へ飛んでくる。顔の見えない下手人を平次の明智が探る表題作など傑作揃いの第二弾。（安藤　満）

の-19-2

野村胡堂
銭形平次捕物控傑作選 3
八五郎子守唄

惚れっぽいが岡惚ればかりでいまだ独り身のガラッ八に、まさかの〝隠し子〟が……？　江戸風俗と謎が交錯する表題作など八篇収録。時代小説ファン必読の傑作選最終巻。（鈴木文彦）

の-19-3

林　真理子
本朝金瓶梅　お伊勢篇

慶左衛門は江戸で評判の女好き。噂の強壮剤を手に入れるため、お伊勢参りにかこつけて二人の妾と共に旅に出たが……。色欲全開、豪華絢爛時代小説シリーズ第二弾登場。（川西政明）

は-3-34

「司馬遼太郎記念館」への招待

司馬遼太郎記念館は自宅と隣接地に建てられた安藤忠雄氏設計の建物で構成されている。広さは、約2300平方メートル。2001年11月に開館した。

数々の作品が生まれた自宅の書斎、四季の変化を見せる雑木林風の自宅の庭、高さ11メートル、地下1階から地上2階までの三層吹き抜けの壁面に、資料本や自著本など2万余冊が収納されている大書架、……などから一人の作家の精神を感じ取っていただく構成になっている。展示中心の見る記念館というより、感じる記念館ということを意図した。この空間で、わずかでもいい、ゆとりの時間をもっていただき、来館者ご自身が思い思いにしばし考える時間をもっていただきたい、という願いを込めている。　（館長　上村洋行）

利用案内

所 在 地　大阪府東大阪市下小阪3丁目11番18号　〒577-0803
T E L　06-6726-3860，06-6726-3859（友の会）
H P　http://www.shibazaidan.or.jp
開館時間　10:00～17:00（入館受付は16:30まで）
休 館 日　毎週月曜日（祝日・振替休日の場合は翌日が休館）
特別資料整理期間（9/1～10）、年末・年始（12/28～1/4）
※その他臨時に休館することがあります。

入館料

	一　般	団　体
大人	500円	400円
高・中学生	300円	240円
小学生	200円	160円

※団体は20名以上
※障害者手帳を持参の方は無料

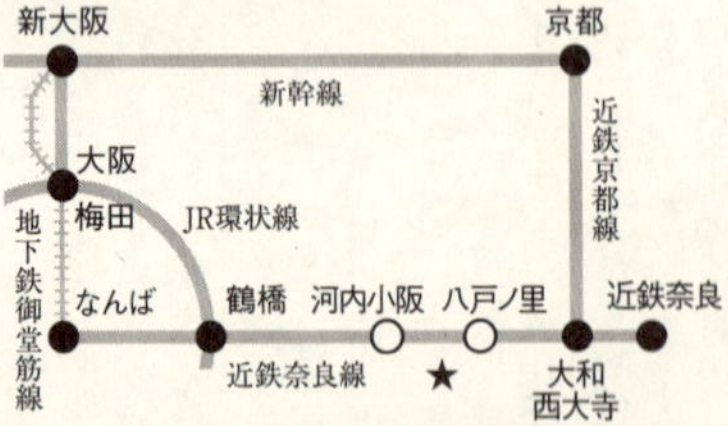

アクセス　近鉄奈良線「河内小阪駅」下車、徒歩12分。「八戸ノ里駅」下車、徒歩8分。
Ⓟ5台　大型バスは近くに無料一時駐車場あり。但し事前にご連絡ください。

記念館友の会　ご案内

友の会は司馬作品を愛し、記念館を支えてくださる会員の皆さんとのコミュニケーションの場です。会員になると、会誌「遼」（年4回発行）をお届けします。また、講演会、交流会、ツアーなど、館の行事に会員価格で参加できるなどの特典があります。

年会費　一般会員3000円　サポート会員1万円　企業サポート会員5万円
お申し込み、お問い合わせは友の会事務局まで
TEL 06-6726-3859　FAX 06-6726-3856